『河海抄』の『源氏物語』

吉森佳奈子　著

和泉書院

目次

第二部　「日本紀」の問題

第三部 『河海抄』における漢籍の引用と説話の空間への広がり

第四部　『河海抄』以後

凡例

1．特に注記しない限り、次の本文の引用は、以下の本による。なお、資料の引用で、論旨に関わらない範囲の表記等の変更を行ったところがある。

『源氏物語』　新編日本古典文学全集20～25『源氏物語』①～⑥　阿部秋生、秋山虔、今井源衛、鈴木日出男校注・訳　小学館

『河海抄』　天理図書館善本叢書和書之部第七十巻、第七十一巻『河海抄　伝兼良筆本』一、二　天理図書館善本叢書和書之部編集委員会編　天理大学出版部・八木書店

なお、『紫明抄　河海抄』（玉上琢弥編、山本利達、石田穣二校訂　角川書店　底本は、天理図書館蔵文禄五年書写記本）を引用する場合は、これを便宜的に角川書店刊本と呼び、角川書店刊本と区別する必要がある場合、天理図書館善本叢書『河海抄　伝兼良筆本』を伝兼良筆本と呼ぶ。

『紫明抄』　『紫明抄　河海抄』玉上琢弥編、山本利達、石田穣二校訂　角川書店

『異本紫明抄』　未刊国文古註釈大系第十巻『異本紫明抄　紫明抄』吉澤義則編　帝国教育会出版部

『花鳥余情』　源氏物語古註釈叢刊第二巻『花鳥余情　源氏和秘抄　源氏物語之内不審条々　源語秘訣　口伝抄』中野幸一編　武蔵野書院

『湖月抄』　延宝版

『日本書紀』　日本古典文学大系第六七巻、第六八巻『日本書紀』上、下　坂本太郎、家永三郎、井上光貞、大野晋校注　岩波書店

なお、『日本書紀』の引用は、必要に応じ、原文による場合と、書き下しによる場合とがある。

2．引用文のページ数は、『源氏物語』とその注釈書（『湖月抄』を除く）について記した。

3．引用文中の［　］は、分注をあらわす。

はじめに

本書の主題は『河海抄』の『源氏物語』という表題に凝縮される。中世後期、一四世紀後半に成立した『河海抄』は、『源氏物語』全巻注釈の早い例として、研究史を通して常に高い評価を受け続けてきた注釈書であった。今、これについて、『河海抄』が成り立たせる『源氏物語』として問いたい。それは、近代以降の、わたしたちの『源氏物語』とは別のものとしてあった。『源氏物語』が歴史を通じて読み継がれる状況は、一つの閉じた世界ではなく、ただ同じものがあり続けたということではない筈である。

近代以降における『河海抄』への注目は、大きく二つの方向があった。その一つは准拠（準拠）論と呼ばれる研究である。『河海抄』が歴史的事実を挙げるのは、作者がそれを意識し、物語がそれに準じて描かれていることを示したのだと見るものである。(1) その二は、豊富な所引文献（現在は題名のみ知られ、失われているものもある）について、「文献学の宝庫」(2) として注目するものである。しかし、いずれも、『源氏物語』を成り立たせるものとして『河海抄』を、トータルなかたちで捉えていただろうかと問い返さねばなるまい。(3)

所謂准拠（準拠）論の立場は、「首巻桐壺の巻で明瞭に、誤る余地なく、また以後の重要な時点でも一貫して、具体的な歴史的事実を標榜してきたのは、肝腎なところで歴史を超えるためであった。準拠をあれだけやかましく取り用いてきたのは、ここと思うところで準拠ばなれがしたかったからである。そこに作者のしんに独創の刃を振うところが拓けていたのだ。(4)」というような主張に端的に窺われる。『源氏物語』以前の史実と対応する物語の部分について准拠を言い、対応しない部分については歴史離れを指摘する。そうした准拠（準拠）論は、かえって『河海抄』の「准拠」が作者の方法を言うものではなかったことをあらわし出しているのではないか。

また、文献学的研究では、所引の文献について、『河海抄』が何に依拠したかということが具体的に問われてこなかったのではないか。『河海抄』が生きた時代の教養或いは思考の枠組み――そこにおいて『河海抄』は『源氏物語』を成り立たせる――として問題とすべきで、出典論的認識によっては捉えられないものであることに自覚的であっただろうか。無条件に文献学的な方向から扱い得るものであるかということが明確に問われないままにきたのが、近代以降の「文献学の宝庫」としての『河海抄』ではなかったか。

本書は、そうした従来の研究への批判とともに、『河海抄』の『源氏物語』という標題をもって考え始める。『源氏物語』に関してどのような捉え方がなされてきたかという問題について、『河海抄』が成り立たせた『源氏物語』という方向から考察する。古典は不変のテキストがあって、それに解釈が付されてゆくというものではなく、『源氏物語』は、常に同じように、客観的にあったのではないという立場から、「享受史」とか、「流布」、「研究史」等ということとは異なり、その時々にどのように『源氏物語』を見出していったか、またわたしたちがどのように見出してゆくかということを問いたい。

さまざまな史実や文献を挙げているだけのようにも見える『河海抄』は、その、例の列挙によって『源氏物語』に息を吹きこむ。そのようにして立ち現れる『源氏物語』は、近代以降の『源氏物語』とは違う。わたしたちが持っているのとは異なる『河海抄』の『源氏物語』について、資料の精査を通して明らかにしたい。古典が存在するのは、そのような具体性の中においてではないか。そしてそのことは必然的に、わたしたち自身を相対化する筈だとも考える。

今、一例を挙げると、賀茂真淵『源氏物語新釈』が次のように述べている点に注目される。

物かたりとは実録ならて人の口にいひ伝へたる事をまことにまれいつはりにまれ人のかたれらん（ママ）まゝに書つけ

たるてふ心なり先物語といふ事を心得て後其ふみの意をいふへし然るに六百年はかりよりの歌学者流伊勢物かたりなとを実録の如く思へるより其説まち〳〵に誤れり［これ伊勢物語古意六巻を書て委しく論たり披てみるへし］此源氏物語もいつれの御時にかありけむと書そめ巻の終にはいひつたへたる物かたりのまゝに書つけ侍るてふことわりをしるして先はむかしもの語也伊勢竹とりうつほおちくほその外物かたりてふみは皆しかりそれか中にひとり栄花物語は実録なるを物かたりと書るは時をさすのはゝかりあれは記者の用意なるへし［され共是またさま〳〵の書より抜て後に作れるものなるべし安藤為章か考明らかなり］されは此源氏も先はもの語として昔延喜の御時よりの事の様に書たれとも実は式部のある時に見聞ことを専らとして近き世々の事をもかねて書る物と見ゆ朱雀院冷泉院なと御名をあらはしたるは唐詩に漢帝をもて時を刺《ソシ》れるかことく也されともまこと延喜なとの御事ならねは前後紛々としていつれにもかたよらす作りことのさまを見せたり伊勢物語は右大将常行紀有常其外名を顕はしたる人をは官位時世も其歌も詞もその人の事実にたかへて書それとさすへき業平をは只在五中将といふことはを一つ二ついひておほめいて書たるそ却て業平のものかたり也けるさるも猶業平の事実にはあらぬさまに詞をかへ歌をとりかへなとせり此源氏物語はかの伊勢物語をひろみ書のへたる様のもの也と荷田の東まろのいひけんけにさもやと覚ゆる事多し且人々はかの朱雀院なと書るに泥みて其御時のことを証せんとすれとももとよりさる事ならねは惣てさたかに当れる事なし仮令当時の人のうへを古人の名をかりて書にもまたく其人のある様をいひてはしるき事なれは源氏の君をは今の二条関白殿伊周公なとに過にし高明公なとをとりそへて書るなるへし[5]

この言葉があらわし出しているのも同様の問題であろう。ここでは、実録と物語とを区別すべきことが述べられ、それ以前の、「伊勢物かたりなとを実録の如く思へる」、「歌学者流」が批判されている。そのようなものとして、真淵は『源氏物語』を見出し、成り立たせようとしているということで、それはそれまでの『源氏物語』とは異なっていることが明言されている。

また、近時所謂国民国家論的な方向から古典に関して問い直しがなされ始めている。近代ナショナリズムと古典の成立に対する考察である。(6) 『源氏物語』についても例外ではない。そのような状況に目が向けられるようになったことは意味あることではあるが、具体的な資料にそくして考察されなければそれは言説の自己回転に終り、そこからは何も始まらないであろう。

例えば、本書第一章及び第三章に考察するような、『河海抄』に認められる史実の列挙とそれによる『源氏物語』の史実化については、ジャンルのヒエラルヒーという点から、作りごととしての物語を、より高次のジャンルである歴史として配置し直すことによる古典化として、古典の生成の状況をあらわした事象として捉え、論じることも可能ではあろう。しかしそうした論議の前に、『河海抄』の挙げる史上の例は何に依拠するものであったか、問う必要がある。国民国家論的な古典論が、言説のレベルで、テキストと資料から離れて進められるならば、それは八〇年代の論議が目新しく更新されたというに過ぎなくなってしまうのではないか。それは、論議の消費である。

『源氏物語』について、従来当然視されてきた、或いは近時注目され始めた、近代的な読みの制度をいったん括弧に入れ、テキストの空間や歴史の文脈の中ではどのような知のうちに成り立っていたかを、『河海抄』を通して実証的に明らかにすることをめざす。「注釈史」、「享受史」ではなく、『河海抄』とともにあった『源氏物語』を、資料を通して見届けることは、それぞれの時代にあった『源氏物語』をあらわし出し、相対化し得ると考える。『河海抄』の『源氏物語』を問うことは、翻って、それとは異なるものとしてある近代以降の、わたしたちにとっての『源氏物語』を問うことに繋がる筈だ。『源氏物語』、『源氏物語』注釈、また、そこに引照される「日本紀」や漢籍等について、可能な限り当時の文脈にそくして辿ることで、テキストの受容、流布、また、歴史意識等をめぐる従来の通念を再検討しつつ、これらを、人々の時々に「生きられた言説」のうちに解き放とうとすることを試みたものである。

注

（1） 玉上琢弥『源氏物語研究 源氏物語評釈別巻一』（一九六六年 角川書店）、清水好子『源氏物語論』（一九六六年 塙書房）、同『源氏物語の文体と方法』（一九八〇年 東京大学出版会）等。

（2）『源氏物語事典』「注釈書解題」『河海抄』の項（『合本源氏物語事典』。大津有一執筆）。実際に、例えば『国書逸文』（国書刊行会刊『新訂増補国書逸文』）は、少なくない文献を『河海抄』の記事から引いている。

（3） 古注について、現代の読解に利用するのではない方向を提示した先駆的研究として、野村精一『日本文学研究史論』（一九八三年 笠間書院）及び、同「訓みの空間表現――源氏物語における準拠と来歴――」（山中裕編『平安時代の歴史と文学 文学編』一九八一年 吉川弘文館）がある。ここでは、主に『孟津抄』を通して古注釈の世界観を理解することで、当時の人々が『源氏物語』と格闘した跡としての中世精神史を見届けることができる、という主張がされている。

（4） 清水好子「源氏物語における準拠」（『源氏物語の文体と方法』）。

（5）『源氏物語新釈』（吉川弘文館刊『増訂 賀茂真淵全集』第八巻）。一ページ。

（6） この問題に関しては、具体的な言説にそくした論として、品田悦一『万葉集の発明』（二〇〇一年 新曜社）、また、さまざまな研究分野の考察を載せた、ハルオ・シラネ、鈴木登美編『創造された古典』（一九九九年 新曜社）等に示唆を受けた。

第一部　『源氏物語』と史実

第一章　『河海抄』の『源氏物語』

第一節　『河海抄』の「准拠」

『源氏物語』を、史実と重ねあわせて捉えることは研究史の早い段階からなされてきた。これを「准拠」として確立したのが、『河海抄』であるが、近世、近代においてその説は必ずしも受け入れられてはこなかった。これを再評価するかたちで新しい展開を試みたのが玉上琢弥であり、それを受け継いだ清水好子であった(1)。清水は「准拠（準拠）」を作者の方法と捉え、成立構想論、主題論的方向に向かい、作品の全体にわたろうとした。それらの研究の持つ意味は小さくない。

しかし、「准拠」は中世の言葉が源氏学にも用いられたもので、その点ではあくまで注釈上のタームの筈である。つまり、中世において「准拠」というかたちで『源氏物語』が見出されていったということであり、『河海抄』が『源氏物語』を見出してゆくのが「准拠」というかたちであったということである。

そのとき『河海抄』が、作者は意識し得なかった筈の例——作者より後の時代の例——を挙げる次のような注の問題性が俎上にのぼせられる。

1源氏のうちしきりき（ママ）さきにゐ給はむ事世の人もゆるしきこえす

後朱雀院御時陽明院［三条院皇女］　中宮嫄子［敦康親王女］　両后共依為源氏春日大明神有御訴大神宮有御託宣事此事雖為寛弘以後事聊可潤色乎桓武以後天下ノ国母多ハ大織冠ノ御末也忠仁公以来藤氏臣皆外家トシ

テ必執政スル也(2)

少女巻で、梅壺女御（のちの秋好中宮）が立后する場面についての注である。ここに挙げられている後朱雀天皇の時代が『源氏物語』以後であることは動かない。明らかに作者は意識し得なかった筈の事柄なのである。『河海抄』は、どのような意図でこれを挙げたのか。

この作品の成立を寛弘期とする認識は夙に一般化していたと認められる。『弘安源氏論義』に、

…此物語ひろくひろき年のほとよりいてきにけりしかれとも世にもてなすことはすへらきのかしこき御代にはやすくやはらける時よりひろまり(3)…

とある通りだ。また、『紫式部日記』の有名な、

左衛門の督、「あなかしこ、このわたりに、わかむらさきやさぶらふ」と、うかがひたまふ。源氏にかかるべき人も見えたまはぬに、かのうへは、まいていかでものしたまはむと、聞きゐたり(4)。

という記事などからも、寛弘期が『源氏物語』成立と切り離せないことは動かないであろう。それは『河海抄』にも、

2光源氏物語は寛弘《一条》のはしめに出きて康和《堀河》の末にひろまりにけるより世々のもてあそひ物として所々の枕ことゝなれり(5)…

という認識となって定着している（この認識は中世を通じて受け継がれ続け、近世の本居宣長によっても肯定されている）。先に挙げた少女巻の注が「此事雖為寛弘以後事…」というのは、言うまでもなくその点を意識しているのである。

その注に「聊可潤色乎」とあることに留意したい。「潤色」は『河海抄』に四例見られる。古記録や古文書に用いられる特殊な言葉、所謂記録語であり(6)、その点で「准拠」と同じなのである。「准拠」という言葉については、

佐藤進一が、中世の先例主義とも言うべき空間にあって、意味を持つ言葉であったことを明証した。(7)即ち、厳密には先例と言い難いものを先例と見做す場合に用いられるものなのであった。「潤色」という言葉は、平安時代にも、

予また問ひて云はく、「匡衡・以言・斉名、三人の文体おのおの異なれり。しかしてともにその佳境を得たり」と。答へられて云はく、「斉名は偏へに古集をその心腹に持ちて、敢へて新意なし。文々句々、皆古詞を採摭す。故にその体に風騒の体有り。その得ざる日に至りては、また目を驚かさず。新意なき故なり」と。予申して云はく、「斉名の作は詩のみにあらず、雑筆もなほ古集を採りて潤色す。誠にして験有り。千載佳句の詩に云はく、「江都謳謡して杜母に誇り、洛城歓会して車公を憶ふ」と。斉名この句を採りて、餞の序に云はく、「海沂の政は王祥に頼りてたとひ康くとも、洛城の遊びは車公を憶ひてあに忘れんや」と。これその験有るなり」と。また命せられて云はく、「以言の文体はこれと相違す。作るところの詩は、意に任せ、詞を恣にして、都て轡策なし。その体実に新しく、その興いよいよ多し。得ざる日に至りては、後学の法とすべきにあらず。すなはち一代の尤物なり。「汗は赤騮の溝に収まる」の句は及ぶべからざるものなり。「源は周年より起こつて後幾ばくの霜ぞ」の句これなり。以言は弟子においてその体を習ひ、その風心を増すものなり」(8)と。

のように、もともとあったものを作りかえる意で用いられた例が見られるが、今留意したいのは「准拠」と同じく中世の先例主義空間において機能した言葉だったことである。

鎌倉、南北朝時代の公家、洞院公賢の日記『園太暦』文和四（一三五五）年八月二五日条にこの言葉が見られる。

廿五日、天晴、今日左幕下被送状、任槐事有被談仰事、草案写之続左、

任槐事、当家之輩乱位次鷹揚之例、粗勘録先畢、而右大将求邂逅之蹤跡、及非分之競馬云々、若以弘長［公親公］・正応［通基公］・暦応［具親公］等例、備濫望之潤色歟、此条右大将為位次上首、昇進之例雖似有其跡、猶難資今度之準的、彼三代者匪啻位階之先達、皆是任日之上首也、而今右大将之、謂任異後進也、論府次

者下﨟也、家又非対揚之限、旁可謂勿論之処、纔以有階級一事之寄、争可遮家譜三箇之理哉、用捨宜任天鑒、官之無邪者政之有道也、為朝為家而申、不為身而申、任道理宜有採用者乎、(9)

文和四（一三五五）年八月の北朝臨時除目後の記事である。「潤色」という言葉を含むのは、久我通相が、兼官はもとのまま内大臣になるのは、不当であるとする鷹司冬通が、洞院公賢に寄せた書状である。同じように、右大将兼官で内大臣となった三条公親、久我通基、堀川具親の例は、通相が内大臣となることと似てはいるが、なずらうべき例とは言えないことを主張する件りにこの言葉は現れる。「潤色」は、「准拠」同様、「例」に関わる文脈の中で用いられ、先例とは言い難いものを先例化するような事実の作りかえについて言われるのである。ただ、同じ『園太暦』でも、貞和元（一三四五）年九月条に見られる「潤色」は右の例と異なる。

廿八日、天晴、…中略…

大蔵卿為勅使入来、同以人問答、南都事被仰合也、此事為寺社安全、随分加潤色執奏之由存之、而学侶頻鬱憤、可放氏輩内入之云々、(10)

興福寺の春日神木動座の強訴をめぐる記事の一部である。上皇（光厳）、幕府の促しで何とか帰座が実現した後の記事で、力を添える、とりなすというような意で用いられており、にもかかわらず態度強硬な興福寺学侶のことが続けられている。また、室町時代の公家、三条西実隆の日記『実隆公記』明応三（一四九四）年正月条は、

廿九日［己未］天顔快晴、今日解斎、老官女樽儲之、中酒興行、

小生論語学而篇今日終功、

差貫今日加潤色了、(11)

のように、「差貫」の染め直しに言う。しかし、それらを含めて全体として、もともとはないものを加えて望ましいものとするという点で、ほぼ項をくくることができそうである。

「准拠」が、基準となるもの（＝先例）に倣い准ずるものであるのに対し、「潤色」は別の方向からことを添えるのである。つまり中世の先例主義空間にあって、それに例外を設けるかたちで、その空間を保証するという点で共通するように思われる。先掲佐藤論文が指摘する、「准拠」と言いさえすれば先例に准じた扱いが許されたということと同じように、「潤色」という言葉も先例としての史実に対する何らかの作為として存在していたのではないか[12]。

さて、『河海抄』における「潤色」だが、先の1の例も含め、いずれも『源氏物語』以降の例を注として挙げる場合に用いられている。

3さくらのからのきの御なをしゐひそめのしたかさねしりいとなかくひきてみな人はうへのきぬなるに

からのきとは　唐綺也［うすきからあやなり］

直衣布袴事

寛和元年二月十三日巳剋上皇駕御車令出紫野給左右丞相　大納言為光　朝光《左大将》　済光《右大将時賢》　中納言文範《布衣》

顕光《権中納言》　重光　保光　義懐《散位》　参議《右兵衛督》忠清［布衣］　公季［布衣］　右中将《散三位》通隆［布衣］　公卿皆悉騎馬着直衣下

襲以桜指挿　正暦御堂被行曲水宴［序者匡房］之時令着此装束給紅梅織物《朝隆記》直衣之由知足院入道殿令談給云々

勘文云此日御堂関白紅梅の直衣に火色の下重をひかせ給火色はうらおもて打物の中倍ある也

正暦《小右記》年中賀茂祭桟敷御堂于時為左大臣之時内大臣公季着此装束云々　又三十講歌合幷寛治根合之時判者輔親

卿直衣下襲［用皮帯云々］　永長関白［京極大閤］　臨時客日左大臣俊房着之［見中右記］　仁平宇治左大臣頼

長［于時内覧臣］　臨時客太政大臣実行着之

古事談云知足院殿仰られけるは御堂宇治殿の大臣御昇進に一事無相違内弁官奏除目執筆等皆無残事只直衣布

袴ト云装束そせさりし如然之装束不逢其事には力不及事也

此等記源氏物語以後事也然而有職所為定存先例歟潤色載之者也(13)

4なかめする軒のしつくに袖ぬれてうたかた人をしのはさらめや

未必［日本紀］　宇多我多

万葉十五或ウツタヘ
はなれそにたてるむろ木うたかたもひさしき年を過にけるかも

同
あまさかるひなにある我をうたかたもひもときかけておもほすらめや

同
鶯のきなくやまふきうたかたも君かてふれす花ちらめやめ

清和云論語喪於《ヨリモ》二具易《カハラン》一寧戚《イタス》是もせめて也

後撰いせ
思川たえすなかるゝ水のあはのうたかた人にあはてきえめや

定家卿説云うたかたとは真字に寧なとつかへること詞のやうにおもひよる事歟さなくてはいかてかはと云よし也それを此うた一を見てうきたる人と云よしにうたかた人と六字につゝけてよめりと云説はふかく見わかてしりかほにのへやる説也たゝ四文字の詞也此物語にもあなかしことい〳〵しくかきなし給へる詞に心うきたる人といはむたよりなかるへし以上僻案抄より見たり順説云うたかたとはうたてといふ心歟それを水のそれを水のうたかたにそへたる也一説云さためなき人也又すこしもと云心也

水原抄

思河うたかたなみのきえかへりむすふ契はゆくへたになし

此道祖師歌也凡足潤色(14)

5四月にとさため給ふ

四月入太子宮例

陽明門院［万寿四年三月廿三日入太子宮年十五］　長元十年二月十三日為中宮

案之以後例歟聊為潤色歟如何(15)

3は花宴巻で、宴に連なる人々の服装を述べた部分、4は真木柱巻で、鬚黒と結婚した玉鬘の懐旧の歌、5は梅枝巻で、明石姫君の入内が四月に決まったことを言う部分についての注である。これらに共通するのは、意図的にことをとり添えるという点で、『源氏物語』以降の例を、そうと意識した上で挙げる場合に言うのである。(16)

『河海抄』の、『源氏物語』に関わる夥しい先例を列挙する、先例主義の注釈とも呼ぶべきありようは指摘されてきた通りだ。その中で「准拠」という言葉について再検討した研究に、加藤洋介「中世源氏学における准拠説の発生——中世の「准拠」概念をめぐって——」がある。(17)それによると『河海抄』の挙げる「准拠例」は、厳密には先例とは言えないものを、それと同等のものとして意義づけしたものであるという。「准拠」を言うことで本来同一でない筈のものが同一化し得るということである。それは先例のみならず、後の例に及んだのである。

第二節　准太上天皇の問題

ことは、次のような例とともに考えられるべきであろう。ここには「潤色」という言葉は現れないが、准拠例と言われるものについても、「准拠」という言葉を伴う場合は十例ほどであるから、これも「潤色」という言葉を伴うものと同様に扱い得る筈である。

6-イ．その秋太上天皇になすらふ御くらゐ給はりてみふく《御封》はゝりつかさ《年官》かうふり《年爵》なとみなそひ給ふ

　漢代暦曰北斉城成帝阿清四年四月帝禅太子伝自号太上皇改為天統元年

不践祚太上皇例

漢朝例　史記曰於是高祖乃尊太公為太上皇［蔡雍曰不言帝言非天子也矣］　漢書曰諸侯将軍群卿大夫已

尊朕為皇帝而太公未有号今上尊太公曰太皇［師古曰太上極尊之親也皇君也天子之父故号曰皇不予治国不言帝也］

本朝例　草壁皇子追号　長岡天皇［天武第二御子文武父］

舎人親王追号尽敬天皇［天武第八御子］　淡路廃帝父

施基皇子追号田原天皇［天智第三子］　光仁父

日並知皇子　宝字三年有勅追崇尊号称岡本宮御宇天皇［天武子　文武父］　見続日本記

小一条院［敦明　三条院御子］　寛仁元年八月廿五日院号［号小一条院］

太上天皇封戸二千戸　勅旨田千町

院司別当［公卿］　四位或五位判官代［五位六位］　或四位殿上人　蔵人四人　非蔵人有之　主典代　庁官　召次所　仕所　別納所　御服所　進物所　所衆　武者所　御随身所太政大臣の封戸は二千二百五十戸也太上天皇は二千戸也而院号によりて御封くはゝると云事如何[18]

藤裏葉巻で、光源氏が准太上天皇となった場面の注である。ここに挙げられた小一条院（敦明親王）が践祚なしに院となったのは後一条朝（寛仁元年）のことで、先の1の傍線部同様『源氏物語』以後のできごとである。

これらに関する諸注の態度を見ると、1の場合、『河海抄』以前の主な注釈書――『源氏釈』、『奥入』、『異本紫明抄』、『紫明抄』、『弘安源氏論義』――には見られない。従って、この限りでは『河海抄』が初めて施したと言うことができる。そして『河海抄』以後の注釈書類もこれをあまり受け継いでいないようなのである。1の注は、『孟津抄』、『湖月抄』が引くのみであり、どちらも引用はするが、引用の主体性は窺われない。また、どちらも『源氏物語』の成立を寛弘期とする前提を共有していることがそれぞれの序に明白であるにもかかわらず、これが寛弘以降の例であることについてはまったく言及せず、『河海抄』は、先行する注釈書であるという点で引かれているに過ぎないようなのである。

一方6については、『花鳥余情』が次のような注をつけているのが注目される。

6－ロ. その秋太上天皇になすらふ御くらゐ給はりてみふくはゝりつかき（ママ　「つかさ」とする本文もあり）かうふりなとみなそひ給ふ

長岡天皇以下は皆謚号也　位につき給へる帝の位をさりてえ給へるはまさしき太上天皇の尊号也　位につき給はさる人の院号ありしは敦明太子を小一条院と号せし外は其例なき事也　たゝし太上天皇と号せぬはかりにて院司年官年爵封戸なとは太上天皇に一事かはる所なし　これによりてこの物語に薄雲女院ならひに六条院の御事には太上天皇になすらふるといふ詞をそへたり　これはまことの脱屣の御門の尊号にあらさるゆへ也　御封の事は小一条院の院号の時は御封以下如元と宣下せらる　太上天皇の御封は法令にいまた定られたる事なし　東宮の食封は二千戸のよし延喜式にのせられたれは小一条院は東宮の時の御封をそのまゝをかれたるよし也　いま源氏の君は太政大臣より院号をかうふり給へり　太政大臣の食封は禄令に三千戸のよし見えたり　小一条院の例をもて三千戸もとのことくたるへきよし心得へきにや　たゝしくはゝるといふ詞は三千戸のうへにくははるへきにこそ　法成寺関白は度々に及て食封をくはへ給はりし事なれはそれは別したる殊恩なるへし　六条院の御封の事これらをもて了見すへき也河海に太政大臣封戸二千二百五十戸とかゝれたるはあやまれり　法令には三千戸分明也(19)

ここでは『河海抄』が践祚なしに院となった例として挙げた小一条院のことは、専ら御封の問題として論じられている。同じ寛弘以後の史実を挙げてはいるが、『河海抄』とは異なった文脈の中にひきとられていることが明らかであろう。そして、後の注釈書類には、例えば『明星抄』が「花鳥義可レ然」(20)というように、『花鳥余情』の文脈によって理解され、それが受け継がれてゆくのである。

因に、『河海抄』は藤裏葉巻以前にも小一条院のことを引いている。

7さやかに見給ひし夢の後は院の御門の御ことを
清《サヤカ》　怜亮《同》　明　其音　鏗鏘《サヤカニス》　〔日本紀　琴〕
いまのさやかはさたかにといふ心也やとた同響也物のねのゆらめきなる也又明字も有其謂歟分明にみ給ひし夢也古語拾遺ニアナサヤケトハ竹葉声也といへり旧事本紀ニ阿那佐夜劫
桐壺帝御事也院の御門とある聊儀ある歟上古雖無即位之儀追号不可勝計中古寛仁小一条院なとも如然漢書ニ太公を太上皇と号する注に師古曰天子之父号曰皇不予治国不言帝也云々帝は御門と訓せり尊号ありといふとも国を治せす帝位にのほり給はぬをは御門とは申ましきにや是は帝位につき給へる院にておはしますゆへに御門の字をそへたてまつる歟朱雀院をも山の御門と申冷泉院もおなし六条院をは院の御門と号す各別の儀歟[21]

澪標巻で、都に召還された光源氏が謫所の夢で会った故父帝のことを思う場面の注である。ここでも小一条院は即位せず院号を得たという点で挙げられており、藤裏葉巻の注と同じ文脈である。そして、この注も後の注釈書類には受け継がれなかった。

一言で言うと、『河海抄』のこれらの注は研究史の中で孤立している。近代以降でもそれは同じだ。『河海抄』は研究史を通して高い評価を受け続けてきたと言ってよい。にもかかわらず、その注釈論理がトータルなかたちで捉えられてきたかと問うならば、甚だ心許ない状況であると言わざるを得ないのである。延喜・天暦を時代の准拠として強く主張した『河海抄』が、一方で、『源氏物語』以降の史実を挙げていることに充分留意してきただろうか。それを問わないままでは『河海抄』を評価したことにはならないのではないか。言い換えると、『河海抄』を捉えるトータルな視点を持つことなく、作品の方法を論じるのに都合のよい先例だけを取り出して指摘していたのが近代以降の准拠（準拠）論ではなかったか。ともあれ、作品の方法として捉え返してすむのではない問題がここに抱えられているのではないかということを確かめ直して始めたい。

第三節　「准拠」と歴史認識

近代以降の注釈書類が、先例がないことを指摘する部分について、『河海抄』が『源氏物語』以降の例を挙げることになおこだわりたい。次に挙げるのは絵合巻で、帝の御前に絵合の判定が持ちこまれた場面の注である。

8御前にてかちまけさためむと
　古来物合勝負常例也
　朱雀院寛平菊合永承六年内裏根合郁芳門院前栽合
　寛子皇后宮扇合　上東門院菊合　正子内親王絵合等也
　後拾遺集正子内親王絵合し侍けるにかねの草子にかきて侍りける
　見わたせは波のしからみかけてけり卯花さける玉河のさと
　但同時歌歟如何(22)

絵合は、天徳内裏歌合の記録を模して書かれていることが詳細に検証されており(23)、所謂准拠論の立場からしばしば取り上げられて論じられる部分であるが、そこにも『源氏物語』以降の例が挙げられているのである。即ち、朱雀院菊合（上東門院菊合）以外は『源氏物語』以降の例であり、特に同じ絵合の例として挙げられている正子内親王絵合が含まれていることに注目される。これは永承五（一〇五〇）年、後冷泉朝の出来事で、当時幼少だった正子内親王の名ではなく、その母の名で麗景殿女御絵合と呼ばれることもある。これは絵合と呼ばれるものの史上の初例であるが、『源氏物語』以後のことである。その具体的なさまについては伝えられていないが、挙げられている『後拾遺和歌集』所収歌から、歌絵を合わせたらしいことが窺われ、物語絵合であった『源氏物語』の絵合とは内容を異にする。[24] しかし、『源氏物語』と同じ絵合と言われるものが、すぐ後の時代に実際に行われていることは注目に値する。従来の研究では、天徳内裏歌合を「准拠」としたのは『河海抄』であると認識され、絵合の例が『源氏物語』以後にしかないことには目を向けず、専ら天徳内裏歌合との符合が追われた。そのようなかたちで『河海抄』は再評価された。しかしその態度は、天徳内裏歌合を注として挙げる一方で、正子内親王絵合を挙げる『河海抄』の感覚とは隔たったあり方であると言わなければなるまい。

次の、澪標巻で誕生した明石姫君に守刀を贈った場面の注も同様である。

9-イ．十六日になむ女にてたいらかにものし給ふと

皇女禎子［三条院皇女御母中宮姸子御堂女　陽明院是也］　長和二年七月十六日降誕即日被奉御剣

贈皇太后宮藤原胤子［内大臣高藤母交野大領弥益女擬此事歟］

明石中宮［光源氏《于時内大臣》女　母明石入道女］[25]

女児に守刀を与えた例は『源氏物語』以前には見られず、『河海抄』は、三条帝皇女で、後に後朱雀皇后となる禎子内親王誕生時の例を挙げる。これも、民間では女児に守刀を与えることも禎子内親王誕生時より以前から行われていたと推測、解釈する近代以降の注釈とは対照的な態度である。[26] 先に挙げた例に加えて、どのように考えるか。これも従来歴史離れと捉えられてきた例の一つである。『河海抄』が『源氏物語』以前の例を挙げる部分に目を向けて、それを物語の方法として論じてきたのが従来の准拠論であったが、それは『河海抄』の感覚とは異なっている。

改めて立后をめぐる記事に戻ろう。手続きとしては『源氏物語』とその前後の史実を往還的、全体的に見あわせる必要があろうが、総じて漢文で書かれた記録類は日付に従って出来事を列挙するのみで、そこから出来事や、人物たちのイメージを明らかにすることはとても難しい。[27] 史上の先例を見あわすならば、皇親系の女性が二代続けて、

しかも藤氏出身の女性をおさえて立后すること、また梅枝巻に見られるような、源家の力の前に他家が入内をさし控えようとしたことや、源家出身の女性に並び得るものがなく、そのまま立后することなど歴史の現実に合わないものであろう。しかし、篠原昭二は『九暦』逸文を挙げる。歴史的現実という点では、皇親の立后の正統性への強い意識があったことを見忘れてはなるまい。

…但延喜初皇太子四年十一月晦日降誕、至于明年正月公卿上表也、幼稚皇子雖無表例、至于此般、頗有内謀云々、其故者、延喜天皇始加元服之夜、東院后御女妃内親王幷今太皇太后共欲参入、而法皇承母后之命、被停中宮之参入也、其後彼妃内親王不幾而依産而薨、其時彼東院后宮聞浮説云、依中宮母氏之寃霊、有此妖云々、曰之重可被停中宮之参入云々、而故贈太政大臣［時平］左右廻令参入也[28]…

藤氏出身の穏子の入内を好まず、東院后＝班子女王はわが子の入内を強行したのであった。篠原は、そこに「光孝・宇多・醍醐と、摂関藤原氏とは血筋においては離れて続いてきた皇統を守ろうとする意図」を読みとり、『源氏物語』が藤氏を離れた立后を三代にわたって描いた背景にこのような史実があったのではないかと言う。そしてそれが物語のかたちとなっているのではないかとも考えるのである[29]。その見解に問題がないわけではない。確かに、立后という点で皇親系のそれは少なく、そして引用文の、特に傍線を施した部分からは班子女王の強い意向が窺われるものの、皇親の入内自体は特に珍しいことではなく、これを「摂関家出身者による后妃独占を阻止しようとする動き[30]」とまで言い得るか問題が残る。しかし、現実に藤氏出身の后を望まない者があったことは動かず、篠原の指摘は注目すべきである。それはしばしば言われる、『源氏物語』に描かれた事柄は史上に先例がない場合でも、まったくあり得ない展開ではないという考え方と通じる[31]。

例えば、秋好中宮は子を授からず、しかも有力な藤氏女性を抑えて立后したことが類稀なこととして繰り返されるが[32]、『源氏物語』以前に、子を授からないまま立后した例として、冷泉後宮昌子内親王、円融後宮藤原媓子、同遵子を挙げることができる。(33) どれも所謂国母を抑えての立后である。媓子、遵子は藤氏出身者であり、昌子内親王は皇親系ではあるが、狂疾の帝と殆ど同殿しなかったという特異な事情があるというように、秋好中宮とは僅かな類似であるが、物語との部分的な類例をそれ以前の史実に求めることは容易である。(34) 因に円融朝は、作者の時代で、延喜・天暦と二重化されて時代准拠を構成したと言われる一条朝に影響を与えた時代である。また、昌子内親王の父ではないが祖父にあたる保明親王（文彦太子）は、「前坊」の殆どいない平安期において東宮のまま没した人で、『湖月抄』所引師説は「前坊は保明親王論号ス二文彦太子ト一になぞらふ」(35) とする。先に挙げた為子内親王は、入内に際して母の強い意向があったり、早世したという事情があるものの、『河海抄』は桐壺巻の、藤壺が登場する場面の注に挙げる。(36) 全体としては『源氏物語』の展開はあり得ぬものであったとしても、その断片は史上に見出すことができるのである。

『源氏物語』の背後に、それをよび起こすような史実があったという指摘は首肯される。しかしそのような例を取り上げ、『源氏物語』以前の歴史と、物語との対応において「准拠」を論じる近代以降のあり方は、『河海抄』の再評価と言いつつ、『河海抄』の挙例の感覚とは異なる。物語とそれ以前の史実が対応する場合「准拠」を言い、しないものを歴史離れと言うのでは、『河海抄』が延喜・天暦を時代の准拠として強く主張する一方で、『源氏物語』以前に例のない記述については、以後の例を挙げる感覚は説明できないであろう。

ここで改めて、『河海抄』の例の挙げ方をどう捉えるかを問わなければならない。何故『河海抄』は『源氏物語』以後の例を挙げるのか。少なくとも、『源氏物語』以後の例を、以後の例と自覚しながら引用する『河海抄』は、歴史との対応を史実によって描くというような、物語の方法の問題として見ていたのではない筈だ。ことは、史実の引用に関わる以上、『河海抄』の歴史認識という方向から問わなければならないであろう。なお考察を続けたい。

第四節　先例としての『源氏物語』

『河海抄』の挙げる『源氏物語』以後の例は、寛弘期からさして隔たらない後朱雀朝とその前後のものが殆どである。『源氏物語』以前に例はないのだが、物語に描かれたことが、すぐ後の時代に実現しているということである。それは何を意味するであろうか。

そのような問い方をするとき、篠原の、後一条朝の東宮敦明親王（小一条院）の立坊をめぐる経緯についての指摘が想起される[37]。三条天皇が藤原道長と争い、後見を持たない敦明親王の立坊を実現させたことは、桐壺院が、やはり後見を持たない冷泉を東宮にたて、その即位にあたっては流謫中の光源氏が召還され、理想的な治世が実現された『源氏物語』の展開を前提としなければ考えられないと言うのだが、問題はその指摘と相俟って考えられるべきではないか。篠原は『源氏物語』の皇位継承のあり方が、物語以前より以後に相似することに注目するが、『河海抄』を通して見てきた、同じ敦明親王が即位なしに院号を得たこと、また後朱雀朝から三代にわたって皇親の立后が実現したことも、絵合、女児賜剣のこと等、物語以前の例がないものについても、『源氏物語』の影響を言わなければ考えられないことではないか。先に、『源氏物語』以前に、それと類似する断片的な史実が見られることを指摘したが、底流としてあったものが『源氏物語』の受容を契機として浮上したのが、それらの実現ではないだろうか。『源氏物語』のありようが享受者を引きつけ、現実を動かすことになったということである。謂わば、物語の史実化、先例化である。『河海抄』の態度を見あわせると、ことはより一層明確になる。『源氏物語』により起こされるかたちでことが実現する、そこに働いているものは『河海抄』の態度にも通底すると思われる。

『源氏物語』以前に例のないことについて、以後の例を挙げるのは『河海抄』独自の態度であった。『河海抄』は

「准拠」、「潤色」というかたちで先例と後の史実を列挙することで、結果的にその中に『源氏物語』を並べている。物語以前の史実を、その先例と指摘し、更に以後の史実を挙げることで、『源氏物語』に史実と同等の意義づけを与えるのである。「准拠」、「潤色」が、史実を先例化する言葉であることは述べたが、そのような方向から注釈することは、『源氏物語』を史実空間ないし、先例空間に位置づけることに他ならないであろう。『源氏物語』を史実と等価とし、それを含んで歴史的先例空間と言うべきものを認識するありようである。『河海抄』が『源氏物語』の史実化を可能にしたことと、時代の感覚と言うことは切り離し得ないであろう。『河海抄』の態度は、寛弘期から隔たらない時代に、『源氏物語』に倣ったと見られる事柄が、史実として散見することと軌を一にするのではないか。換言すると、『源氏物語』を歴史的先例空間の中に捉えるような感覚を『河海抄』も持っていたのではないか。

想起されるのは久保田淳「平家文化の中の『源氏物語』」の指摘だ(38)。久保田は『安元御賀記』、『高倉院升遐記』、『建礼門院右京大夫集』等が事実の記録であるにもかかわらず、『源氏物語』に倣ったと見られる記述を持つことに注目した。平家文化における『源氏物語』享受は、王朝文化憧憬に基づくもので、『源氏物語』を王朝美学の規範と見做すありようが窺われるという。それは華やかな賀の場面や、院の死等をより印象的に描こうとしたときの規範とされたというような問題ではないことが、述べてきた状況を見あわすことから窺われる。「『源氏物語』での事柄をあたかも実際あったことのように述べている(39)…」といった指摘は、今の問題に引きつけて言えば『源氏物語』の先例化に他ならず、それは『河海抄』の態度に通ずる。そのような感覚が平家文化にも共有されていたということだ。『源氏物語』を先例化する感覚は散発的なものではなく空間化しており、後朱雀朝前後―平家時代と続いてきた延長線上に『河海抄』はあるということである。その場合『河海抄』には、『源氏物語』を先例化するというだけでなく、歴史的先例空間の中にそれを位置づけるありようがより強く窺われる。注釈であるという点で、『源氏物語』を前後の史実の中に並べることが可能であり、そのことで歴史意識を空間的に示すことが容易であったということであろう。『河海抄』は、後朱雀前後の史実を注として引くことで、『源氏物語』の史実化、先例化を謂わば完成する。篠原、久保田両氏の指摘を承けつつ、『河海抄』の態度を見あわすことで、そのような歴史空間の感覚があり得たことを明らかにすることができるのではないか。

先にふれたように、『河海抄』の態度は後の諸注に受け継がれることはなく、研究史において実質的に孤立している。受け継がれはしなかったが、『河海抄』のあり方はそれとして認められ、理解されていた。先に挙げた9、女児賜剣の注は、実は『河海抄』ではなく、素寂が最初に挙げたものなのである。今、『紫明抄』で引く。

9-ロ．五月五日そいかにはあたらんといそかせ給御はかしさるへき物なとおもほしやらぬくまなし

皇女禎子［三条院第三女宮　母中宮妍子、御堂御女］　陽明門院是也、長和二年七月六日降誕也、即日被奉御剣畢、女子賜剣事、是始例也[40]

『源氏物語』以後の例を素寂が挙げている珍しい注であるが、注目すべきなのは、諸注がこれを『河海抄』の説として挙げている点である。例えば、『明星抄』は次のように言う。

9-ハ．御はかし

女子に太刀をつかはす事三条院皇女の例河海に見えたり[41]

このことから、それを受け継ぐか否かは別として、『源氏物語』以後の例を挙げるのは『河海抄』の立場であるという認識があったことが窺われるのではないか。それは、次の『源氏物語玉の小櫛』の注を見あわすことで一層明確になる。

9-ニ．御はかし云々［十一のひら］

河海云々、此物語は、一条帝の御世に出来たること、紫式部日記にてもしるければ、長和の例といへる

はたがへり、[42]

ここでは「長和の例」を挙げたことが、『河海抄』の説として批判されている。

後朱雀朝前後―平家時代―『河海抄』と続いてきた、『源氏物語』を史実化、先例化する感覚はここまでで終るのである。それは歴史意識の転換ということであろう。従来の研究では、所謂「准拠」は史実の物語化という方向から考察されてきたが、ことはその逆ではないか。『河海抄』がどのような歴史空間の中にあったかについて、目が向けられてこなかったのではないだろうか。『河海抄』にとっての『源氏物語』はどのような制度であったかを問う視点を持たなかったと言い換えてもよい。それは、とりも直さず近代以降にとっての『源氏物語』が、どのような制度であるのかを問う視点の欠落を意味する。『河海抄』の注釈は、『源氏物語』を歴史的先例空間に位置づける行為である。それが『河海抄』の『源氏物語』であった。近代以降の『源氏物語』とは異なる『源氏物語』がそこにあるということに他ならぬ。どちらが正しいかということではなく、そのような制度としてあるのが『源氏物語』であって、それ以外にはない。そのように考えると、ことは『源氏物語』に限られた問題ではないと言い得る。一例として、時々の読みの制度に絡め取られ、再生され続け、天皇のための神話を新たに作り続ける『古事記』、『日本書紀』も思い浮かべられよう。今、『河海抄』の問題に立ち戻って言えば、それがどのような制度であったかを問うことによって、近代以降の読みの制度を問い返すことにも繋がるということである。

注

（1）玉上琢弥『源氏物語研究　源氏物語評釈別巻二』（一九六六年　角川書店）、清水好子『源氏物語論』（一九六六年　塙書房）、同『源氏物語の文体と方法』（一九八〇年　東京大学出版会）等。

（2）『河海抄』少女巻。一、四九一ページ。

（3）『弘安源氏論義』跋（中央公論社刊『源氏物語大成』普及版　第一三冊　資料篇。二六〇ページ）。
（4）『紫式部日記』寛弘五年十一月一日（小学館刊新編日本古典文学全集『和泉式部日記　紫式部日記　更級日記　讃岐典侍日記』）。
（5）『河海抄』序。一、九ページ。
（6）斎木一馬「国語資料としての古記録の研究――記録語の例解――」（『国学院雑誌』一九五四年六月）。
（7）佐藤進一『日本の中世国家』（一九八三年　岩波書店）。
（8）『江談抄』（岩波書店刊新日本古典文学大系『江談抄　中外抄　富家語』）。
（9）『園太暦』（続群書類従完成会刊『園太暦』、巻五）。
（10）『園太暦』（注9先掲書、巻一）。
（11）『実隆公記』（続群書類従完成会刊『実隆公記』巻二下）。
（12）なお、「潤色」は『論語』の例が、「准拠」は『権記』の例が、それぞれ初出かと見られ（三角洋一氏による教示）、二つの語の、来歴、位相について、更に調査検討する必要が残る。
（13）『河海抄』花宴巻。一、二五三～二五五ページ。
（14）『河海抄』真木柱巻。二、六五～六七ページ。
（15）『河海抄』梅枝巻。二、八六ページ。
（16）但し、角川書店刊本では、夢浮橋巻にもう一例見られ、五例となる。この例では、
…此巻名師説如此又以愚案加潤色了但再三案之真実の義は夢の一字の外に別の心なしうきはしは夢にひかれて出来詞也…（角川書店刊本『河海抄』夢浮橋巻。六〇一ページ）
のように、先行諸説に加えて自説を述べる場合に用いられている。
（17）『国語と国文学』一九九一年三月。
（18）『河海抄』藤裏葉巻。二、一〇七～一〇九ページ。
（19）『花鳥余情』藤裏葉巻。二四九ページ。

(20)　『明星抄』（武蔵野書院刊源氏物語古註釈叢刊第四巻『明星抄　雨夜談抄　種玉編次抄』）藤裏葉巻。三六九ページ。
(21)　『河海抄』澪標巻。一、三八三〜三八四ページ。
(22)　『河海抄』絵合巻。一、四一八〜四一九ページ。
(23)　清水好子「絵合の巻の考察——附・河海抄の意義——」（注1先掲『源氏物語の文体と方法』）。
(24)　同じ後冷泉朝に、やはり後朱雀皇女の禖子内親王が物語絵合を催しているが（天喜三年＝一〇五五年）、これは後の藤原定家による物語二百番歌合のように物語の作中歌を合わせたもので、物語の内容に及んでゆく『源氏物語』の絵合のようなものは現れなかったと見られる。
(25)　『河海抄』澪標巻。一、三八八ページ。
(26)　このことについて、『源氏物語評釈』に次のような指摘がある。

思うに、これ（禎子内親王の例。引用者注）は皇女賜剣の初例であって、民間では女子誕生に際し剣を与えることは、これ以前からあったのではないか。藤原氏のすることを、朝廷も、してみられた、その初例なのではあるまいか。この皇女の御母は、中宮研子、藤原道長の女、紫式部の仕えた一条天皇の中宮彰子の妹である。藤原氏にこびての事ではなかろうか（角川書店刊『源氏物語評釈』澪標巻。第三巻、二八六ページ）

また、最も新しい注釈書である新編日本古典文学全集も、

女児に守刀を与えた例として、『河海抄』は皇女禎子（長和二年＝一〇一三年誕生）を掲げるが、民間ではそれ以前から行われていたか（『源氏物語』澪標巻。②二八九ページ）

としている。
(27)　藤井貞和「光源氏物語の端緒の成立」（『源氏物語の始源と現在』一九八〇年　冬樹社）。
(28)　『九暦』逸文　天暦四年六月十五日（岩波書店刊大日本古記録『九暦』）。
(29)　篠原昭二「『源氏物語』と歴史意識——冷泉院をめぐって——」（『源氏物語の論理』一九九二年　東京大学出版会）。
(30)　注29先掲書。

（31）　山中裕『歴史物語成立序説』（一九六二年　東京大学出版会）等。

（32）　例えば、

源氏のうちつづき后にゐたまふべきことを、世人飽かず思へるにつけても、冷泉院の后は、ゆゑなくて、あながちにかくしおきたまへる御心を思すに、いよいよ六条院の御事を、年月にそへて、限りなく思ひきこえたまへり。（『源氏物語』若菜下巻。④一六六ページ）

等。

（33）　角田文衛「歴代皇妃表」（『日本の後宮』一九七三年　学燈社）による。

（34）　因に、『河海抄』は、この昌子内親王の例を、

王女御にてさふらひ給

王女御例

朱雀院皇女昌子内親王［冷泉院女御］　世以称号王女御云々

東子女王［文徳女御］　嘉子女王［清和］　兼子女王［同］　忠子女王［同］

寛子女王［同］　班子女王［光孝　中野親王女］　煕子女御［朱雀院　文彦太子女］

凡王女御ニカキラス姓ヲモ昔ハヨヒ付也李部王記ニ藤女御源女御ナトアリ（『河海抄』少女巻。一、四九二ページ）

のように、少女巻で秋好立后が語られる件りの「王女御」についての注として挙げている。

（35）　『湖月抄』夕顔巻。

（36）　せんたいの四の宮御かたちすくれ給へる

此先帝相当光孝天皇歟典侍詞にも三代の宮つかへとあり光孝宇多醍醐たるへき歟醍醐帝女御［号承香殿女御］為子内親王は仁和皇女也［此例歟］（『河海抄』桐壺巻。一、六二ページ）

（37）　篠原昭二「『栄花物語』『大鏡』の歴史観――皇位と権勢――」（注29先掲書）。

（38）　久保田淳『藤原定家とその時代』（一九九四年　岩波書店）。

(39)　注38先掲書。

(40)　『紫明抄』澪標巻。七四ページ。『異本紫明抄』にも素寂の説として、同じ注が見られ（『異本紫明抄』澪標巻。七五ページ）、源氏論議の早い段階で、この説がある程度共有されていたことを推測させるが、にもかかわらず、これが、後の注に『河海抄』の説として引かれていることは、『河海抄』の態度がどのように捉えられていたかを一層窺わせるものと言える。なお、『紫明抄』と『異本紫明抄』の成立の問題に関しては、稲賀敬二『源氏物語の研究　成立と伝流　補訂版』（一九八三年　初版は一九六七年　笠間書院）。

(41)　『明星抄』澪標巻（注20先掲書）。二〇七ページ。

(42)　『源氏物語玉の小櫛』（筑摩書房刊『本居宣長全集』第四巻。澪標巻。四一七ページ）。

第二章　『河海抄』の光源氏

第一節　夕霧の元服

光源氏と、亡き葵上とのあいだに生まれた夕霧は少女巻で元服を迎える。光源氏と同じく十二歳の時である。母方三条邸で祖母に養育された夕霧の元服が、二条院ではなくそのまま三条邸で行われる経緯が語られた後、夕霧の処遇について次のように述べられる。

四位になしてんと思し、世人もさぞあらんと思へるを、まだいときびはなるほどを、わが心にまかせたる世にて、しかゆくりなからんもなかなか目馴れたることなりと思しとどめつ。浅葱にて殿上に還りたまふを、大宮は飽かずあさましきことと思したるぞ、ことわりにいとほしかりける。(1)

父の意向により夕霧は六位に叙せられる。史上の現実として、六位が実質的に貴族社会の最下層で、五位とのあいだに大きな隔たりがあったことについては、しばしば指摘されている。(2)

しかし、ここでこだわらねばならぬのは夕霧の四位叙位を、光源氏自身の認識でもあり、「世人」の予想でもあったと語っていることである。所謂蔭位であるが、臣下である源家の嫡子夕霧は令の規定によるならば四位には叙せられない筈である。

・凡蔭皇親者。親王子従四位下。諸王子従五位下。其五世王者。従五位下。子降一階。庶子又降一階。唯別勅処分不拘此令。(3)

・凡五位以上子出身者。一位嫡子従五位下。庶子正六位上。二位嫡子正六位下。庶子及三位嫡子従六位上。庶子従六位下。正四位嫡子正七位下。庶子及従四位嫡子従七位上。庶子従七位下。正五位嫡子正八位下。庶子及従五位嫡子従八位上。庶子従八位下。三位以上蔭及孫。降子一等。其五位以上。帯勲位高者。即依当勲階。同官位蔭。四位降一等。五位降二等。[4]

蔭位の規定では、四位に叙せられ得るのは親王の子であって、臣下の子は五位止まりである。因に、元服後の光源氏の叙位については言及がないが、帚木巻冒頭部分で、「まだ中将などにものしたまひし時は[5]」と言われており、一世源氏として四位に叙せられたこと、更に、侍従ないし少将となったことが予想されるという指摘がある。[6]「源氏の君は、上の常に召しまつはせば[7]」のように、元服後も桐壺帝は光源氏を身近においたことが語られていることから四位の侍従が妥当かと思われる。

しかし夕霧の場合は違う。確かに、令文自体に既に「唯別勅処分不拘此令。」と、勅許による例外の設定が予想されており、光源氏の権勢ならば、それは充分に考えられることだと言えるかもしれない。しかし、まず実際に勅許による例外がどの程度あったのか、出身時の位について史上の状況を見る必要があろう。実現はしなかったにせよ、夕霧の四位叙位が当然のこととして受けとめられるような状況が現実に認められるのだろうか。

それについて基本的な状況をおさえるために、平安京遷都以後から、[8]諸原則の変化する院政前期までの、公卿の範囲で調査した。[9]それによると、まず目につくのが一条朝前後からの出身年齢の若年化の傾向である。これは元服年齢が早まることと連動する現象で、もともと皇族並みに早く元服する賜姓源氏などには、それ以前から十代での出身が多く見られるが、それが藤氏にも及んでおり、特に権門の子弟にその傾向が強くなっている。令文の、

凡授位者。皆限年廿五以上。唯以蔭出身。皆限年廿一以上。[10]

という出身年齢規定は、例えば、

・又五位已上子孫。年廿已上者。宜授蔭位。(11)
・又五位已上子孫乃年廿已上尓奈留賜当蔭之階布。(12)
・又五位已上子孫年廿已上叙当蔭階。(13)

のように、規定年齢に多少の揺れはあるものの、しばしば官撰国史の載せる即位詔等にも繰り返されるが、平安中期になると空文化したと認められる。

同じく令の規定と異なる傾向として藤氏の、特に権勢のある流の子弟は、出身時の父の位が一位でなくとも五位に叙せられているという点を指摘することができる。この傾向はほぼ権門の子弟に限られるが、藤氏北家流でも冬嗣の段階では父の従三位相当の従六位下出身であり、その子長良が従五位下（規定通りなら、父の正二位相当の正六位下か従六位上）、良房が正六位下（従六位下の可能性もあり）のように揺れが見られる程度である。それが、朱雀朝の師輔、顕忠、敦忠では父がそれぞれ従三位、正二位であるにもかかわらず、従五位下出身となっており、父の官位にかかわらず五位出身ということがほぼ定着をみている。それは師輔の子兼通、兼家、その子の道隆、道長ら、更にその子孫においても変わらない。『源氏物語』との関わりで言うと、その成立期と考えられている寛弘前後には既にこの傾向は原則化して定着しており、また所謂時代准拠を指摘される延喜、天暦段階でもほぼ変わらない。『公卿補任』にも出身叙位の理由に父の官を挙げる所が特に平安中期以後見られるようになり、(14)また『延喜式』には、

凡大臣曾孫者。叙従八位下。(15)

のように大臣の子孫に関する項があり、叙位と権勢は確かに、早い段階で結びついていたことを窺わせる。そのような状況と、藤氏師輔流で五位出身がルーティンとして定着することとは連動するであろう。

しかし一方で、蔭位に関する令の規定が有名無実化していても、臣下の四位出身ということは権門の子弟であっても見られないのである。ことは原則の問題である。皇親と臣下との出身位は、厳密に区別されている。具体的に

見ると、先に設定した調査範囲においては四位出身は例外なく一世源氏か親王の子に限られる。範囲を奈良朝まで広げると、ただ一例、聖武天皇の天平二〇年に藤原房前の子八束（真楯）の四位叙位の記録が見られる。八束はこの時三四歳、父の房前は既に亡い（没時参議正三位、後に贈太政大臣正一位）。但し、これについては、「元右衛士督兼式部大輔大和守」とあり[16]、衛士督は延暦一八年以降は従四位下相当官であるものの、この段階では正五位上相当で、四位が出身位でなかった可能性が大きい。ともあれ院政期前ではこれが唯一の例外である可能性のある事例で、他に臣下の四位出身の例はない。

述べたように、『公卿補任』が叙位の理由に父の官を挙げる等、叙位と権勢の結びつきを見ざるを得ない状況がある一方で、実際に臣下の四位出身の例が見られないことは、その蔭位に対する認識の曖昧さとは裏腹に、出身位の親王、臣下の別が明確に規制的に働いていたことを窺わせる。

第二節　諸注通覧

このような現実を踏まえた上で、次に諸注がこの部分をどのように捉えてきたかを見たい。「四位になしてんと思し」に付された注を、以下一覧的に掲げる。

1四位になしてんと思し

・『紫明抄』

元服後叙四品例

承和元年忠良親王加冠即叙四品

同四年正道王於殿上加冠即四品

源融朝臣於内裏加冠叙正四下[17]

・『河海抄』

孫王直叙四位事上古定事也見続日本紀等不違具銀《ママ》選叙令曰凡蔭皇親者親王子従四位下［諸親王者不限有品皆是一部令内称親王不在品階者皆依此例］　源興基［弾正尹人康親王男］　貞観八年正月七日叙従四位下［元無位］　源博雅［兵部卿克明親王男］　承平四正月七日［叙従四位下同親王子王叙四位雖為流例一世源氏大臣大略］　叙爵源叶［信大臣子］　同静［光大臣子］　伊渉［兼明親王子］　忠賢［高明大臣子］　皆是叙従五位下者也六条院于時大臣也如何因茲四位ニ成てんかしとおもへとも猶有斟酌歟[18]

・『花鳥余情』

親王の子は元服のゝちやかて従四位下に叙す　源氏の君はよのつねの源氏の同列にあらす　故に親王の子に准して四位に叙し給はんとおほしめしよりたれともなをしんしやくあるよし也[19]

・日本古典全書

源氏は夕霧を親王の子息に准じて従四位下に奏請しようと思はれ、世間も大方さうであらうと思つたのに。[20]

・日本古典文学大系

親王の子供は、元服すると従四位下となるのが例。[21]

・『源氏物語評釈』

大臣の子なら、元服してすぐ四位か五位になる。内大臣、執権であり、昨年秋、太政大臣に昇進の内定がありながら固辞し、一位になり牛車を聴許された一世の源氏である。その第一子。母は、太政大臣の姫、祖母は桐壺の院（上皇陛下）と同じ后腹の内親王。母の兄弟は、「みな上達部のやむごとなき、御おぼえことにてのみものしたまへば」。こう条件がそろえば、四位が当然である。[22]

・日本古典文学全集

親王の子や一世の源氏は元服後従四位下になる。夕霧は二世の源氏だが、父の権勢により親王の子に準じて四位にすることはできる。[23]

・新日本古典文学大系

夕霧は二世の源氏。親王や一世の源氏に准じて、従四位下にしようと思えばできるらしい。[24]

近代以降の注釈にほぼ共通して見られるのは、夕霧は父の権勢によって、二世の源氏であるが、親王の子のように四位にすることが可能であったという認識である。その中で『源氏物語評釈』が、一世源氏で大臣の父を持ち、母方も申し分ないことを夕霧四位叙位の理由として明示していることは注目される。しかし、父の官や、母方の出自をなしくずし的に持ち込んでいる点、やはり問題の捉え方自体誤っていると言わねばならないのではないか。夕霧の四位叙位について、近代以降の注は、その父の圧倒的な権勢を言うにとどまり、皇親と臣下の別について留意してこなかったのである。

古注で、『紫明抄』、『河海抄』は史上の例を挙げ、『花鳥余情』は源氏が通常の賜姓源氏とは異なるという見解のみを示す。以後の古注はこれらの説を適宜引く。『紫明抄』、『河海抄』に挙例されているのは親王、親王の子、或いは一世源氏で、夕霧には適合しない。それについて、例を列挙するのみの『紫明抄』と異なり、『河海抄』はその立場を明確に示す。その注を整理すると、①孫王は四位、②一世源氏の子は大臣の子でも皆従五位下、③源氏はこの時大臣であるが、通常なら夕霧を四位にできない筈、ということになる。つまり、夕霧の場合とは異なることが意識され、類例のないことに言及しながらの挙例なのである。源氏は冷泉帝即位時に二位相当官の内大臣となり、[25]薄雲巻で太政大臣昇進を留保した時点で従一位となっているので、[26]夕霧は源家の内大臣の嫡子、従一位の蔭、令の規定によっても、また同時代の史実に照らしてもやはり五位止まりということになる。ここで『河海抄』が、皇親と臣下との別を認識する態度は正当であると言えよう。見てきたように、臣下の出身は五位止まりであるということは厳密に守られてきたからである。

これらを踏まえた上で、何故夕霧の四位叙位が当然と捉えられているのかと問うことから始めなければならない。ことは、一人夕霧のではなく、父光源氏がどのような存在としてあったかという問題、光源氏の捉え方の問題である点が実質的に見忘れられてきたのではないか。確かに、どの注も蔭位が本人ではなく父の問題であることを認識してはいる。しかしただ漠然と、光源氏は夕霧を親王の子のように四位に叙することが可能であるような特別な存在であったということを指摘するのでは問題にしたことにはならないのである。臣下では、四位に叙せられ得ないということを抜きにしてはならない。それは、光源氏が親王としての位地にあることの当然の結果ということ以外に考えられるだろうか(27)。

夙に『河海抄』が、

2竹取うつほかくれみのなとの古物語にはおほく実名をあらはす事あり此物語には名字をのする事まれ也これみつよしきよときかたなかのふみちさた平のしけつね［宮侍］はつかなり就中惟光良清は揚名介申文にも此名有旁有由歟(28)…

と指摘するように、登場人物から実名を消し去り、官位等によって呼ぶのは『源氏物語』の叙述方法であった。それは、官位が人物達の生活そのものに深く浸透し、共通感覚となっていることを前提化して示すものであろう。夕霧の四位叙位を当然と語ることと、現実レベルでは臣下の五位出身ということが規制的に働いていたことを見あわすと、ことは、物語における光源氏の存在の問題性として問わなければならないのではないか。つまり、賜姓源氏とされながら、物語における光源氏は親王として待遇されているのではないか。以下、その点に意識的であった『河海抄』の注を見ながら考察してゆきたい。

第三節　光源氏の位地

蔭位が、出身者の父の、皇親、臣下の別について特に厳密に、規制的である現状を見、夕霧について親王の子でなければ考えにくい四位出身が当然のこととして語られるのは、光源氏が物語の中で親王の位地にあるものとして待遇されていたことを意味するのではないかということを仮説的に指摘した。それについて意識的と見られるのが『河海抄』であった。『河海抄』は物語の描く光源氏をどのように捉えていたのか。以下、『河海抄』が光源氏の位地に関して言及した部分を中心に取り上げて考察してゆく。

3おとゝ太政大臣にあかり給て

皇子任太政大臣例大友皇子［天智天皇御子］　天智天皇十年始任太政大臣高市親王［天武天皇御子］　持統天皇四年任太政大臣(29)

同じ少女巻で、光源氏が太政大臣に就任した場面の注である。ここで「皇子任太政大臣例」として、親王が太政大臣に就任した例が挙げられている。これは、賜姓源氏で太政大臣に就任した例がないためとも見られるが、同じ部分について『花鳥余情』が、

内大臣転太政大臣例忠義公兼通天延二年二月任太政大臣［元内大臣］　但関白也　これよりのちは連綿なり信長公清盛公なと内大臣より相国に任する也(30)

と、内大臣から左右大臣を経ずに太政大臣となった例を挙げるのとは、明らかに異なる態度である。後の注は、概ねこの二説の引用である。史上の例を見ると、寛弘前後では、円融朝に藤原兼通が内大臣から直接太政大臣に就任しているのが唯一の例、院政開始まででも藤原教通の子、道長の孫である白河朝の藤原信長のみで、『花鳥余情』

の注はその特異な昇進のありように注目したものとなっている。それに対し、『河海抄』はそのことには触れず、親王例を挙げる。近代以降の注は、

・…すくなくとも藤原時代においては、内大臣にいちばん実力のある人がつき、左右大臣は老人の名誉職的存在であったかと思われる。いままで源氏はその内大臣の座にどっしり構えていたのであるが、立后のことがはっきりしたとたん、政治を大将に譲っている。うがった考え方をすれば、これまで源氏が内大臣の地位を譲らなかったのは、立后のことを考えていたからではないか。…中略…力を有するのはやはり内大臣なのであって、太政大臣では動きにくくてちょっと弱い。そのために源氏はいままでこの座にがんばっていたのである。そして立后が決定したとたん、もう用事の多い内大臣の席は大将に譲ってしまう…(31)

・太政大臣は、天皇をはじめ天下の師表となる人物を選任する。適任者がいなければ欠く、則闕の官。源氏は、昨年の秋の司召に太政大臣にとの定めを固辞した。(32)

のように、内大臣が実質的な最高権力者であったこと、それが光源氏の権勢の基礎固めに必要であったこと等を指摘するにとどまり、異なる二つの古注のあいだについて言及しない。臣下の子の四位出身も、賜姓源氏の太政大臣就任も史上例のないことであるが、それ故に親王例、或いは親王の子の例を挙げるのは、繰り返しているように光源氏、夕霧には妥当しない。しかし夕霧叙位の注で見たように、そのことについて『河海抄』が無意識的であったのでない以上、誤りか否かでなく、また『花鳥余情』とどちらが注として妥当であるかということでもなく、光源氏をどう捉えていたかということである点で、『河海抄』の二つの注は問題性を共有している。

更に少女巻で見る。六位にとどめられ、大学に入学した夕霧は、朱雀院行幸の優れた作文によって進士となり、その秋の司召に侍従となって貴族社会に謂わば正式に登録される。

4大学の君その日のふみうつくしく作り給て進士ニなり給ぬとしおとなひかしこき物ともをゑらはせ給しかとき

うたいの人わつかに三人なん有ける
礼記曰大楽正論造士之秀者以告于王而升諸司馬曰進士注曰可進受爵禄者也聖武天皇神亀年始進士試進士及第例承和六年春五星若連珠詩及第三人〔三月廿日判少輔藤原氏宗下〕　孫王　茂世王〔桓武御後仲野親王男〕三原永道　文長河登科記云式部卿是忠親王二男進士及第　式膽王　延喜十六年八月廿八日試〔行幸朱雀院御題〕　高風送秋詩〔以鐘為韻七言六韻〕　及第四人〔九月廿一日判〕　藤原高樹〔字藤原童近江〕大江維時〔字大江二〕　春渕良規〔字朝二〕　藤原春房〔字藤原藝〕
已上四人不作開韻及第(33)

ここでも『河海抄』は「進士及第例」として、臣下ばかりでなく多くの親王の子の例、王の例を挙げる。『花鳥余情』以下は、

作文は詩也　うつくしうはほめたる詞也(34)

のような語釈レベルの注であり、対照的な態度を示す。
それと引き続いて語られる秋の司召に侍従となる場面についても、史上の例を挙げるのは『河海抄』のみである。

5秋のつかさめしにかうふりえて侍従になり給
正躬王〔葛野親王男〕　弘仁七年補文章生天長八年十一月二日任侍従
源清平〔是忠親王男〕　延喜二年九月文章生七年九月卅日侍従
源保光〔代明親王男〕　天暦四年十二月廿日奉文章生試同五年進及第十年正月一日侍従(35)

ここで『河海抄』が引く三人はすべて親王の子の例である。侍従は朱雀朝の藤原師輔頃から権門——納言以上——の子弟が元服後に就く傾向がほぼ定着しており、それは藤氏の子弟に限らないので、大臣の嫡子である夕霧が元服後就くことが予想されるような職である。従って文章生から侍従となった例は非常に少なく、それは権門の

子弟でありながら大学に入学したことと同様、現実的でないことであったため、『河海抄』以外の諸注は、文章生からの昇進としてではなく、権門の子弟のそれとして夕霧の侍従就任を捉え、史上の例を挙げて注さなかったと考えられる。実際、『河海抄』の挙げる三人のうち正躬王以外の二人は直接に侍従となったのではなく、また正躬王についても、侍従となるのは、文章生となってから十五年後のことで、進士及第後すぐに侍従となった夕霧の場合とは異なる。にもかかわらず『河海抄』は親王の子ではない夕霧について、これらの例を挙げる。

第四節　『河海抄』の先例認識と光源氏

『河海抄』が親王例を挙げるのは、『花鳥余情』等の態度とはまったく異なっており、また、実際に『河海抄』のそのような見解は後の注釈書類に引用はされているが、内容的に受け継がれていると認め難い。ここに『河海抄』独自のありようを見ることができよう。最初に取り上げた場面で、夕霧の四位出身が当然と語られているのは、光源氏が賜姓源氏でありながら親王に相当する特異な位地を保っていたためである以外に考えられないと述べたが、史実に照らして賜姓源氏とその子には合わない展開によって彼をあらわし出すのは物語であり、『河海抄』はその中の光源氏の位地を正当に受けとめて、見てきたその他の場面についても親王例を挙げていると言うべきではないか。『河海抄』が史的実例を通して『源氏物語』を捉えてゆく中で、親王の列に置かざるを得ないような描かれ方が光源氏についてなされており、『河海抄』はそれを正しく照射していると言うべきであろう。

それは光源氏の人生の最初期に既に見られる傾向であった。光源氏の元服については夕霧の元服場面以上に、定められた彼の位地には合わない筈の待遇が当然のこととして語られる。物語は、

この君の御童姿、いと変へまうく思せど、十二にて御元服したまふ。居起ち思しいとなみて、限りあることに

事を添へさせたまふ。一年の春宮の御元服、南殿にてありし儀式のよそほしかりし御ひびきにおとさせたまはず。(36)

のように、光源氏の元服に関するいろいろな事柄が、兄の東宮のそれに遜色ないさまであったことを繰り返すが、そのような描き方に対する『河海抄』の態度は注目される。

『河海抄』は、

6大蔵卿蔵人つかうまつる

雄略天皇之世初有大蔵官之号即以秦公酒為大蔵官頭云々一説大蔵卿ハ理髪蔵人ハ役送両人名歟又云理髪役ハ蔵人頭也而故障之時大蔵卿勤之歟又云蔵人頭兼大蔵卿歟蔵人の大蔵卿とも大蔵卿の蔵人ともいふ歟代々理髪蔵人頭例也　又云大蔵卿蔵人所共ニ元服の所役を勤歟但親王元服ニ大蔵省禄を儲事無先規歟然而是ハ准東宮御元服儀歟詞にもかきりある事に事をそへ春宮の御元服南殿にてありしにおとさせ給はすと有

大蔵省

周礼地官吏部之属歟本朝別置当省不叶異朝之准拠者歟此省掌諸国租税諸公事之時成功下文令支配国々者也

蔵人所

嵯峨天皇御宇弘仁年中始置之横異朝侍中内侍等職歟彼侍中尤為重任内侍者官省之任也本朝弘仁以往少納言及侍従為近習宣伝之職而弘仁初置当所以公卿第一為別当［左大臣流例也］　四位侍臣中撰其人為頭［上古五位頭有例］　五位中又撰補三人六位中撰補四人［近代五人］　謂之職事又為要籍駈仕六位中撰良家子令候殿上謂之非蔵人(37)

7としきろくのからひつ

屯食［つゝみいひといふ物也下臈に給ふ飯也］

禄辛櫃　内蔵寮禄也　春宮御元服ニ在之親王元服には無之歟但是も結構之儀歟
屯食事　延長七年二月十六日当代源氏二人元服垂母屋壁代撤昼御座其所立倚子為御座孫庇第二間有引入左右大臣座其南第間置円座二枚為冠者座［置西面又円座前又置円座又其下置理髪具皆盛柳筥］　先両大臣被召着円座引入訖還着本座次冠者二人立座退下於侍所改衣裳此間両大臣給禄於庭前拝舞［不着沓］　於仙華門退出於射場着沓撤禄次冠者二人入仙花門於庭中拝舞退出参仁和寺帰参先是宸儀御侍所倚子親王左右大臣以下近臣等同候有盃酒御遊両源氏候此座［候四位親王之次依仰也奥方壁下也］　深更大臣以下給禄両源氏宅各調屯食廿具令分諸陣所々
天慶三年親王元服日屯食事内蔵寮十具穀倉院十具［以上拾校太政大臣仰之調之］　衛門府五具［督仰調之］左馬寮五具［御監仰之調之］　列立南殿版位東其春興殿西立辛櫃十合件等物有宣旨自長楽門出入上卿仰弁官分給所々夫二人勾当其事仰検非違使令給弁官三太政官二左右近衛三左右兵衛二左右衛門二蔵人所二内記所一薬殿一書所一内竪所一校書所一作物所一内侍所四或釆女一内教坊一糸所一御匣殿一(38)

のように、光源氏が東宮とは異なることは明確にしているが、「親王元服」例を繰り返し挙げる。(39)例えば次のような例である。

8さふらひにまかて給ひて
侍［殿上事也］　親王元服時下侍ニ儲休所例也殿上六間也神仙門東三間西三間也上戸有小蔀主上殿上を御覧する所也倚子［有覆懸棹］　奏杖和琴台盤三脚囲碁弾碁局簡［在袋］　朱辛櫃火櫃［夏秋］　等あり又横敷の前に在硯［瓦硯］　春冬は有垂幕小板敷の西ニ有棹間小庭に時簡膳棚あり又近代横敷坤申柱ニ付蘇芳綱平召小舎人之時蔵人引之二条院御時以後事也［建暦御記］(40)

9しろきおほうちき一くたり

白大掛一領
親王元服加冠禄白大掛　天皇御元服御衣一領也一説掛有大小着衣上云々［うはきの上ニうちきを着也いろかさねはきぬに従ふなかさ小袖とひとし中へうらあり］(41)

しかし、光源氏は高麗相人の観相から程なく、桐壺帝の判断によって臣籍に下されたらしく、(42)続く部分で「源氏の君」と呼ばれており、(43)東宮元服の折に劣らぬさまであったことはそれとして、「親王元服」例は当たらない筈なのである。光源氏の元服については『花鳥余情』も親王例を挙げるが、それについて、

・その日のおまへのおりひつ物こものなと

献物は惣名也　元服の人のたてまつる物也　その中に籠入たるをはこ物といふ　又折櫃に盛たるもあり　親王元服の時は献物あり　王卿已下これを取て庭中に列立する時第一大臣一人座にとゝまりてなにそれ物そとたつぬれは上首の人奏云某の奉る御贄と申ておの〳〵物の名を奏す　その時大臣仰云かしはてにたまへ　すなはち膳部内膳司等すゝみ出てうけとる也　一世の源氏の元服には献物なきにや　たゝし此物語の詞にかきりあることに事をくはへさせ給ふとみえたれは一世源氏の元服なれとも親王の時の例をもて献物なと右大臣うけたまはりて用意するにや(44)

・としき禄のからひつ

屯食は元服の人の本家より諸陣の役者にこれをわかち給ふもの也　西宮抄にその子細みえたり　親王元服の時は諸官の長官たる人各下知して調せしむ　これ源氏の元服にかはる所也　禄辛櫃は親王以下の元服にはこれを立す　東宮の御元服の時の事也　さて下の詞に春宮の御けんふくにかすまさりていかめしくありけるよしをのせ侍り(45)

のように、光源氏が東宮とも親王とも違うことを明確にした上で合理的な解釈を示すのと、主に「建暦御記」等か

ら親王例を挙げる『河海抄』の態度とは異なる。史的実例を通して光源氏の元服を見た時、彼を親王の位地に置くしかないものとしてあり、そのことを『河海抄』はそのままあらわし出していると言えよう。それは見てきた注の挙例の態度と軌を一にする。

『河海抄』の態度は、注釈を通じて自らの世界と地続きの史的先例空間の中に『源氏物語』を位置づけようとする方向で一貫している。先に見たように、『源氏物語』を先例化、史実化する流れの中にあって、先例と後の史実を挙げる注釈行為を通じて、結果的にその中に『源氏物語』を並べ、それによってこの作品に史実と同じ位置づけを与えている。『河海抄』はあり得た先例としての『源氏物語』を含んで歴史的先例空間を認識している。『河海抄』の光源氏を考えようとするとき、そのことを見忘れてはなるまい。

物語が賜姓源氏の範囲で先例が見出せない展開をする場合には親王例を挙げるというように、例の側を動かすのが『河海抄』のありようで、そのことと、先例が見出し難い場合に後の例を挙げることとは、どちらも『源氏物語』の先例性が動かぬものであることを前提として初めて可能である。『河海抄』は、『源氏物語』を先例化、史実化する感覚を共有していると述べたが、それが全体を貫く前提としてあって注として成り立ち得ている。そのような注によってあるのが『河海抄』の『源氏物語』であり、『源氏物語』はそのような制度としてあった。その、近代以降の注とは異なるありようが、結果として親王と見るしかない光源氏の物語における本性を照射し、光源氏とは何なのかという問題提起をすることになっているのではないか。光源氏の履歴に合うのは親王しかいないので彼は親王、或いはそれ以上の者として待遇されていると把握することは、近代以降の准拠論の、史実と合致する部分は准拠とし、しない部分は歴史離れを指摘し、最終的に作者の方法に帰着する態度とはベクトルが逆である。『河海抄』にとって、『源氏物語』の先例性が動かぬものであったことが、光源氏の位地に対する問題提起となっているのである。

第五節　光源氏の位地と准太上天皇

光源氏の位地という方向から、再び史上に先例のない彼の履歴、藤裏葉巻の准太上天皇の問題に立ち戻りたい。先に見たように、後の注釈書類に受け継がれているのは、『河海抄』の挙げる史上の例を、小一条院以外は皆諡号であるとして退け、更に小一条院の院号を御封の問題として捉え直すことから始める『花鳥余情』の方向であった(46)。「准」が具体的に何に対するものかという問題であるが、それについては、時代は下るが道長の准三宮をめぐって次のような法解釈が示されている。


父祖同位者依父位可称事。

故殿従一位太政大臣准三宮当時。父従一位左大臣。今件若君可申蔭子哉。為当可申蔭孫歟。

継嗣令云。皇兄弟皇子皆為親王。以外並為諸王。選叙令云。蔭皇親者。親王子従四位下。諸王子従五位下。又条云。五位以上子出身者。一位嫡子従五位下。庶子正六位上。嫡孫正六位上。庶孫正六位下者。

案此等文。父上階。祖下階之人。已称蔭子。父下位祖上位之者。更号蔭孫。是則偏求及身蔭位之高。不依父祖官職之貴者也。而今於此若君者。殿下已一位地。祖蔭不可過斯。強猶申蔭孫。本位還可御軽。抑亦准三宮宣旨者。只為年爵季官也。已不御座親王。其蔭難及彼孫歟(47)。


これによると、「准」は年官・年爵の問題であって、蔭として子孫に及ぶような性質のものではなかったらしいことがわかる。御封の問題とした『花鳥余情』の感覚は正当であると言えよう。しかし、ことは『河海抄』の誤認を指摘して充分なのではない。『河海抄』が光源氏の准太上天皇について、践祚なく天皇号を得た例を挙げることは、『河見てきた他の注と同じく、その歴史認識を窺わせるものである。諡号例も含めて史上の例を列挙することは、『河海抄』がこれを光源氏の位地の問題として見ようとしていると捉えるべきではないか。以下、更に具体的に見る。『花鳥余情』が諡号として退けなかった唯一の例である、小一条院（三条天皇皇子敦明親王）が践祚なしに院号を得たのは、後一条朝（寛仁元年）のことで、『源氏物語』の先例化の可能性が指摘される事件であるが(48)、そのような例を『河海抄』は注として挙げている。ここに、光源氏の准太上天皇就位を、あり得た現実として、単なる御封の問題としてでなく文字通り太上天皇に准ずる尊貴な位地として、歴史的先例空間の中に位置づけようとする態度を見るべきであろう。ことは、准太上天皇就位以後、特に若菜上巻の『河海抄』のありようと相俟って考察しなければならない。

若菜上巻以降の『河海抄』の注は、史上の先例を挙げることがそれ以前の巻と比べて減少しており、それに代わるかのように御記の引用が目を引く分量で現れる。若菜上巻では光源氏の四十賀のさまが繰り返し語られるが、それについて、

10玉鬘主催の四十賀。祝い用の造花を載せる台のさま。

御かさしのたいにはちんしたむをつくりめつらしきあやめをつくしおなしきかねをも

一切の物にもんのあるをはあやめと云也定家卿の説也これも木のわき目なとの事也あやすきなとも云也

延長二年正月廿五日御賀御記云南廂自東第四間立挿頭机一脚有銀山銀水金銀花樹等(49)

11夕霧主催の四十賀。

六ゑふの官人

六衛府［左右近衛府　左右衛門府　左右兵衛府］

延喜十六年三月七日御賀御記曰左右少将諸衛佐馬寮助等引御馬十疋奏覧　延長二年正月廿五日同御記曰

左大臣起府院御馬被奉入仰令早牽大臣称唯下殿仰之即分御馬卅疋入自日花門時酉一剋(50)

のように天皇の記録によって注をつけるのは、准太上天皇となった彼を名実共にその位地で捉えようとしている点で藤裏葉巻、准太上天皇に関する注の延長線上にあると言えよう。このような御記による注は、部分的に他の注釈書に引かれるが、分量、施注の態度に一貫性が窺われる点で、『河海抄』の独自性を見るべきである。

『河海抄』が執拗なほどに御記を引くことで、[51]退位した天皇に准ずる者として光源氏をあらわし出そうとしたのは、やはり物語における彼の待遇を正当に受けとめたためであると思われる。准太上天皇としての光源氏を、御封の問題にとどまらず、天皇にも匹敵する者としているのは物語なのではないか。それは、例えば次のような部分に窺われる。

・「…方々につけて御蔭に隠したまへる人、みなその人ならず立ち下れる際にはものしたまはねど、限りあるただ人どもにて、院の御ありさまに並ぶべきおぼえ具したるやはおはすめる。それに、同じくは、げにさもおはしまさば、いかにたぐひたる御あはひならむ」と語らふを、[52]

・春宮にも、かかることども聞こしめして、「さし当たりたるただ今のことよりも、後の世の例ともなるべきことなるを、よく思しめしめぐらすべきことなり。人柄よろしとても、ただ人は限りあるを、なほ、しか思し立つことならば、かの六条院にこそ、親ざまに譲りきこえさせたまはめ」となん、わざとの御消息とはあらねど、御気色ありけるを、[53]

女三宮の乳母の兄左中弁の言葉と、東宮の言葉であるが、女三宮の身の処し方に苦慮する人々の認識の中で、光源氏は「ただ人」ならざる者として捉えられているのである。また、

いにしへの朱雀院の行幸に、青海波のいみじかりし夕、思ひ出でたまふ人々は、権中納言、衛門督のまた劣らずたちつづきたまひにける、世々のおぼえありさま、容貌、用意などもをさをさ劣らず、官位はやや進みてさへこそなど、齢のほどをも数へて、なほさるべきにて昔よりかくたちつづきたる御仲らひなりけりとめでたく

思ふ。主の院も、あはれに涙ぐましく、思し出でらるることども多かり。(54)

のように、光源氏の四十賀が過去の行幸を思い起こさせているのは、単に追憶と、源家、太政大臣家の繁栄を言うにとどまるものではない、物語における彼の本性を窺わせる。『河海抄』が、光源氏の四十賀について御記を引いたのは、それを許容するような語り方を物語がしていたためなのである。

しかし、一方で『河海抄』は、物語を逸脱しかねないところで光源氏の超越性の認識を貫こうとする。

御賜りの御封などこそ、みな同じごと遜位の帝と等しく定まりたまへれど、まことの太上天皇の儀式にはうけばりたまはず、世のもてなし思ひきこえたるさまなどは、心ことなれど、ことさらにそぎたまひて、例の、ことごとしからぬ御車に奉りて、上達部などさるべきかぎり、車にてぞ仕うまつりたまへる。(55)

准太上天皇が現実的には御封の問題であったことが、ここで押さえられている。しかしそのように、物語の示すところを超えてまで、『河海抄』が見届けようとしたのは、矛盾しているようであるが、物語のあらわし出す光源氏なのである。物語は准太上天皇を、

その秋、太上天皇になずらふ御位得たまうて、御封加はり、年官、年爵などみな添ひたまふ。(56)

と、主に御封の問題のように語り始める。しかしまた一方で、例えば、

灌仏率てたてまつりて、御導師おそく参りければ、日暮れて御方々より童べ出だし、布施など、朝廷ざまに変らず、心々にしたまへり。御前の作法をうつして、君たちなども参り集ひて、なかなかうるはしき御前よりも、あやしう心づかひせられて臆しがちなり。(57)

と、光源氏主催の灌仏会を宮廷のそれを凌ぐものとして描いた、その帰着点としてもあり、『河海抄』が御記によって注するなかであらわし出しているのは、准太上天皇のそのようなありようであった。『源氏物語』を歴史的先例空間の仲に位置づけるという『河海抄』の制度が結果として、臣籍に下されていながら親王の位地を保つ特異な

存在として物語が抱えこんでいる光源氏をあらわし出すことになっているということだ。所謂『河海抄』の「准拠」についても、そこから問い直す必要があるのではないかということである。

注

（1）『源氏物語』少女巻。③二〇〜二一ページ。
（2）和田英松『新訂　官職要解』（講談社学術文庫）等。
（3）『令義解』選叙令（吉川弘文館刊新訂増補国史大系『令義解』）。
（4）『令義解』選叙令（注3先掲書）。
（5）『源氏物語』帚木巻。①五三ページ。
（6）木船重昭「光源氏・元服以後――桐壺の巻末記事の年次と官位・付、頭中将――」（『京都府立宮津高校研究紀要』第七号別巻1）。
（7）『源氏物語』桐壺巻。①四九ページ。
（8）選叙令は施行後、慶雲三年にその適用が是正されるが、平安京遷都の翌年に当たる延暦一四年に令制に戻されている。
（9）付表。『公卿補任』（吉川弘文館刊新訂増補国史大系『公卿補任』）第一篇による調査。
（10）『令義解』選叙令（注3先掲書）。
（11）『続日本紀』霊亀元年九月（吉川弘文館刊新訂増補国史大系『続日本紀』）。
（12）『続日本後紀』天長十年三月（吉川弘文館刊新訂増補国史大系『続日本後紀』）。
（13）『日本三代実録』元慶六年正月（吉川弘文館刊新訂増補国史大系『日本三代実録』）。
（14）例えば、藤原道兼の子兼隆（一条朝）、藤原兼光の子公信（三条朝）、藤原頼通の子通房（後朱雀朝）等。
（15）『延喜式』式部上（吉川弘文館刊新訂増補国史大系『延喜式』）。
（16）『公卿補任』天平宝字六年（注9先掲書）。

(17)　『紫明抄』少女巻。八六ページ。
(18)　『河海抄』少女巻。一、四八一～四八二ページ。
(19)　『花鳥余情』少女巻。一五二ページ。
(20)　朝日新聞社刊日本古典全書『源氏物語』少女巻。三、四三ページ。
(21)　岩波書店刊日本古典文学大系『源氏物語』少女巻。二、二七六ページ。
(22)　角川書店刊『源氏物語評釈』少女巻。第四巻、三二二ページ。
(23)　小学館刊日本古典文学全集『源氏物語』少女巻。③一四ページ。新編日本古典文学全集も同様。
(24)　岩波書店刊新日本古典文学大系『源氏物語』少女巻。二、二八一ページ。
(25)　源氏の大納言、内大臣になりたまひぬ。数定まりてくつろぐ所もなかりければ、加はりたまふなりけり。(『源氏物語』澪標巻。②二八二ページ)
(26)　太政大臣になりたまふべき定めあれど、しばしと思すところありて、ただ御位添ひて、牛車聴されて参りまかでしたまふを、(『源氏物語』薄雲巻。②四五七ページ)
(27)　なお、出身位に、皇親の四位、臣下の五位という原則が認められることについては、高田信敬「夕霧元服――少女巻箋注――」(『むらさき』一九九八年一二月)が、臣下についても、五位出身後、すぐ四位に叙せられた史上の例を挙げて、小論を批判している。ここで指摘したのは、出身位の原則についてであり、臣下が出身後、すぐ四位に叙せられたかどうかの問題ではない。むしろ史料を博捜しての氏の調査によっても、臣下の五位出身が動かない点に留意すべきであると考える。
(28)　『河海抄』夕顔巻。一、一二七ページ、「これみつ」についての注。
(29)　『河海抄』少女巻。一、四九二ページ。
(30)　『花鳥余情』少女巻。一五六ページ。
(31)　角川書店刊『源氏物語評釈』少女巻。第四巻、三四八～三四九ページ。
(32)　小学館刊日本古典文学全集『源氏物語』少女巻。③二六ページ。なお、新編日本古典文学全集『源氏物語』は、

『河海抄』の注を引き、次のように言う。

『河海抄』は、「皇子太政大臣ニ任ズル例」に、奈良時代の大友皇子と高市親王とを挙げ、また、「内大臣執政ノ例」として、藤原兼通が天禄三年（九七二）十月に内覧の宣旨を蒙り、その一月後に内大臣となった例、藤原道隆が永祚元年（九八九）二月に内大臣になり、翌年五月に関白になった例、藤原伊周が正暦五年（九九四）八月内大臣となり、翌長徳元年三月に内覧の宣旨を蒙った例などを挙げる。皇子が太政大臣に任ずるのは、史実としては古く奈良時代のことであるのに対して、内大臣が執政つまり摂政・関白の地位につくのは、この物語の執筆年代にさかのぼること数年ないし二十数年以内の出来事である。この前者はたぶん無関係で、後者のみが作者の念頭にあったと思われる。（同書③四七六ページ）

光源氏、夕霧には妥当しない、親王例、親王の子の例を挙げることで『河海抄』が投げかけているものを「作者の念頭にあった」ものの問題としてしまっており、やはり古注の提起していることを受けとめようとしていないと言わなければならない。

(33)『河海抄』少女巻。一、五〇七〜五〇八ページ。
(34)『花鳥余情』少女巻。一六一ページ。
(35)『河海抄』少女巻。一、五〇八ページ。
(36)『源氏物語』桐壺巻。①四四〜四五ページ。
(37)『河海抄』桐壺巻。一、六六〜六七ページ。
(38)『河海抄』桐壺巻。一、七三〜七四ページ。
(39)桐壺巻に描かれた、誕生から元服前後の光源氏に関する注を通覧すると、親王例のうちでも、特に、後に天皇となった人の例を挙げる態度が、元服時に限らない傾向として認め得る。例えば、次のような注である。

・このみこみつになり給とし御はかまきの事
皇子三歳着袴例　冷泉院［天暦四年七月廿三日東宮時］　円融院［応和元年八月十六日親王時］　花山院［天禄元年十二月十三日東宮時］　一条院

天暦御時内裏にて為平親王はかまき侍けるに拾八
参議小野好古
百敷にちとせのことはおほかれとけふの君はためつらしきかな（『河海抄』桐壺巻。一、三二～三三ページ）
・なゝつになり給とし御ふみはしめなとせさせ給て
皇子七歳御書始例
村上天皇［親王時　承平二年二月廿二日］　一条院［寛和二年十二月八日］（『河海抄』桐壺巻。一、五四ページ）
いずれも「皇子」として引かれているが、実際に挙げられているのは後に天皇となる人の例で、『河海抄』の捉えた光源氏の位地を考える上で留意すべきである。

(40)『河海抄』桐壺巻。一、六九ページ。
(41)『河海抄』桐壺巻。一、七一ページ。
(42)…ただ人にて朝廷の御後見をするなむ行く先も頼もしげなめることと思し定めて、いよいよ道々の才を習はせたまふ。際ことにかしこくて、ただ人にはいとあたらしけれど、親王となりたまひなば世の疑ひ負ひたまひぬべくものしたまへば、宿曜のかしこき道の人に勘へさせたまふにも同じさまに申せば、源氏になしたてまつるべく思しおきてたり。（『源氏物語』桐壺巻。①四一ページ）
(43)『源氏物語』桐壺巻。①四三ページ。
(44)『花鳥余情』桐壺巻。一五～一六ページ。
(45)『花鳥余情』桐壺巻。一六ページ。
(46)第一章第二節参照。
(47)『明法肝要抄』（続群書類従完成会刊『続群書類従』第十輯上　官職部・律令部・公事部）。『続群書類従』は『法曹類林巻第二百廿六』として収めるが、これは『明法肝要抄』であることが太田晶二郎「『法曹類林第二百廿六』辨」（『太田晶二郎著作集』第二冊　一九九一年　吉川弘文館）によって指摘されており、それに従う。

(48) 篠原昭二「『栄花物語』『大鏡』の歴史観——皇位と権勢——」(『源氏物語の論理』一九九二年　東京大学出版会)。
(49) 『河海抄』若菜上巻。二、一五〇ページ。
(50) 『河海抄』若菜上巻。二、一六七ページ。
(51) 光源氏が准太上天皇となって後から若菜上巻における御記の引用はのべ約三二例で(諸本によって異同がある)、『河海抄』全体の御記の引用の約四〇パーセントが、准太上天皇となってから、四十賀の場面までに集中している。
(52) 『源氏物語』若菜上巻。④三一ページ。
(53) 『源氏物語』若菜上巻。④三八〜三九ページ。
(54) 『源氏物語』若菜上巻。④九五ページ。
(55) 『源氏物語』若菜上巻。④四五ページ。
(56) 『源氏物語』藤裏葉巻。③四五四ページ。
(57) 『源氏物語』藤裏葉巻。③四四四ページ。

付表

以下の事項は『公卿補任』（本章注9先掲書）により、出身年、氏名、位と年齢（『公卿補任』に出身時年齢等の記載がある場合はそれに従う）、父の名、及び、出身時の父の官位（臣下の場合）の順に示す。位ではなく職で記されている場合は、その官職に加え、相当位を（　）で記す。出身時に父が既に没している場合は、（没）と記し、没時の官位官職を掲げる。また、出身時の父の生没が、調査の範囲において不明である場合は、（不明）と記す。なお、『公卿補任』は厳密に出身を示すものか、問題が残るが、四位という出発がどのような場合にあり得たかということの検証としては有効だと考える。

出身年	氏名	位	年齢	父の名	父の官位等
天応1	藤原内麿	従五位下	26歳	真楯（没）	大納言正三位
天応1	春原五百枝	従四位下	22歳	市原王	
延暦1	藤原乙叡	兵部少丞（従六位上）	23歳	継縄	大納言正三位
延暦2	藤原雄友	従五位下	31歳	是公	右大臣正三位
延暦2	藤原縄主	従五位下	24歳	蔵下麿（没）	参議従三位
延暦3	秋篠安人	少内記（正七位上）	33歳	土師宇遅	
延暦4	紀　梶長	従五位下	31歳	船守	中納言従三位
延暦4	藤原葛野麿	従五位下	31歳	小黒麿	中納言正三位
延暦4	藤原仲成	従五位下	12歳	種継（没）	贈太政大臣正一位
延暦4	坂上田村麿	従五位下	28歳	苅田麿	非参議従三位
延暦7	藤原緒嗣	正六位上	17歳	百川（没）	贈太政大臣正一位
延暦8	巨勢野足	従五位下	31歳	苗麿（不明）	式部大輔正四位下

延暦12	藤原藤嗣	常陸掾（正七位下）	21歳	鷹取（不明）	中務大輔（従五位上）
延暦12	多入鹿	少外記（正七位上）	37歳	不明	
延暦13	多治比今麿	大判事（従六位下）	42歳	真人（不明）	参議従四位上
延暦13	藤原貞嗣	従五位下	36歳	巨勢麿（没）	参議従三位
延暦14	紀広浜	長門介（正六位下）	37歳	古佐美	中納言正三位
延暦14	藤原道雄	大学大允（正七位下）	25歳	小黒麿（没）	大納言贈従二位
延暦14	文室綿麿	従五位下	30歳	大原王	
延暦15	藤原継業	従五位下	19歳	百川（没）	贈太政大臣正一位
延暦16	藤原綱継	春宮少進（従六位下）	35歳	蔵下麿（没）	参議従三位
延暦19	阿倍兄雄	従五位下	不明	道守	無位
延暦20	藤原冬嗣	大判事（従六位下）	27歳	内麿	中納言従三位
延暦22	藤原真夏	従五位下	30歳	内麿	中納言従三位
延暦22	安倍寛麿	中務少丞（従六位上）	47歳	東人（不明）	治部卿従四位上
延暦22	小野峯守	権少外記（正七位上）	26歳	永見（不明）	征夷副将軍陸奥介（正六位下）
延暦22	紀百継	従五位下	41歳	木津魚（不明）	従四位下
延暦22	清原長谷	陸奥大掾（正七位下）	30歳	古浦王	
延暦23	直世王	縫殿大允（正七位下）	29歳	浄原王（不明）	
延暦25	朝野鹿取	大宰大典（正七位上）	33歳	忍海鷹取（不明）	正六位上
大同1	百済王勝義	大学少允（従七位上）	28歳	風之（不明）	従五位下
大同1	南淵弘貞	少内記（正七位上）	30歳	坂田奈良麿（不明）	従四位下
大同1	藤原三守	美作権掾（従七位上）	22歳	真作（不明）	阿波守従四位下
大同2	良峯安世	衛士大尉（従六位下）	23歳	桓武天皇	
大同4	三原春上	弾正大忠（正六位上）	36歳	弟平王	
大同4	和気真綱	治部少丞（従六位上）	27歳	清麿（没）	贈正三位民部卿
弘仁1	藤原愛発	春宮大進（従六位上）	24歳	内麿	右大臣従二位

弘仁1	文室秋津	右兵衛大尉（従六位下）	24歳	大原王	
弘仁2	橘常主	大学少允（従七位上）	25歳	島田麿（不明）	兵部大輔（正五位下）
弘仁2	清原夏野	従五位下	30歳	小倉王	
弘仁2	菅原清公	従五位下	22歳	古人（不明）	遠江介従五位下
弘仁2	滋野貞主	少内記（正七位上）	27歳	家訳（不明）	尾張守従五位上
弘仁2	大伴国道	陸奥守（従五位上）	44歳	継仁（不明）	左少弁従五位下
弘仁4	藤原吉野	美濃少掾（従七位上）	28歳	綱継	民部大輔正五位下
弘仁4	橘氏公	衛門大尉（従六位上）	30歳	清友（不明）	贈太政大臣
弘仁11	藤原常嗣	右京少進（正七位上）	25歳	葛野麿（没）	正三位中納言
弘仁12	安倍安仁	中務丞（従六位上）	29歳	寛麿（没）	参議従四位下
弘仁13	藤原助	少判事（従六位上）	24歳	内麿（没）	贈太政大臣従一位
弘仁14	平高棟	従四位下	20歳	葛原親王	
天長1	藤原長良	従五位下	23歳	冬嗣	正二位右大臣
天長1	藤原貞守	大学少允（従七位上）	27歳	諸貞（不明）	正六位上
天長2	小野篁	弾正少忠（正六位下）	24歳	峯守	参議従四位下
天長2	源信	従四位上	16歳	嵯峨天皇	
天長2	藤原良房	中判事（正六位下）	23歳	冬嗣	左大臣正二位
天長4	春澄善縄	常陸少目（従八位下）	31歳	猪名豊雄（不明）	従八位下
天長5	源常	従四位下	17歳	嵯峨天皇	
天長5	清原峯成	正六位上	30歳	弟村王	
天長5	源弘	従四位下	17歳	嵯峨天皇	
天長7	橘峯継	常陸少掾（従七位上）	27歳	氏公	正四位下
天長9	源定	従三位	18歳	嵯峨天皇	
天長9	源明	従四位上	68歳	嵯峨天皇	
天長9	藤原氏宗	上総大掾（正七位上）	23歳	葛野麿（没）	中納言正三位

天長10	南淵年名	少内記（正七位上）	27歳	弘貞（没）もしくは永河（不明）	参議従三位もしくは因幡守正四位下
承和1	藤原良相	衛門大尉（従六位上）	18歳	冬嗣（没）	贈太政大臣正一位
承和2	藤原仲縁	従五位下	17歳	三守	大納言従二位
承和3	源生	従四位上	16歳	嵯峨天皇	
承和5	源融	正四位下	17歳	嵯峨天皇	
承和5	大江音人	備中目（従八位下）	28歳	本主（不明）	備中介正六位上
承和7	菅原是善	大学大允（正七位下）	27歳	清公	非参議従三位
承和7	正躬王	従四位下	42歳	葛野親王	
承和8	在原行平	従五位下	24歳	阿保親王	
承和8	伴善男	大内記（正六位上）	31歳	国道（没）	参議従四位上
承和10	藤原冬緒	勘解由判官（従六位下）	36歳	豊彦（不明）	豊後守従五位下
承和12	藤原諸葛	但馬介（従六位上）	21歳	有縁（不明）	従五位下
承和14	藤原良世	左馬大允（正七位上）	26歳	冬嗣（没）	贈太政大臣正一位
承和14	源勤	従四位上	24歳	嵯峨天皇	
承和15	源舒	従五位下	20歳	明	正四位下
承和15	藤原家宗	勘解由判官（従六位下）	32歳	浜雄（不明）	民部少輔従五位下
嘉祥2	源多	従四位上	19歳	仁明天皇	
嘉祥2	源冷	従四位上	16歳	仁明天皇	
嘉祥3	藤原良縄	左馬大允（正七位下）	37歳	大津（不明）	備前守正五位下
仁寿4	高枝王	従三位	67歳	伊予親王	
仁寿4	藤原基経	左兵衛少尉（正七位上）	19歳	良房	右大臣正二位
仁寿4	源直	従五位下	26歳	常	左大臣正二位
仁寿4	藤原山陰	左馬大允（正七位上）	31歳	高房（不明）	越前守従五位上
斉衡1	藤原常行	右衛門少尉（正七位上）	19歳	良相	権大納言従三位

斉衡2	藤原保則	治部少丞（従六位上）	31歳	貞雄（不明）	左兵衛佐正五位下
天安2	忠貞王	従四位下	39歳	賀陽親王	
貞観1	藤原国経	従五位下	32歳	長良（没）	贈太政大臣正一位
貞観2	源光	従四位上	15歳	仁明天皇	
貞観4	源能有	従四位上	18歳	文徳天皇	
貞観5	源湛	従五位下	19歳	融	参議正三位
貞観5	橘広相	越前権少掾（従七位上）	27歳	峯範（不明）	若狭守従五位上
貞観8	藤原清経	右衛門少尉（正七位上）	21歳	長良（没）	贈太政大臣正一位
貞観8	藤原有実	左近将監（正六位上）	19歳	良仁	中宮大夫従四位上
貞観8	源興基	従四位下	不明	人康親王	
貞観9	菅原道真	下野権掾（従七位上）	23歳	是善	従四位下
貞観11	藤原有穂	主蔵上（正六位下）	33歳	直道（不明）	備前守従五位上
貞観13	在原友于	左京少進（正七位上）	不明	行平	参議正四位下
貞観16	平惟範	従五位下	20歳	高棟（没）	大納言正三位
貞観17	源是忠	従五位下	19歳	光孝天皇	
貞観17	源昇	従五位下	17歳	融	左大臣従二位
貞観19	藤原興範	大宰少監（従六位上）	32歳	正世（不明）	因幡介従五位下
元慶3	良峯衆樹	左馬少允（従七位上）	18歳	晨直（不明）	左中弁従四位下
元慶6	源当時	従五位下	15歳	能有	中納言従三位
元慶7	源貞恒	従四位下	28歳	仁明天皇	
元慶7	藤原玄上	刑部少丞（従六位上）	25歳	諸葛	参議正四位下
元慶8	源希	従五位下	36歳	弘（没）	大納言正三位
元慶8	十世王	従四位下	51歳	仲野親王	
元慶8	源悦	越前介（正六位下）	21歳	弘（没）	大納言正三位
元慶8	紀長谷雄	讃岐掾（従七位上）	39歳	貞範（不明）	弾正忠（正六位）

元慶8	三善清行	大学少允（従七位上）	41歳	氏吉（不明）	淡路守従五位下
元慶9	藤原扶幹	周防掾（従七位上）	22歳	村椙（不明）	駿河守従五位下
仁和2	藤原時平	正五位下	16歳	基経	関白太政大臣従一位
仁和2	藤原仲平	正五位下	12歳	基経	関白太政大臣従一位
仁和3	藤原枝良	従五位下	43歳	春津（不明）	刑部卿兼右兵衛督従四位上
仁和3	橘良殖	従五位下	24歳	吉雄（不明）	従五位上
仁和4	藤原定国	左衛門少尉（正七位上）	22歳	高遠	正五位下
寛平2	藤原菅根	因幡掾（正七位上）	35歳	良尚（不明）	右兵衛督従四位上
寛平6	藤原恒佐	左近将監（正六位上）	15歳	良世	右大臣従二位
寛平6	橘澄清	伯耆権掾（従七位上）	34歳	良基（不明）	信濃守従四位上
寛平7	藤原忠平	正五位下	16歳	基経（没）	太政大臣従一位
寛平7	藤原定方	陸奥権少掾（従七位上）	21歳	高藤	参議従三位
寛平7	平時望	周防権介（従六位上）	19歳	惟範	従四位上
寛平7	藤原道明	越前少掾（従七位上）	40歳	保蔭（不明）	相模介従五位下
寛平7	藤原邦基	弾正少忠（正六位下）	22歳	良世	右大臣従二位
寛平8	橘公頼	播磨少掾（従七位上）	20歳	広相（没）	贈中納言従三位
寛平8	藤原清貫	兵部少丞（従六位上）	30歳	保則（没）	参議従四位上
寛平9	平伊望	従五位下	16歳	惟範	従四位上
寛平9	藤原兼茂	讃岐権掾（従七位上）	不明	利基（不明）	右近衛中将（従四位下）
寛平9	藤原伊衡	右兵衛少尉（正七位上）	22歳	敏行（不明）	左近衛中将従四位上
寛平10	藤原兼輔	讃岐権掾（従七位上）	22歳	利基（不明）	右近衛中将（従四位下）
昌泰2	伴保平	木工少允（従七位上）	33歳	春雄（不明）	播磨守従四位下
昌泰2	源等	近江権少掾（従七位上）	20歳	希	中納言従三位
延喜2	紀淑光	治部少丞（従六位上）	34歳	長谷雄	参議従四位下
延喜3	源清蔭	従四位上	20歳	陽成天皇	

延喜3	源清平	従四位下	27歳	是忠親王	
延喜3	藤原当幹	山城権掾（従七位上）	40歳	良尚（不明）	右兵衛督（従四位下）
延喜4	藤原忠文	従五位下	32歳	枝良	正五位下
延喜5	藤原元名	兵庫助（正六位下）	21歳	清経	参議正四位下
延喜6	藤原保忠	従五位下	15歳	時平	左大臣従二位
延喜7	源是茂	従四位上	23歳	光孝天皇	
延喜8	藤原元方	越前大掾（正七位下）	21歳	菅根	参議従四位上
延喜10	源正明	従四位下	18歳	是忠親王	
延喜12	小野好古	讃岐権掾（従七位上）	29歳	葛絃（不明）	大宰大弐従四位上
延喜13	藤原顕忠	従五位下	16歳	時平（没）	贈太政大臣正一位
延喜15	藤原実頼	従五位下	16歳	忠平	右大臣正三位
延喜16	大江朝綱	丹波掾（従七位上）	31歳	玉淵（不明）	従四位下
延喜17	源兼忠	従五位下	17歳	貞元親王	
延喜17	藤原在衡	備前掾（従七位上）	26歳	有頼（不明）	但馬介従五位下
延喜18	平随時	治部少丞（従六位上）	29歳	雅望（不明）	右馬頭従四位下
延喜18	大江維時	美濃掾（従七位上）	31歳	千古（不明）	伊予権守従四位下
延喜19	橘好古	美濃権掾（従七位上）	27歳	公材（不明）	右京大夫従四位上
延喜21	藤原敦忠	従五位下	16歳	時平（没）	贈太政大臣正一位
延長1	藤原師輔	従五位下	16歳	忠平	右大臣従二位
延長2	源庶明	従四位下	22歳	斉世親王	
延長2	藤原朝忠	左近将監（正六位上）	15歳	定方	右大臣正三位
延長6	藤原有相	左兵衛少尉（正七位上）	21歳	恒佐	中納言従三位
延長6	藤原師氏	従五位下	16歳	忠平	左大臣正二位
延長6	藤原守義	越前権大掾（正七位下）	33歳	公利（不明）	但馬権守従四位下
延長8	源高明	従四位上	17歳	醍醐天皇	

※高明出身年は通説による。

延長8	藤原朝成	従五位下	14歳	定方	右大臣従二位
承平2	源兼明	従四位上	19歳	醍醐天皇	
承平2	藤原師尹	従五位下	13歳	忠平	摂政左大臣正二位
承平4	源自明	従四位上	24歳	醍醐天皇	
承平6	源雅信	従四位下	17歳	敦実親王	
承平7	源重信	従四位下	16歳	敦実親王	
承平8	源重光	従四位下	15歳	代明親王	
天慶1	藤原元輔	左兵衛少尉（正七位上）	22歳	顕忠	参議従四位上
天慶4	藤原伊尹	従五位下	18歳	師輔	権中納言従三位
天慶4	藤原頼忠	従五位下	18歳	実頼	大納言従三位
天慶4	藤原文範	少内記（正七位上）	33歳	元名	従四位下
天慶6	藤原兼通	従五位下	19歳	師輔	大納言従三位
天慶7	藤原斉敏	従五位下	17歳	実頼	右大臣正三位
天慶8	藤原安親	木工少允（従七位上）	24歳	中正（不明）	摂津守従四位上
天慶9	源延光	従四位下	20歳	代明親王	
天慶9	藤原為輔	式部少丞（従六位上）	不明	朝頼（不明）	左兵衛督従四位上
天暦1	源惟正	左兵衛大尉（従六位上）	19歳	相職（不明）	左大弁従四位下
天暦2	藤原兼家	従五位下	21歳	師輔	右大臣従二位
天暦2	源忠清	従四位下	6歳	有明親王	
天暦2	橘恒平	播磨権大掾（正七位下）	27歳	敏行（不明）	右少将従五位上
天暦4	藤原懐忠	従五位下	16歳	元方	中納言従三位
天暦5	源保光	従四位下	28歳	代明親王	
天暦5	菅原輔正	播磨権少掾（従七位上）	27歳	在躬（不明）	勘解由長官（従四位上）
天暦6	源伊陟	従五位下	15歳	兼明	参議従三位
天暦9	大江斎光	丹後掾（正八位上）	22歳	維時	参議従三位

天暦11	藤原為光	従五位下	16歳	師輔	右大臣正二位
天徳2	藤原済時	従五位下	18歳	師尹	中納言正三位
天徳2	源時中	右衛門尉（従六位上）	17歳	雅信	参議正四位下
天徳5	藤原顕光	従五位下	18歳	兼通	従四位下
天徳5	藤原佐理	従五位下	18歳	敦敏（不明）	左少将正五位下
応和3	藤原朝光	従五位下	13歳	兼通	従四位下
康保2	藤原時光	右兵衛尉（従六位上）	18歳	兼通	従四位下
康保4	藤原道隆	従五位下	15歳	兼家	正四位下
康保4	藤原懐遠	右衛門少尉（正七位上）	15歳	斉敏	参議従四位上
康保4	藤原公季	正五位下	12歳	師輔（没）	右大臣正二位
康保5	平惟仲	刑部少丞（従六位上）	25歳	珍材（不明）	贈従三位
安和2	藤原忠輔	播磨権少掾（従七位上）	26歳	国光（不明）	治部卿正四位下
安和2	藤原実資	従五位下	13歳	実頼	関白太政大臣従一位（実父は斉敏参議正四位下）
天禄1	藤原正光	近江少掾（従七位上）	14歳	兼通	参議従三位
天禄1	藤原道綱	従五位下	16歳	兼家	中納言正三位
天禄3	藤原在国	播磨権大掾（正七位上）	30歳	輔道（不明）	大宰大弐（従四位下）
天禄3	平親信	左衛門少尉（正七位上）	28歳	兼以（不明）	伊勢守従四位下
天禄3	藤原義懐	従五位下	16歳	伊尹	摂政太政大臣正二位
天延2	藤原誠信	従五位下	11歳	為光	権中納言従三位
天延3	藤原道兼	従五位下	15歳	兼家	大納言正三位
天延3	源俊賢	従五位下	17歳	高明（没）	左大臣正二位（配流）
天元3	源扶義	式部少丞（従六位上）	30歳	雅信	右大臣従二位
天元3	藤原公任	正五位下	15歳	頼忠	関白太政大臣正二位
天元3	藤原道長	従五位下	15歳	兼家	右大臣正二位

天元4	藤原斉信	従五位下	15歳	為光	大納言従二位
永観2	藤原行成	従五位下	13歳	義孝（不明）	右少将
永観2	源経房	従五位下	16歳	高明（没）	左大臣正二位（配流）
寛和1	藤原道頼	従五位下	15歳	道隆	非参議従三位
寛和1	藤原伊周	従五位下	12歳	道隆	非参議従三位
寛和1	藤原惟憲	従五位下	23歳	惟孝（不明）	駿河守（従五位下）
寛和2	藤原通任	従五位下	14歳	済時	権大納言従二位
寛和2	源道方	従五位下	19歳	重信	大納言正二位
寛和2	藤原朝経	従五位下	14歳	朝光	権大納言正二位
寛和3	藤原能信	従五位上	12歳	道長	非参議従三位
永延2	藤原実成	従五位下	14歳	公季	権中納言正三位
永延2	大中臣輔親	勘解由判官（従六位下）	35歳	能宣（不明）	正四位下
永祚2	源頼定	従四位下	14歳	為平親王	
永祚2	藤原経通	従五位下	7歳	懐平	非参議従三位
永延3	藤原隆家	従五位下	11歳	道隆	内大臣正二位
正暦6	藤原兼隆	従五位上	11歳	道兼	正二位
長徳1	藤原公信	従五位下	19歳	為光（没）	太政大臣贈正一位
長徳3	藤原資平	従五位下	11歳	懐平	非参議従三位
長徳4	藤原広業	近江権大掾（正七位下）	22歳	有国	非参議正三位
長徳4	源経頼	従五位下	23歳	扶義（没）	参議正四位下
長徳5	藤原重尹	従五位下	16歳	懐忠	権大納言正三位
長保5	藤原頼通	正五位下	12歳	道長	左大臣正二位
長保5	源朝任	従五位下	15歳	時中（没）	大納言従二位
寛弘1	藤原頼宗	従五位上	13歳	道長	左大臣正二位
寛弘3	藤原教通	正五位下	11歳	道長	左大臣正二位

寛弘4	藤原定頼	従五位下	16歳	公任	中納言従二位
寛弘4	藤原隆佐	少内記（正七位上）	23歳	宣孝（不明）	右衛門権佐（従五位上）
寛弘8	藤原兼経	従五位上	12歳	道綱	大納言正二位
寛弘8	藤原公成	従五位下	13歳	実成	参議従三位
寛弘8	源顕基	従五位下	12歳	俊賢	権中納言正二位
寛弘9	藤原経任	従五位下	13歳	懐平	参議従二位
寛弘9	藤原師経	従五位下	4歳	登朝（不明）	左馬頭従四位下
長和3	源隆国	従五位下	11歳	俊賢	正二位権中納言
長和3	藤原資業	式部少丞（従六位上）	19歳	有国（没）	参議従二位
長和4	藤原良頼	従五位下	14歳	隆家	中納言従二位
長和4	藤原資房	従五位下	9歳	資平	従四位上
長和5	源資通	大膳亮（従五位下）	12歳	済政（不明）	従三位
長和5	高階成章	式部少丞（従六位上）	27歳	業遠（不明）	春宮亮（従五位下）
寛仁1	藤原長家	従五位上	13歳	道長	太政大臣従一位
寛仁2	藤原経輔	従五位下	13歳	隆家	前中納言正二位（大宰権帥）
寛仁3	藤原泰憲	典薬助（従六位上）	13歳	泰通（不明）	春宮亮（従五位下）
寛仁4	源師房	従四位下	11歳	具平親王	
寛仁5	藤原師成	従五位下	13歳	通任	参議従三位
治安3	源経長	式部少丞（従六上）	19歳	道方	権中納言従二位
治安3	藤原行経	従五位下	12歳	行成	権大納言正二位
万寿2	源経成	右近将監（正六位上）	17歳	長経（不明）	備前守正四位下
万寿3	藤原兼頼	正五位下	13歳	頼宗	権大納言正二位
万寿4	藤原経季	従五位下	18歳	経通	参議正三位
長元1	藤原俊家	従五位上	13歳	頼宗	権大納言正二位
長元3	藤原信家	正五位下	12歳	教通	内大臣正二位

長元3	源経信	従五位下	15歳	道方	権中納言正二位
長元4	藤原伊房	従五位下	3歳	行経	従四位下
長元4	源資綱	従五位下	12歳	顕基	参議従三位
長元4	藤原経家	従五位下	24歳	定頼	権中納言従三位
長元5	藤原信長	従五位下	11歳	教通	内大臣正二位
長元5	藤原通基	従五位上	12歳	教通	内大臣正二位
長元6	藤原資仲	従五位下	13歳	資平	権中納言正三位
長元7	藤原顕家	従五位下	11歳	経通	権中納言正三位
長元8	藤原通房	正五位下	12歳	頼通	関白左大臣従一位
長元8	藤原能長	従五位下	14歳	能信	権大納言正二位
長元8	源隆俊	従五位下	11歳	隆国	参議従三位
長元10	藤原良基	従五位下	15歳	良頼	参議正四位下
長久2	源基平	従四位上	15歳	小一条院	
長久2	藤原長房	従五位下	12歳	経輔	参議従三位
長久3	藤原公房	従五位下	4歳	資房	参議正四位下
長久4	藤原実政	式部少丞（従六位上）	24歳	資業	式部大輔正四位下
寛徳1	藤原忠家	従五位下	12歳	長家	権大納言正二位
寛徳3	源俊房	従五位上	12歳	師房	権大納言正二位
永承1	藤原祐家	従五位下	11歳	長家	権大納言正二位
永承1	藤原実季	従五位下	12歳	公成（没）	中納言従二位
永承2	源顕房	従五位下	11歳	師房	権大納言正二位
永承3	藤原能季	従五位下	10歳	頼宗	内大臣正二位
永承7	源隆綱	従五位下	8歳	隆国	権中納言正二位
天喜1	藤原師実	正五位下	12歳	頼通	関白左大臣従一位
天喜1	源俊明	従五位下	10歳	隆国	権中納言正二位

天喜3	藤原基長	従五位下	13歳	能長	参議従二位
天喜5	藤原宗俊	従五位下	12歳	俊家	権中納言正二位
康平2	源俊実	従五位下	14歳	隆俊	参議正四位下
康平2	藤原通俊	従五位下	3歳	経平（不明）	大宰大弐（従四位下）
康平3	藤原公定	従五位下	12歳	経家	非参議従三位
康平3	源家賢	従五位下	13歳	資綱	参議従三位
康平4	藤原師兼	従五位下	14歳	俊家	権中納言正二位
康平7	源師忠	従五位下	11歳	師房	権大納言正二位
治暦2	藤原基忠	従五位下	11歳	忠家	権中納言正二位
治暦4	源雅実	従五位下	10歳	顕房	権中納言正二位
治暦4	藤原公実	従五位下	16歳	実季	備中介従四位下
延久1	藤原保実	従五位下	9歳	実季	左中将従四位上
延久4	藤原師通	従五位上	11歳	師実	左大臣従一位
延久4	藤原家忠	従五位下	11歳	師実	左大臣従一位

第二部　「日本紀」の問題

第三章　『河海抄』の「日本紀」

第一節　『河海抄』の歴史空間と「日本紀」の問題

『河海抄』には多くの文献が引用される。その中で「日本紀」は、それと明記されたもので約二五〇例を数え、最も頻繁に引用されるものの一つである。[1]それら「日本紀」は史上の例として注されるもので、所謂准拠論が『河海抄』によりながら展開されてもきたが、第一部で考察したように、『河海抄』の、歴史記述によって注する態度は、史実を物語化する作者の方法をあらわし出したものではなく、その逆の方向性で見なければならない。

ただ、その場合、単に史実というだけの一般的な把握ではなく、その実際を見届けることが求められる。『河海抄』がどのような歴史記述の中に『源氏物語』を置くか、『河海抄』の、『源氏物語』を含む歴史空間のありようを、具体的に「日本紀」の注を通して明らかにしたい。

まず必要なのは、『河海抄』の「日本紀」の実態を明確にすることであろう。この点について、従来まったく問題とされなかったというわけではない。西宮一民「河海抄所引日本紀について」[2]が、『河海抄』所引の「日本紀」の、『日本書紀』の直接引用ではない可能性を指摘している。

例えば、蜻蛉巻の、失踪、入水した浮舟の、亡骸なしの葬送場面の注、

1車よせさせておましともけちかくつかひ給し御てうとゝもみなゝからぬきをき給へるふすまなとやうの物をとり入て云々この車をむかひの山のまへなるはらにやりて人も近くもよせすこのあなひしりたるほうしのかきり

してやかす

孝武皇帝　上曰吾聞黄帝不死今有冢《チヨ》《ツカ》阿《アニ》《ホトケ》也或曰黄帝已僊上群臣葬其衣冠［史記］

葬衣衾事

旧事本記第五饒速日尊禀天神御祖詔乗天磐船而天降既神損去坐尓高皇産霊尊以為哀泣即使速瓢命以今将上於天上処其神屍骸於天上斂竟矣饒速日尊以夢教於妻御炊屋姫云汝子如吾形見物即天璽瑞宝矣亦天羽弓羽々矢復神衣帯手貫三物葬斂於登美白庭邑以此為墓者也［略記］

日本紀第七時日本武尊化白鳥従陵出指倭国而飛之群臣等因以開其柳槻而視之明衣空留而屍骨無之然遂高翔上天徒葬衣冠衣衾を葬する是等例歟(3)

について、この「日本紀」は『日本紀略』或いは『類聚国史』と見られ、「日本書紀を直接の出典とすることは躊躇される」(4)と述べる。また、光源氏が須磨へ向かう船に乗る場面の注、

2御船にのり給ぬ

神武天皇甲寅歳十月天皇親帥諸皇子舟師東征至速吸之門時有一漁人乗艇而至云々天皇勅授椎檣末令執而宇納於皇舟以為海導者乙卯年春三月徒入吉備国起行館以居積三年間修舟檝之崇神天皇五年十月科伊豆国令造船長十丈船既成之試浮海便軽疾行如馳故名其船曰枯野(5)

は、「日本紀」とはないが、『日本書紀』と対応し得る記事である。これについて西宮は、「崇神天皇五年」以下が、応神紀の「誤り」で、『日本書紀』に依ったならば、「このやうな誤りを犯すはずはないと思はれ」、「河海抄の依拠文献においてすでに誤るか或いは改作してゐたものを無批判に踏襲したもの」と推測する。『河海抄』の「日本紀」が、『日本書紀』によるのではないことを示したことは注目されるが、その検討は、「日本書紀原典に当たらなくても、先蹤注釈書や書紀所引文献を活用すれば、源氏物語の注釈書として十分だといへる」という点にとどまる。(6)

しかし、『河海抄』の歴史空間の問題として考えるとき大事なのは、西宮の言う「依拠文献」が『日本書紀』そのものではないとすると、実際に何が「日本紀」として引用されているのかを具体的に見届けることである。

先の2で見ると、確かに『河海抄』の注に合致するものは見出せないが、『皇年代略記』（『皇年代私記』）崇神天皇条に、

十四年伊豆国始造献大船(7)

とあることに留意したい。文言は『河海抄』と一致しないが、伊豆国からの船献上のことを崇神条に記したものがあることは、注が先行文献を無批判に踏襲したことによる一回的な錯誤ではないことを窺わせるのではないか。年代記・皇代記類のような、『日本書紀』とは異なるが、『日本書紀』に関わる文献が院政期以降さかんに生成し、特に中世において『日本書紀』に代わるような位置を占めていたことについては指摘があるが(8)、年代記・皇代記類、歌学書、更に『釈日本紀』のような『日本書紀』注釈書を含むさまざまな、『日本書紀』ならざるものが『日本書紀』の外側に広がって流布している状況の中に、『河海抄』もあったのではないかということだ。そうした広がりの中にあるものが、『河海抄』の「日本紀」、或いは『日本書紀』に対応するかのように見える記事ではないか。以下、更に検証を進めたい。

第二節　『河海抄』の「日本紀」と年代記・皇代記類

3いまはとてこのふしみあらしはてんも
　ふしみ大和国也
日本紀云安康天皇崩菅原伏見野中葬

菅原やふしみの里のあれしよりかよひし人の跡はたえにき
あらしはてしといはむためにこの伏見といへる歟うちを伏見といふにはあらさる也此本歌は大和国ニ菅原伏見と云所ありかしこの仙人のよめる也是を本歌にて菅原院をふしみとも云歟[9]

京の匂宮の許に迎えられることになった中君の、宇治を離れ難く思う心を描いた場面で、注は、中君の心情表現には古今集歌が引歌としてあることを指摘したものである。『日本書紀』には、

三年秋八月甲申朔壬辰、天皇為眉輪王見殺。［辞具在大泊瀬天皇紀。］三年後、乃葬菅原伏見陵。[10]

とあり、陵名は「菅原伏見」で、また、天皇の死は「崩」ではなく「殺」であらわされる筈である。「日本紀」が『日本書紀』そのものではないことの明らかな証左と見做し得る。この文は『奥義抄』の、

日本紀云、安康天皇崩菅原伏見野中陵に葬、[11]

とほぼ一致しており、先掲西宮論文は、これによったと推測する。しかし、問題は『奥義抄』の依拠した「日本紀」は何かということである。これについては、『皇年代略記』（『皇年代私記』）に、

三年［丙申］八月［甲申］朔［壬辰］崩［為眉輪王被殺、五十六　葬菅原伏見野中陵[12]］

とあり、年代記・皇代記類にも見られる（但し、ここでは「崩」と「殺」とが同居している）。むしろ、『奥義抄』が何によったかという問題として、年代記・皇代記類を、『河海抄』の注に引かれる「日本紀」とともに考えるべきではないか。

それは次のような例からも窺われる。

4　前坊《桐壺御門弟》のひめ宮斎宮にゐ給にしかは
崇神天皇六年以天照大神託鍬入姫祭於倭笠縫邑
以大国魂神託渟名城入姫令祭

垂仁天皇廿五年［丙辰］三月依神宮御託宣奉祝伊勢国五十鈴川上以第二皇子倭姫命令着御祭給是斎宮始也景行天皇廿年庚寅令皇女奉仕天照太神宮

延喜神事式曰凡天皇即位者定伊勢太神宮斎王仍簡内親王未嫁者卜之若無内親王依世次簡諸女王卜之[13]

葵巻で、六条御息所女（後の秋好中宮）が斎宮に卜定された場面の注である。『日本書紀』に、

イ．故以天照大神、託豊鍬入姫命、祭於倭笠縫邑。[14]

ロ．三月丁亥朔丙申、離天照大神於豊耜入姫命、託于倭姫命。爰倭姫命求鎮坐大神之処、而詣菟田篠幡。［篠、此云佐佐。］更還之入近江国、東廻美濃、到伊勢国。時天照大神誨倭姫命曰、是神風伊勢国、則常世之浪重浪帰国也。傍国可怜国也。欲居是国。故随大神教、其祠立於伊勢国。因興斎宮于五十鈴川上。是謂磯宮。[15]

ハ．廿年春二月辛巳朔日甲申、遣五百野皇女、令祭天照大神。[16]

とあるものの摘録、再構成とおぼしいが、「是斎宮始也」、「第二皇子女」という要素は『日本書紀』（ロ）には見えない。『河海抄』の「日本紀」の注で、このように事柄を「初、始」と、その起源において捉え出しているものは約五十例と、全体の二割を超えており、一つの特徴的なありようと言い得る。「例、先例」を挙げる注釈態度とも見られなくもないが、それが故実書や、年代記・皇代記類の文脈でもあったことに注目したい。

具体的には、『皇代暦』（『歴代皇紀』）に、

・豊鍬入姫命　天皇第三子　天照大神奉祭天王大殿内神勢共住不安仍以豊鍬入姫奉託令祭倭国笠縫村云々伊勢斎王始也[17]

・或云此時太神宮始テ伊勢国伊鈴川上崇依託宣也斎王モ始也[18]

と見られる。『二中歴』には、

垂仁天皇五十年、始太神宮幷斎宮云々、以倭姫命初為斎宮云々、又景行天皇廿年、以五百野皇女始令祭天照大

神也、［垂仁廿五年三月、依天照太神託、奉立其社於五十鈴河上、以第二皇女奉祠之、］(19)
と、「始」、「第二皇子女」いずれの要素も認められる。

また、

5右大臣の女御はよせをもく

寄重　縁《ヨセ》［日本紀］

懿徳天皇二年三月申食国政大夫出雲色命為大臣［見旧事本紀是大臣始歟］崇神天皇廿三年秋八月丙申朔丁巳
大臣大新河命即改大臣号曰大連［同］
景行天皇御宇初以武内宿祢為棟梁臣
成務天皇三年正月癸酉朔己卯以武内宿祢《孝元天皇後武緒心命子》改立大臣
仲哀朝又以大伴武持号大連相並知政事
皇極天皇四年［乙巳］始置左右大臣止大連
孝徳天皇大化元年六月以阿陪倉橋丸為左大臣以蘇我山田石川麿《馬子大臣孫雄正子臣子》為右大臣以大織冠中臣鎌子連為内大臣太政大臣左右大臣謂之三公異朝三公皆則闕官也為師傅保職棟梁于諸官塩梅于帝道者也［師以道而教謂之師傅以義而記謂之傅保能道謂之保］　秦漢以来有相国左右丞相之号已知庶政異于古之三公也三台者象天之三台星也三槐者周世外朝植三槐三公班列其下槐者懐也懐遠人之義也我朝天孫天降給時天児屋根命［中臣氏祖］　天太玉命［斎部氏祖］　奉天照太神勅為左右之扶翼如今之左右相歟神武天皇東征之後天下一統二神之孫天種子命天富命又為左右上古無大臣号喚執政人称食国政申大夫(20)

は、桐壺巻で、弘徽殿女御とその子（後の朱雀帝）について言及した場面の注であるが、4同様「始、初」という点でそれぞれの記事が集められていることが見てとれよう。懿徳天皇の記事は典拠として示されているように『先代旧事本紀』からの引用で、『日本書紀』、『古事記』等にこの件りは見られない。崇神天皇以下について、『日本書紀』に「始、初」とはなく、『二中歴』に、

臣下始起
棟梁臣［凡公卿起始棟梁臣謂景行天皇五十一年辛酉八月以紀武内宿祢始為棟梁臣公卿称臣名初起于此］執事［履中天皇二年始有執事四人又誉田天皇代平群（野イ）木菟宿祢為執事是武内子云々］大臣［成務天皇三年以武内宿祢改立大臣号］大連［仲哀天皇元年十月詔大伴健持為大連］[21]

とある。

『河海抄』の「日本紀」が、『日本書紀』の外側の文献、中でも多く年代記・皇代記類の文脈に依拠するものであったと認められるのではないか。

そのような「始、初」への志向は、『河海抄』だけの問題ではないと考えられる。

6かんなのみなむいまのよはきはなくなりたりふるきあとはさたまれるやうにはあれとひろき心ゆたかならす
江談曰天仁二年八月日向小一条亭言談之次問曰仮字手本何時始起乎又何人所作哉答曰弘法大師御作云々件無所見但大后自筆仮字法花経供養之時被行御八講之講師南北英才相備為導師高名清範慶祚等之輩各振富楼那之弁才之後源信僧都又勤此事説云日本国（以下頭注から補入　誠者雖如来之金言唯以仮名可奉書也弘法大師云伝習）法真言梵字悉曇等蜜法之後寄四教法門作イロハニホヘトノ談ヲ給以来一切法門聖教史書経伝不離此讃文字ヲイロハノ字ハ色匂ト云心也不説他事只以此一事令講々人々皆驚耳之由所御聞也古人日記中有此事云々又問云然者件弘法大師御時以往無仮字歟日本紀中仮字日本紀在之由慮外令見如何答曰此事尤理也雖然只付倭言令書也猶イロハニ者彼時始歟ト云々一説伊呂波有三段イロハニホヘトチリヌルオ（ママ）大安寺護命僧正作ワカヨタレソヱヒモセスマテ弘法大師作京或説云慈覚大師又云イロハトハ母ノ名也然者梵字ノ字母ノ儀也云々

往古ノ和語ハ万葉書日本紀歌ノ様ニ書ケル也(22)

梅枝巻、明石姫君の入内の準備に余年がない頃、光源氏によって語られた当代の仮名に関する論評場面の注である。典拠は明示されないが、ほぼ合致する記事が年代記・皇代記類の一つ『簾中抄』に、

仮名起

天仁三年八月　日向小二条亭言談之次問曰仮名手本何時始起哉又何人所作哉答曰弘法大師御作云々件事無所見但大女御自筆仮名法華経供養時被行八講講師南北之英才相通為導師高名清範慶祚等之輩各振富楼那之弁才之後源信僧都又勤此事説云日本国者誠雖如来金言雖以仮名可奉書也弘法大師伝習諸真言梵字悉曇等密法之後寄四教法文イロハニホヘトノ讃ヲ作給以来一切法文聖経史事経典不離此讃文字也イロハノ字ハ匂ト云心也不説他事只此一事令講皆驚耳目之由所聞伝也古人日本紀中在此事云々又問曰然件弘法大師御時以往無仮名歟日本紀中仮名也日本紀アリト云々答曰此事尤不審也雖然只付倭言人之書也イロハニオイテハ尚彼時始歟先哲可尋之(23)

と見られる。仮名、いろは歌の起源を空海にもとめることは、近世まで行われていたが、(24)『河海抄』所引『江談』はその古い例の一つで、(25)また、空海と仮名とを結びつける内容は、『日本書紀纂疏』にも見られ、(26)これが『河海抄』の注として一回的にあらわれたのではなく、流布していた説であることが推測される。同様のことは、次のような例からも窺われる。

少女巻、五節舞姫をめぐる注に見られる記事、

7過にしとし五節なとゝまりにしか

薄雲女院崩依諒闇被停止也本朝月令曰五節舞者浄御原天皇之所制也相伝曰天皇御吉野宮日暮弾琴有興俄尓之間前岫之下雲気忽起疑如高唐神女髣髴応曲而舞独入天矚他人不見挙袖五変故謂之五節其歌曰

乎《ヲ》度《ト》綿《メ》度《ト》茂《モ》邕《ヲ》度《ト》綿《メ》左《サ》備《ヒ》須《ス》毛《モ》可《カ》良《ラ》多《タ》万《マ》乎《ヲ》多《タ》茂《モ》度《ト》迩《ニ》麻《マ》岐《キ》底《テ》乎《ヲ》度《ト》綿《メ》左《サ》備《ヒ》須《ス》茂《モ》

善相公意見内一請減五節妓員事右臣伏見朝家五節舞姫者大嘗会時五人即皆預叙位其後年々新嘗会時四人無預叙位其例由是至于大嘗会之時権貴之家競進其女以宛此姫尋常之年人皆辞遁可闕神事受有新判令諸公卿及女御輪転進之其責甚多不能堪任伏案故実弘仁承和二代尤好内寵故遍令諸家択進此妓即以為選納之便也諸家儌天恩不顧糜費巻財破産以貢進方今聖朝修其惟薄立其坊閑此等妓女舞乎帰家無預燕寝然則此妓数人遂有何用重案旧記昔者神女来舞未必定数四五人伏望択良家女子未嫁者二人置為五節妓其時服月料稍令饒給節日衣装亦給公物若負節不嫁経十ヶ年者即預如叙聴令出嫁若願留侍者預之於蔵人之列即択其替人亦如前年寛平遺誡曰毎年五節無人進出迫被期日経営尤物今須公卿之中令貢二人雖非其子必令求貢殿上人選入召之当代女御又貢一人公卿女御依次貢之終而復始以為常事須入十月節召仰各身在前令用意[27]

では『本朝月令』が引かれているが、五節舞姫起源としては『年中行事秘抄』、『江家次第』のような故実書、『江談抄』、『袖中抄』等の話の本や歌論書類、また『政事要略』等にも同様に見られる。[28]『河海抄』の起源への志向はこれらと共通するものであり、このような歴史記述の流布の中に『河海抄』の「日本紀」はあったのではないか。
それは、先の5を見ても言い得る。『日本書紀』にはない、「始、初」が多く年代記・皇代記類に見られることを確認したが、故実書の『職原抄』にも、

第十二代景行御世。初以武内宿祢為棟梁臣。成務《十三》御宇初号大臣。仲哀《十四》朝又以大伴武持号大連。大臣大連相並知政事。爾来代々有大臣大連之任。皇極《三十六》天皇四年［己巳］始置左右大臣。止大連。[29]

棟梁之臣。

とある。更に、『釈日本紀』述義所引の「私記」にも、

私記曰。可謂大臣之始歟。[30]

と見られ、「歟」という疑問のかたちではあるが、事柄を「始、初」で捉え出すことは夙に『日本書紀私記』の段

階で行われていたのであった。そこに、年代記・皇代記類のような、『日本書紀』とは異なる文献が、『日本書紀』に相当するものとして引用を繰り返すことで、流布、増幅してゆくような状況を見るべきなのだ。そして、それが夙に私記の段階には始発していたと認められる。注として「日本紀」を引く『河海抄』のありようは、そのような状況の中にある注釈書として位置づけられねばならない。

一方で、『日本書紀私記』の例は、九世紀から十世紀の段階のものであり、それらを背景に持つことは、注釈としての『河海抄』の側のみの問題ではなく、『源氏物語』それ自体の状況でもあったことを窺わせる。そして、『河海抄』の、『日本書紀』ならざる歴史記述に依拠した注のありようは、『源氏物語』の文脈がそのようなものによって支えられることを、結果的にあらわし出すものとなっているのではないか。『源氏物語』にとっても、実例、史実は流布していた年代記・皇代記類の文脈によるものだったのではないかということである。

ここで、『河海抄』が書かれるときに、実際に見られていた年代記・皇代記類はどのようなものであったか、特定の一本かどうかが問題となろう。例えば、『愚管抄』が主に『簾中抄』によったことは、日本古典文学大系本『愚管抄』等に言及があり、また、『神皇正統記』については、特定できないが、やはり依拠した年代記・皇代記類の一本のあることが、平田俊春によって考察されているように[31]、特定の一本によって歴史叙述をなすことは、充分考えられよう。今知られているものによって見る限りでは[32]、特定できる一本を確認できないが、そのようなものが『河海抄』の許にあったと考えることも可能性としてあり得よう。また、当時複数存在した年代記・皇代記類を見あわせていると考えることもできよう。但し、「日本紀」に限らず、諸文献を切貼りする『河海抄』の引用の態度からすると、年代記・皇代記類も、特定の一本に依拠したのではなく、複数を見あわせて切貼りしたかと考えられる[33]。

第三節　『河海抄』の「日本紀」と『先代旧事本紀』

年代記・皇代記類とともに『日本書紀』の位置を占める「日本紀」という点で留意しなければならないのは、『先代旧事本紀』である。『先代旧事本紀』は「日本紀」言説の主たるものの一つで、例えば『日本書紀纂疏』は、この書の聖徳太子作説を信じながら、ここから『日本書紀』や『古事記』が出たと位置づけている[34]。『河海抄』において、『先代旧事本紀』は、例えば先の1に見られるように、「日本紀」と並んで引かれている。この『先代旧事本紀』からの記事は『日本書紀』にはない。それは5でも同様だが、『河海抄』には『日本書紀』に同じ記事があっても『先代旧事本紀』から引く場合が見られる。例えば、須磨巻、謫居で光源氏に従う人々が歌をよむ場面の惟光の歌の注、

8心からとこよをすてゝなく雁の雲のよそにも思ひけるかな

　常世国［日本紀］　蓬萊山

　旧事本紀ニ少彦名命行到熊野之御崎遂適於常国矣［万葉］

　松浦仙歌ヲ和歌
　君をまつまつらの浦の未通女等は常世の国海人未通女鴨又詠浦嶋子長歌白雲の箱より出て常世人に棚引ぬれは云々

　皇神祖乃可見能大御世尓田道間守常世尓和多利夜保毛知麻泥許之祭吉間集長歌［赤染］

　おきもせぬ我とこよこそかなしけれ春かへりにし雁も鳴なり

　日本紀竟宴従五位下行大外記兼近江少掾三統宿祢公忠作歌詠思兼神云

　とこよなるとりのこゑにそ岩戸とち光なきよはあけはしめける

天照太神あまの岩戸をとち給し時おもひかねの神思はからひてとこよのなかなきの鳥をあつめてなかせたりし事をよめるなり見日本紀

今案とこよは仙境の名歟此歌は只我床ニよせたる心てかりのねの古来に用来歟(35)

の「旧事本紀」とある部分は、『先代旧事本紀』が『日本書紀』を切貼りした部分で、当然『日本書紀』に見られるが、『先代旧事本紀』の方を引くのである。このような例は十例以上見られ(36)、『日本書紀』にないので『先代旧事本紀』の方を引くというのでは必ずしもない。

9大弐のめのと

乳母［職員令］　有部毗奈耶曰名師子胤其父以児授八乳母文字集略曰嬭［乃礼反亦作妳］
花厳経曰檀波羅蜜為乳尸羅弁色立成云乳母［知於毛］　乳人母也［波羅蜜為乳母］　或曰伝姆《メノト》　唐式曰皇子皇孫乳母［和名女能度］　史記伝曰武帝ノ小時ニ東武侯母嘗養ハ帝又壮時号之曰大乳母日本紀曰天孫取婦人為乳母湯母及飯爵湯坐矣凡諸神部備行以奉養焉之時権用他婦以乳養皇子焉此世取乳母養児之縁也
令云凡親王及子者給母［謂若内親王嫁諸王所生子者不在給限］
親王三人子二人所養年十三以上雖乳母身死不得更立替
古今集作者紀乳母［陽成院御乳母　大江高縄女(37)］

10おきより舟とものうたひのゝしりてこき行なともきこゆほのかにたゝちいさきとりのうかへるとみやらるゝも
日本紀曰復生神名鳥之石楠船神　亦名謂天鳥船　神次生鳥磐橡樟　船神彦火々出見尊御歌
おきつとりかもつくしまにわかいねしいもはわすれしよのことく〳〵におきつとりとは鴎の名也舟をは鴎ににせておきてとりとおほくよめり詩にも鳧舟と作れりかもつくしまとは舟つく嶋といふ心也［万葉云］
おきつ鳥《とり》かもといふ舟かへりこはやかのさきもりはやくつけこそ(38)

9は、夕顔巻、病臥する光源氏の乳母大弐乳母に関する注、10は、須磨巻、謫居からの眺望を言う場面の注で、いずれも「日本紀曰」と見られる。9のような乳母に関する言及は、『日本書紀』では、

彦火々出見尊、取婦人為乳母・湯母、及飯嚼・湯坐。凡諸部備行、以奉養焉。于時、権用他婦、以乳養皇子焉。此世取乳母、養児之縁也。(39)

と、神代下第十段の第三の一書にある（本書にはない）。類似した記事が『先代旧事本紀』にも、

天孫取婦人。為乳母湯母及飯嚼湯坐矣。凡諸神部備行以奉養焉。于時権用他婦。以乳養皇子焉。此世取乳母養児之縁也。(40)

と見られるのであるが、この注のように主語を「天孫」とするのは『先代旧事本紀』のみで、『日本書紀』では「彦火火出見尊」とある。

また、10の「日本紀」は、『日本書紀』神代上第五段を見あわすと、本書は、

次生蛭児。雖已三歳、脚猶不立。故載之於天磐橡樟船、而順風放棄。(41)

と、また一書第二は、

次生鳥磐橡樟船。輒以此船載蛭児、順流放棄。(42)

となっていて一致しない。ここは『先代旧事本紀』は『古事記』を切貼りした部分であるが、『古事記』では、

次、生神名、鳥之石楠船神。亦名、謂天鳥船。(43)

となっており、

復生神。名鳥之石楠船神。［亦名謂天鳥船神。(44)］

とする『先代旧事本紀』とは「復」字が一致しない。この場面について文脈的に見ると、「次」字で繋ぐ『古事記』、『日本書紀』に対し、この「復」字は『先代旧事本紀』が記述を繋ぐ特徴的な字と見られる。

『河海抄』において、『先代旧事本紀』が「日本紀」と呼ばれる場合もあったことを認めてよい。『先代旧事本紀』は、もちろん「旧事本紀」としても引かれるが、「日本紀」としても引かれたのであり、『河海抄』にとっての「日本紀」としてあったということである。

第四節　『河海抄』の空間

『源氏物語』研究史の中で、光源氏の准太上天皇就位は、所謂歴史離れ、准拠離れとして注目され続けてきたが、『河海抄』のこの場面の注が何に依拠するものであるか問われることはなかった。しかし、これについても、先の諸例同様年代記・皇代記類に近似する記事が見られるのである。

11その秋太上天皇になすらふ御くらゐ給はりてみふく《御封》はゝりつかさ《年官》かうふり《年爵》なとみなそひ給ふ

漢代暦曰北斉城成帝阿清四年四月帝禅太子伝自号太上皇改為天統元年

不践祚太上皇例

漢朝例　史記曰於是高祖乃尊太公為太上皇［蔡雍曰不言帝言非天子也矣］　漢書曰諸侯将軍群卿大夫已尊朕為皇帝而太公未有号今上尊太公曰太皇［師古曰太上極尊之親也皇君也天子之父故号曰皇不予治国不言帝也］

本朝例　草壁皇子追号　長岡天皇［天武第二御子文武父］

舎人親王追号尽敬天皇［天武第八御子］　淡路廃帝父

施基皇子追号田原天皇［天智第三子］　光仁父

日並知皇子　宝字三年有勅追崇尊号称岡本宮御宇天皇［天武子　文武父］　見続日本記

小一条院［敦明　三条院御子］　寛仁元年八月廿五日院号［号小一条院］

　太上天皇封戸二千戸　勅旨田千町
　院司別当［公卿］　四位或五位判官代［五位六位］　或四位殿上人　蔵人四人　非蔵人有之　主典代　庁官
　召次所　仕所　別納所　御服所　進物所　所衆　武者所　御随身所太政大臣の封戸は二千二百五十戸也太上
　天皇は二千戸也而院号によりて御封くはゝると云事如何(45)
史上の例を挙げる部分は『二中歴』「人代歴　追号天皇」の部分、
　追号天皇
　草壁　舎人　施基　早良
　説云、草壁皇子号長岡天皇、［天武二子文武父］　舎人親王号崇道盡敬天皇、［文武二子］　施基皇子号田原天皇、
　［天智三子光仁父］　早良親王号崇道天皇［光仁二子］(46)
に、封戸については『簾中抄』の「御給　年官　年爵　封戸　位田」の部分、
　御給　年官　年爵　封戸　位田
　太上天皇　諸司允一人　爵一　近代加階　諸国掾一人　目壱人　一分三人　封二千戸　勅旨千町たてまつら
　るゝこともあり…中略…
　太政大臣　諸国司一人　一分三人
　年ませに掾を給はるある時は介を申　封二千二百五十戸　職田四十町(47)
と、「院司」の部分、
　院司
　別当［公卿］　四位［或五位］　判官代［五位或六位四位］　殿上人
　蔵人四人　非蔵人あり　主典代　庁官［蔵人］　公文院掌なとあり

庁　召次所　仕所　別納所　御服所　進物所　所衆　武者所　御随身所[48]

に、それぞれほぼ一致する。

留意されるのは、『源氏物語』成立以後の例である小一条院である。他の本朝例については、年代記・皇代記類に合致する記事を見出すことができるが、この部分はいずれの書にも見られない[49]。もちろん、このような記事を持つ、現在は佚した書によった可能性を否定し得るわけではないが、『日本書紀』以来の『源氏物語』以前の史上の例に、以後の例である小一条院の件りを列挙することで、結果として『源氏物語』が史上の列に位置づけられ、光源氏が一つの先例と見做されているとも言える。それは、『源氏物語』を含む新たな年代記・皇代記類の生成とも見得るのである。

『源氏物語』の先例化、規範化と言えるが、それは年代記・皇代記類、また『先代旧事本紀』のような、院政期以降生成、流布していた「日本紀」の文脈に依拠することで可能になっている。引用し、依拠することとそれ自体が「日本紀」の権威化、増幅であり、結果として新たな「日本紀」言説を現れ出させることでもあるのが『河海抄』の「日本紀」であった。『河海抄』の注がどのような歴史記述に依拠したかを具体的に知ることで、彼らにとっての『源氏物語』――わたしたちが「文学」として認識する『源氏物語』とは異なる『源氏物語』――、があらわし出される。そこから、近代以降の『源氏物語』の問い直しは始発し得ると考える。

注

（1）諸本によって異同があるが、『万葉集』の約一八〇例、『古今和歌集』約三三〇例、『伊勢物語』約一一〇例、『白氏文集』約一三〇例等と比べても少なくない数である。

（2）『皇学館論叢』一九六八年八月。

(3)『河海抄』蜻蛉巻。二、四七一～四七二ページ。
(4)注2先掲論文。本文上の異同による判断らしいが、具体的な検討は示されないため、その根拠は不明である。
(5)『河海抄』須磨巻。一、三三二ページ。
(6)注2先掲論文。
(7)『皇年代略記』(『皇年代私記』)崇神天皇（臨川書店刊改定史籍集覧　復刻版　第一九冊　新加通記類)。『皇年代略記』(『皇年代私記』)の原型の成立は、『河海抄』とほぼ同時代かと見られる。
(8)平田俊春『神皇正統記の基礎的研究』（一九七九年　雄山閣出版）は、『神皇正統記』が依拠した歴史記述として、年代記・皇代記類について考察する。
(9)『河海抄』早蕨巻。二、四〇三～四〇四ページ。
(10)『日本書紀』安康天皇。
(11)『奥義抄』(風間書房刊日本歌学大系第一巻)。
(12)『皇年代略記』(『皇年代私記』)安康天皇（注7先掲書）。
(13)『河海抄』葵巻。一、二七二～二七三ページ。
(14)『日本書紀』崇神天皇。
(15)『日本書紀』垂仁天皇。
(16)『日本書紀』景行天皇。
(17)『皇代暦』(『歴代皇紀』)崇神天皇（臨川書店刊改定史籍集覧　復刻版　第一八冊　新加通記類)。その原型の成立は、『河海抄』とほぼ同時代かと見られる。
(18)『皇代暦』(『歴代皇紀』)垂仁天皇（注17先掲書）。
(19)『二中歴』「女院歴　斎宮」(臨川書店刊改定史籍集覧　復刻版　第二三冊　新加纂録類)。
(20)『河海抄』桐壺巻。一、二七～二九ページ。
(21)『二中歴』「公卿歴　臣下始起」(注19先掲書)。また、『皇代暦』(『歴代皇紀』)にも同様に見られる。

(22)『河海抄』梅枝巻。二、八六〜八八ページ。

(23)『簾中抄』「仮名起」(臨川書店刊改定史籍集覧　復刻版　第二三冊　新加纂録類)。

(24)例えば、『玉勝間』(筑摩書房刊『本居宣長全集』第一巻)に、

源氏物語梅枝巻に、よろづの事、むかしにはおとりざまに、浅くなりゆく世の末なれど、かんなのみなむ、今の世は、いときはなくなりたる、ふるきあとは、さだまれるやうにはあれど、ひろきこゝろゆたかならず、一すぢに通ひてなむ有ける、たへにおかしきことは、とよりてこそ、書いづる人々有けれといへり、此かんなといへるは、いろは仮字のこと也、此かなは、空海ほうしの作れりといふを、万の事、はじめはうひ〳〵しきを思ふに、これも、出来つるはじめのほどは、たゞ用ふるにたよりよきかたをのみことゝはして、その書ざまのよきあしきをいふことなどまでは及ばざりけんを、やう〳〵に世にひろくかきならひて、年をふるまゝに、書ざまのよさあしさをも、さだすることにはなれりけむを、源氏物語つくりしころは、此仮字出来て、まだいとしも遠からぬほどなりければ、げにやう〳〵におかしくたへにかきいづる人のいでくべきころほひ也、(巻一一「仮字のさだ」)

と見られる。

(25)この話は、現存『江談抄』のどの系統の本にも見られず、『河海抄』のこの部分によって知られる佚文である。

(26)「応神時漢言東漸倭字則起于弘法大師空海」(天理図書館善本叢書和書之部第二七巻『日本書紀纂疏　日本書紀抄』)。

(27)『河海抄』少女巻。一、四九七〜四九八ページ。

(28)例えば、『江談抄』に次のように見られる。

また云はく、「清原天皇の時、五節を始めたまふ。吉野川において琴を鼓くや、天女下り降り、前庭に出でて歌を詠むと云々。よりてその例をもつて始めたまふ。天女歌ひて云はく、乙女子が乙女さびすも唐玉を乙女さびすもその唐玉を」と云々。(岩波書店刊新日本古典文学大系『江談抄　中外抄　富家語』)

(29)『職原抄』(続群書類従完成会刊『群書類従』第五輯　系譜部・伝部・官職部)。下って、『制度通』にも同様に見られる。

(30)『釈日本紀』述義六　景行（吉川弘文館刊新訂増補国史大系『日本書紀私記　釈日本紀　日本逸史』）。

(31) 注8先掲書。

(32) 注8先掲書、及び『国史大辞典』の「年代記」の項（益田宗執筆）等。

(33) 見てきたような「始、初」という文脈を、明確に主題化するようなかたちで構成された書として『濫觴抄』がある。これについては、平田俊春が、ほぼ『扶桑略記』の抜き書き集であることを検証しているが（『日本古典成立の研究』一九五九年　日本書院）、氏が『扶桑略記』と一致しない部分として指摘する『濫觴抄』「五節」所引『本朝月令』の記事、

　五節

　本朝月令云。五節儛者。浄御原天皇之所制也。相伝云。天皇御于吉野宮。日暮弾琴有興。俄尓之間。前岫之下。雲気忽起。如高唐神女髣髴応曲而舞。独人瞻。佗無見。挙袖五変。故謂之五節。（『濫觴抄』。続群書類従完成会刊『群書類従』第二六輯　雑部）

が、『河海抄』7の注所引『本朝月令』とほぼ一致する。特定一本ではなく、中世期多くあらわれた年代記・皇代記類の空間の中に『河海抄』はあったことが、例えば、この『濫觴抄』を見あわすことによっても窺われる。

(34) 引拠書典者旧説云修此書或謂以古事記為指南或謂以旧事紀為本拠然古事記立意為宗不労文辞是以列名神号音訓兼用全不与今書相似但聖徳太子稟生知之質通儒釈之宗故所撰旧事紀文理優贍可謂此書麁文多拠彼紀矣至夫古事大和及百家伝記亦莫不皆挿入一書或曰之中也（『日本書紀纂疏』。注26先掲書）

(35)『河海抄』須磨巻。一、三三九〜三四〇ページ。

(36) 例えば、桐壺巻の光源氏と高麗相人の対面場面で、同行した右大弁についての注に、

　さえかしこきはかせ《博士》にて

　才《サヘ》同　伎［荘子］　伎藝事也［非本才云々］

　案之和語強不然只才学の事也内教のさえともあり

　博士　天平二年始置文章博士

漢書曰明於古今温故知新謂之博士
聖徳太子習内教於高麗僧恵慈学外典於博士苛並悉達矣［旧事本紀］　職員令曰博士一人掌教授経業課試学生
神亀五年七月廿一日　勅置律学博士二人
大同三年二月四日格置紀伝博士
承和元年三月八日格停紀伝博士加文章博士一員（『河海抄』桐壺巻。一、五九ページ）

とあるが、ここに「旧事本紀」として引かれる部分は『日本書紀』推古元年四月の記事に一致する。

(37)『河海抄』夕顔巻。一、一二六〜一二七ページ。
(38)『河海抄』須磨巻。一、三三八ページ。
(39)『日本書紀』神代下第十段一書第三。
(40)『先代旧事本紀』皇孫本紀（吉川弘文館刊『先代旧事本紀の研究　校本の部』）。
(41)『日本書紀』神代上第五段本書。
(42)『日本書紀』神代上第五段一書第二。
(43)『古事記』上巻（小学館刊新編日本古典文学全集『古事記』）。
(44)『先代旧事本紀』陰陽本紀（注40先掲書）。
(45)『河海抄』藤裏葉巻。二、一〇七〜一〇九ページ。
(46)『二中歴』「人代歴　追号天皇」（注19先掲書）。なお、改定史籍集覧本では、「施基皇子号田原天皇、［天智三子光仁父］」の部分の、「天智」の二字が欠字となっている。八木書店刊尊経閣善本影印集成『二中歴』を参照し、これによって補った。
(47)『簾中抄』「御給　年官　年爵　封戸　位田」（注23先掲書）。
(48)『簾中抄』「院司」（注23先掲書）。
(49)『二中歴』「人代歴　辞太子」の項に敦明太子の名が見られるが、『河海抄』のこの注のように「追号天皇」と一連のものとして並記されていない。

第四章　『源氏物語』と「日本紀」

第一節　光源氏流謫とヒルコ

わたつ海にしなえうらぶれ蛭の子の脚立たざりし年はへにけり

と聞こえたまへば、いとあはれに心恥づかしう思されて、

宮柱めぐりあひける時しあれば別れし春のうらみのこすな

いとなまめかしき御ありさまなり。[1]

須磨、明石流謫から京へ戻った光源氏は、参内し朱雀帝と歌をよみかわす。この光源氏の歌について、近代以降の注は、例えば玉上琢弥『源氏物語評釈』に、「伊弉諾・伊弉冊の二神の子で三歳まで足がたたず岩楠船に乗せて海に流したという『日本書紀』神代紀の故事による。日本紀、竟宴の大江朝綱の歌にも『かぞいろはあはれと見ずや蛭の子は三年になりぬ足立たずして』とある。光る源氏の流謫の年月は足かけ三年であったので、蛭の子を出したのである。『しなへうらぶれ』は蛭の子の形容であるとともに、光る源氏自らのことでもある。[2]」とあるように、足かけ三年の沈淪を、ヒルコに託して表現していることを言い、天慶六年『日本紀竟宴和歌』の大江朝綱の歌を引き、ヒルコの故事として、『日本書紀』神代巻を指摘するのが通常である。[3]しかし、物語の文脈の中で光源氏の歌を見ようとする時、そのような通説的理解は充分であろうか。

まず、問題点の一つは、大江朝綱の歌を天慶六年『日本紀竟宴和歌』そのものによって引用すべきかどうかとい

うことである。古注では、『和漢朗詠集』「詠史」所収のかたちで引くことが、

　ひるのこかあしたゝさりしとしはへにけり
　かそいろ《父母》はいかにあはれと思らんみとせになりぬあしたゝすして　［日本紀竟宴歌朝綱[4]］

のように、夙に『紫明抄』以来なされてきた。竟宴和歌そのものは二つのかたちがある。天慶六年『日本紀竟宴和歌』、及び『和漢朗詠集』所収歌を見あわせると、

　『日本紀竟宴和歌』
　　得伊弉諾尊
　　従四位下行民部大輔兼文章博士大江朝臣朝綱
　かぞいろはあはれとみすやひるのこはみとせになりぬあしたゝすして
　ひるのこのことかみにみえたり。かぞいろは、ちゝはゝといふなるへし[5]

　『和漢朗詠集』
　かぞいろは　いかにあはれと　思ふらむ　三年になりぬ　脚立たずして[6]

のように、『和漢朗詠集』所収歌では、ヒルコという言葉は消え、歌の主体となっている父母のことを推量する歌となっているのである。古注が『和漢朗詠集』所収歌のかたちで引用してきたことについて、『源氏物語』が何に踏まえたかという点で配慮がなされてきただろうか。[7]

　そのことと関連して第二点として、足かけ三年の沈淪をヒルコによって表現したとして済まされてきたことを指摘したが、この朝綱歌については、『俊頼髄脳』、『西宮記』が、次のような記事を載せていることに留意する必要がある。

　『俊頼髄脳』

かぞいろはあはれと如何に思ふらむみとせになりぬ足たゝずして(8)
この歌は朝綱の卿の歌なり。いざなみのみことは蛭子といへるものをうみ給へるなり。かたちは人に似たれどもふくさのきぬなどのやうにて足もたゝずおきもあがらざりければ、さをなどにうちかけておきたりければ、あしともいはで年月をおくりけり。三年までぞありける。朝綱公家《日本紀竟宴歌で非身上事》のかしこまりにてみとせありければ、我身なむかのひるごのやうにいふかひもなくてみとせになりぬれと、かれによそへてよめるなり。かぞいろとは父母をいふなり。いざなみの尊とは神の御名なり。(9)

『西宮記』
天慶六年、講博士紀伊介矢田部公望、序者大内記藤原在幹、得土倉未得解由者、前三河守徳治、其中秀句、
得伊弉諾尊　民部大輔大江朝綱、
駕《カ》祖《ソ》色《イロ》馬《ハ》如何《イカ》尼《ニ》憐《アハレ》度《ト》思《オモフラム》藍《ミ》三年《トセ》尼《ニ》鳴《ナリ》奴《ヌ》《レト》足《アシ》不《タ、》立《ス》子《シ》《ヌコ》手《テ》《ヲ》
放弁官之後及三年也、故号、(10)

いずれもこの作品の作歌事情を歌語り的に載せたものである。朝綱は作歌時から見て約三年前の天慶四年に、正五位上相当官の右中弁から、正五位下相当官の民部大輔となっているが、木田章義「弁官と放還」は、この人事が当時の実際に照らして異例であり、左遷と見るべきであることの検証を通して、この歌は、そのような彼の沈淪と関わって作られ、また享受されたであろうことを竟宴和歌の場に即して指摘している。(11)朝綱のこの歌については、『和漢朗詠集』に採られ、人口に膾炙する過程も含んで、朝綱自身の沈淪を背景とする表現として歌語り的、説話的なものと併せて享受されるようになっていったと見るべきであろう。『俊頼髄脳』、『西宮記』の記事は、そのような状況を具体的に窺わせる。光源氏の歌に、この歌は「三年」を言うためだけでなく、朝綱の沈淪のことまで含めて物語の文脈を支えるものとして引かれ、(12)古注の段階ではそのような認識は共有されていたことが、『和漢朗詠

集』所収歌によって引くありようから窺われるのである。

第二節　「日本紀」言説の中のヒルコ

第三に、ヒルコについては『日本書紀』が引かれてきたが、この歌のヒルコは竟宴和歌を通したもので、『日本書紀』そのものではあり得ないという問題がある。特にこれが竟宴和歌であることには留意する必要がある。竟宴和歌は、例えば『俊頼髄脳』、『奥義抄』等に「日本紀」として引かれている。(13)『日本書紀』の再構成であるものを「日本紀」として『日本書紀』と同じく扱うことは、作品や注釈等さまざまな中に見られるが、竟宴和歌は『源氏物語』に近い時代の「日本紀」の最も主要な一つであった。ことは、そのような「日本紀」言説と言うべきものとの関わりで見るべきではないか。

その点で、『河海抄』が歌い出しの「わたつ海」に注するところがあることに注目される。

わたつ海にしなへうらふれひるのこのあしたゝさりし年はへにけり
大海［万葉］　海神［日本紀］　海底［喜撰式　万葉］　同 海若
わたつうみ海の名也日本紀ニハ海神と書之万葉ニハ海若ともかけり荘子ニ北海若と云は龍神也山神を日本紀ニ山ツミトいへる同心也
蛭児事　根国底国へなかされし事を源氏我左遷ニ思よそへていはれたるなり
かそいろはいかにあはれと思らんみとせに成ぬあしたゝすして［日本紀竟宴朝綱卿］
うらふれ　万葉十君こふとしなへうらふれ
古今にも秋萩にうらふれをれはとあり思なつみたる心也(14)

これによると、「わたつ海」は、語として、単なる海ではなく、海神、龍神をも指す「海の名」であるという。確かにこの言葉は、『万葉代匠記』で契沖が、

ワタツミハ、海ノ総名、マタ海神ヲモ云。[15]

と指摘するように、特殊な語であった。特に『万葉集』では、海神の意では用いられない「海」とは明確に使い分けられており、[16]そのような原則は、平安に入って用例そのものが減り、死語化の傾向を示すものの、引き継がれている。[17]この、『河海抄』の「わたつ海」という語についての注は、後の注釈書類からまったく顧みられることがなかったが、海神、龍神の意味を持つこの語は、足かけ三年の沈淪ということとは別に、龍神に関わる物語への視点を求めるものとなっているのではないか。

ところで、龍ということでは、須磨巻末における光源氏の唐突な龍王への思い至りが想起されるが、そのことと、ここで龍神を言うこととは関わらせて見るべきではないか。

暁方みなうち休みたり。君もいささか寝入りたまへれば、そのさまとも見えぬ人来て、「など、宮より召しあるには参りたまはぬ」とて、たどり歩くと見るに、おどろきて、さは海の中の竜王の、いといたうものめでするものにて、見入れたるなりけりと思すに、いとものむつかしう、この住まひたへがたく思しなりぬ。[18]

この作品は殆ど怪異を描かない。まして、光源氏の思い至りによれば異類の怪異ということになり、一層特異な場面である。若紫巻の、初めて明石一族について言及される場面との関連も指摘されているが、[19]文脈的に龍王に思い至る必然性の乏しいことは動かない。この龍王はどこからよびこまれ得たものか。古注はこれについて彦火々出見尊のことを引く。光源氏流謫の物語については、古注以来しばしば漢籍が見あわせられており、[20]また龍については漢籍に少なくない例があるにもかかわらず、[21]この部分について漢籍を引くものはないのである。迂路のようでもあるが、ここから龍神、龍王の問題を考え始めたい。

『河海抄』
うみの中の龍王のいといたうものめてするものにてみいれたるなりけりとおほすに
彦火々出見尊釣はりをうしなひ給てわたのへにいたりて尋けるを龍神めてたてまつりてむすめ豊玉姫にあはせてわたつみやに三年とゝめたてまつりし也［日本紀ニみえたり］
又日本武尊東夷を征し給時相模国より上総国ニ渡給しに龍神めてゝ尊をとりたてまつらんとしけれは浪かせあらくて御舟沈まむとせしに弟橘姫みことの御命にかはりて入海うせ給けり尊橘姫を忍給て上野国臼井坂にて東方を望てあかつまやとの給けるにより東をあつまといふ也我つまといふ心也吾嬬とかきてあつまとよむ也東は宛字也［紀正文略之］
天平勝宝元年遣唐使中有副使陸奥介従五位上玉手人丸山城史生上道人丸者而柿下人丸集中有入唐之時歌若以前輩令混合歟大夫於途中為海神被取端正美麗之故也云々［見作手丸記］(22)

『原中最秘抄』
海の中の龍王のいたくものめてする物にて見いれたるなりけりとおほすに
彦火々出見尊海にて鉤《ツリハリ》を失て海龍宮へ尋おはしましたりけるに龍王これと見つけ奉てうつくしき客人来たりとのたまひて竜神御娘玉依姫［神武天皇御母］にあはせ奉て聟になり給ぬさて三ヶ年之間海竜宮におはしけりと云々日本紀にいへり(23)

彦火々出見尊のことは、『日本書紀』では神代下第十段に見られるが、注が「日本紀」として挙げる記述はいずれも『日本書紀』そのものでないことに留意する必要がある。具体的に、『河海抄』の言う「日本紀」の「龍神めてたてまつりて」に相当する文が、『日本書紀』本書、一書を通じて認められない(24)。つまり本書では、
時に彦火火出見尊、其の樹の下に就きて、徙倚ひ彷徨みたまふ。良久しくして一の美人有りて、闥を排きて出

づ。遂に玉鋺を以て、来りて当に水を汲まむとす。因りて挙目ぎて視す。乃ち驚きて還り入りて、其の父母に白して曰さく、「一の希客者有します。門の前の樹の下に在す」とまうす。(25)のように「希客者」とのみ言われ、彦火々出見尊の容貌に関わるような言及はない。一書第一では、乃ち樹の下に就きて立ちたまふ。良久にありて一の美人有り。容貌世に絶れたり。侍者群れ従ひて、内よりして出づ。将に玉壺を以て水を汲む。仰ぎて火火出見尊を見つ。便ち驚き還りて、其の父の神に白して曰さく、「門の前の井の辺の樹の下に、一の貴客有す。骨法常に非ず。若し天より降れらば、天垢有るべし。地より来れらば、地垢有るべし。実に是妙美し。虚空彦といふ者か」とまうす。(26)のように「骨法常に非ず。」と言われるが、これは豊玉姫が父神に言った言葉である。また、一書第二では、故、彦火火出見尊、跳りて其の樹に昇りて立ちたまふ。時に、海神の女豊玉姫、手に玉鋺を持ちて、来りて将に水を汲まむとす。正に人影の、井の中に在るを見て、乃ち仰ぎて視る。驚きて鋺を墜しつ。鋺既に破砕けぬるに、顧みずして還り入りて、父母に謂りて曰はく、「妾、一人の、井の辺の樹の上に在すを見つ。顔色甚だ美く、容貌且閑びたり。殆に常之人に非ず」といふ。時に父の神聞きて奇びて、乃ち八重席を設きて迎へ入る。(27)と、容貌に関わるような言及は豊玉姫が父母に言った言葉の中に見られる。一書第四では、時に豊玉姫の侍者有りて、玉鋺を持ちて当に井の水を汲まむとするに、人影の水底に在るを見て、酌み取ること得ず。因りて仰ぎて天孫を見つ。即ち入りて其の王に告げて曰はく、「吾、我が王を独能く絶麗くましますと謂ひき。今一の客有り。弥復遠勝りまつれり」といふ。海神聞きて曰はく、「試に察む」といひて、乃ち三の床を設けて請入さしむ。是に、天孫、辺の床にしては、其の両足を拭ふ。中の床にしては、其の両手を拠す。内の床にしては、真床覆衾の上に寛坐る。海神見て、乃ち是天神の孫といふことを知りぬ。(28)のように、容貌について言うのは豊玉姫の侍者である。一書第三には、彦火々出見尊の容貌に関わるような言及はない。これは『古事記』、『先代旧事本紀』を参照しても同じで、『古事記』では彦火々出見尊の容貌の美しさを賛嘆して言うのは、豊玉毘売とその従婢であり、(29) また、『先代旧事本紀』の載せるのは、『日本書紀』の一書第四である。ここで『河海抄』の言う「日本紀」は『日本書紀』からの引用ではないのである。(30)

この、「海の中の竜王の、いといたうものめでするものにて、見入れたるなりけり」について彦火々出見尊を引くことは通説的になされてきたことであるが、『源氏物語』の叙述に対応する表現は『日本書紀』には見られないのである。ここで『河海抄』が『日本書紀』ならざるものによって注する態度は、『源氏物語』にとって意味を持つと見るべきであろう。物語の文脈を支えるものが「日本紀」言説であること、『日本書紀』そのものによって見ることはできないものであることを、この注はあらわし出しているのではないかということだ。

また、『原中最秘抄』では彦火々出見尊と結婚するのは豊玉姫ではなく、玉依姫となっている。これについて、人物関係の誤認で、『河海抄』の記述が正しいという指摘があるが、(31) 平安末期から鎌倉初期の成立とされる年代記・皇代記類的な記述の中に、

『簾中抄』

彦波瀲武鸕鷀草葺不合尊《ヒコナキサタケウカヤフキアハセスノ》

ほゝてみの尊の太子なり母豊玉姫海童の第二女八十三万五千四十二年たもたせ給ふ(32)

『二中歴』

神代歴

…次彦波瀲武鸕鷀草葺不合尊者、彦火々出見尊太子也、母曰豊玉姫［海童之二女也］、治天下八十三万六千四十二年［葬日向吾平山陵］　已上神代、

神武天皇者、彦波瀲武鸕鷀草葺不合尊第四子也、母曰玉依姫、海神大女也、(33)

『帝王編年記』

彦波瀲武鸕鷀草葺不合尊

彦火々出見尊太子也。母曰豊玉姫。海童之二女也。治天下八十三万六千四十二年。葬日向吾平山陵。(34)

のように同様の認識がしばしば認められ、また、やはり平安末期から鎌倉初期の成立とされる『古今和歌集』の注釈書、所謂「為相注」の序注にも、

[第五]　彦波瀲武鸕鷀《ヒコナキサタケウ》ノ羽萱葺《ハカヤフキ》不《ス》レ合《セ》尊　[陽神]

ほゝてみの尊の太子也。母は豊玉姫《トヨタマヒメ》、海童《ワタツミ》ノ第二娘也。世をしらせ給ふ事、八十三万六千四十二年也。日向国におはします。(35)

とあり、玉依姫と豊玉姫の姉妹の順の逆転は、一回的な誤認ではなく、定着していたと見られるのである。

そのような『日本書紀』ならざる「日本紀」言説が共有される中に、この『原中最秘抄』やその他の注もあったと見るべきだ。

『日本書紀』そのものではないものが『日本書紀』であるかのように見做され、機能しているという点については、『河海抄』の側、中世の問題にとどまるのではなく、物語にとっても文脈を支え、理解の背後にあるのは「日本紀」言説であったと考えられる。

少将は、「かかる方にても、たぐひなき御ありさまを、おろかにはよも思さじ。御心しづめたまうてこそ。堅き厳も沫雪になしたまうつべき御気色なれば、いとよう思ひかなひたまふ時もありなむ」と、ほほ笑みて言ひゐたまへり。中将も、「天の磐戸さし籠りたまひなんや、めやすく」とて立ちぬれば、(36)

は、行幸巻で、内大臣家の兄弟たちが尚侍を望む近江君を愚弄する場面である。これについて『河海抄』は次のように注する。

かたきいはほもあは雪となし給へき御けしきなれはあまのいはとさしこもり給なんやめやすくとてたちぬれは
　昔素盞烏尊あしきふるまひありし時に天照太神天盤戸にとちこもらせ給ひしかは世の中とこやみになりし事
　也兄弟不和の事を云歟…[37]

柏木の言葉は、アマテラスとスサノヲのウケヒに先立つ場面を踏まえるもの、また、中将の言葉は、アマテラスがイハトにこもったことによるものである。ただ、二人の言葉を一続きの文章としている『河海抄』と同じ本文をもつ伝本は現在見られない。注の「兄弟不和」ということから生じた異文と推測するならば、『河海抄』の「日本紀」理解が、『源氏物語』本文を変えてしまっているとも考えられるのではないか。[38]但し、『河海抄』に認められる中世「日本紀」的理解は、『源氏物語』にとっての『日本書紀』理解でもあったと見るべきである。「兄弟不和」ということは、『日本書紀』に明らかに認められることではないが、柏木や中将が近江君を嘲弄する場面と関わるものとして物語が示しているのは、もはや『日本書紀』を離れた理解の方向と言うべきであろう。[39]『源氏物語』がどのような状況の中に支えられてあり、享受されていたかをあらわし出しているのが、『河海抄』その他の注で、これらを通じて読むことが、この作品の問題を考える上で必要なのである。

光源氏の流謫の物語に戻ると、これについてはしばしば話型論的立場から注目され、最近では所謂王権論的立場から論じられており、彦火々出見尊の物語も含めて神話との関わりが指摘されている。例えば、鈴木日出男「光源氏の死と再生」[40]の言う、「光源氏が流離を経て都に復帰する経緯について」、「神話にいう死と再生の話が作用」しているることを指摘する読みであるが、具体的な回路への視点を欠いた発言である。より明確に論じられたものとして、河添房江「須磨から明石へ――光源氏の越境をめぐって――」[41]で見ると、この部分は神話的なものや貴種流離譚、継子譚等の話型を踏まえると見るだけでは説明できないと、それ以前の話型論的理解を批判し、澪標巻の住吉詣を八十嶋祭に比定して、基盤、源泉としての「神話的原像」が、そのような天皇の祭祀へ引き取られることで、光源氏の流謫とその後の復帰は可能になったとする。確かに、王権の正統的な継承者の位置にある彦火々出見尊を、王権論的見地から物語の基盤の一つと読み做すことに不都合はないように見えるが、これを「神話的原像」として一般化することはできない。具体的に、『日本書紀』そのものでない言説の広がりに留意して初めて、光源氏が「龍王のものめで」を思う物語の展開が具体的に何に関わるかは捉え得るのではないか。

第三節　ヒルコ・龍王

ここで再び「わたつ海」への『河海抄』の留意を想起したい。それは怪異への言及であるという点で、須磨巻末の光源氏の思い至りとの関わりを予想させるものであった。ところで、「日本紀」言説としてのヒルコは龍神に関わって見られる。先に掲げた「為相序注」、及びそれよりやや下る成立とされる曼珠院蔵「尊円歌書」、所謂「尊円序注」に次のようにある。

「為相序注」
伊弉諾伊弉冉尊、此大八嶋をつくりて、此国の主たるへきものなからんやとて一女三男を産奉給ひしとき、…中略…蛭子は、むまれて六歳まて骨なきゆへに、かたはものなりとて楠木の舟に入て海上にはなつを、龍神、此を見て、神の子なれはさりともとて、とりをきて養て、七歳の時はしめて、骨、出来ぬ。さて、龍神、海中を譲によりて、海上を守神となりて、摂津国西宮大明神、是也。[42]

「尊円序注」
…主者なからむやとて一女三男を生給へり　太郎素戔烏尊　二郎天照大神　三郎月読の明神［うさ八幡］四郎蛭子《ヒルコ》［一女］摂津国西宮是なり　此の一女は骨なくして蛭の様ニありしなりさてくすの木の船ニ入て海

中へすて給へり龍神とりて養けり三歳の時骨いてきけり此心を歌によむに
かそいろはいかにあはれと思ふらむみとせになりぬあしたゝすして(43)

いずれも海に流されたヒルコが龍神の許に行き着き、龍神の心を動かして、救われる話となっている。『日本書紀』でヒルコは、第五段本書、同一書第二、及び第四段一書第一、第十に見られるが、海に流したとするものはなく、それは試みに『古事記』、『先代旧事本紀』を見あわせても同様で、「為相序注」、「尊円序注」のような話がこれらから直接には出て来得ないものであることは明らかだ。為相序注は所謂西宮夷信仰に帰着しているが、同様の言説で更に下ったものまで含むと、やはり『古今和歌集』の序注の、所謂「了誉序注」に、

於中勝レ玉ヘル御子。一女三男トテ。四人ニテマシマス。…中略…次蛭児尊。ステニ三歳ニナルマテニ。脚ナヲタヽズ。故ニ。天磐橡樟船ニ載セテ。風ノマニ〳〵ハナチスツ。此意ヲ古歌云。
カゾイロハイカニ哀レト思フラン三歳ニ成リヌ足タヽズシテ
カゾトハ。父也。イロトハ母也。イカニ哀ト思ラント也。已下可知。然ルニ。船思ハズニ。龍宮ヘ至リヌ。七八歳ノ後。身骨出来。往来自在也。故ニ。魚ヲ釣ルコトヲ業トシ給ヘリ。龍王云。此君天神御子也。久下国ニ。留メマツルベカラズトテ。上国ヘ送リ。帰シマツル。其時。外海ノ廻船。山海ノ獦漁。出納買売ノ主タラン事ヲ。引出モノニ奉ル。今ノ西宮戎大明神是也。(44)

のように、類似した展開の話があり、それは注釈の類ばかりでなく、『神道集』のような散文作品にも、

抑伊弉諾伊弉冊尊御子、一女三男者、…中略…一女者蛭児命申是、此御子三歳打ナヱテ蛭如在、此成長何楠椌船入、大海被捨、此船浪被漂、自然龍宮下、龍神取此養程、自然事由尋、天神七代末御神、伊弉諾伊弉冊御子言、佐々龍宮可留非、御年七才比、亦楠椌船乗此国返、但龍宮年来有其験无、第八外海引出物賜、龍宮言、我領大海陸無所領、仍与外海、大海上住、此故付住吉洋留、今代西宮申是、海人共大営秋祭成即恵美須申是、(45)

と見られる。

ヒルコ・龍王の言説は、用例の実際としてはほぼ中世期のもので、『源氏物語』より以後に広がっているものであるが、それより以前、平安期の段階で成っていたことが充分推測し得る。ヒルコ・龍王がいずれも一女三男という枠組みの中にあらわれてきていることに注目したい。これは、アマテラス、ツクヨミ、スサノヲ、ヒルコのことで、一女に誰を充てるか——アマテラスかヒルコか——等細分化をみるが、一女三男という枠組みは動かず、年代記・皇代記類的な記述等の中にしばしば見られる。この一女三男の枠組みの中に見られるスサノヲ長子説は、

素戔嗚尊は、天照大神のこのかみなり、(46)

と、夙に『古今和歌集』仮名序所引古注にあらわれており、このことは、同じ枠組みの中に見られるヒルコと龍王の関わりをあらわす言説が、同じく平安の段階で成っていたことを窺わせるのではないか。更に、中国正史の一つである『宋史』の日本伝に次のように見られる。

雍熙元年、日本国の僧奝然、その徒五、六人と海に浮んで至り、銅器十余事ならびに本国の『職員令』・『王年代紀』各一巻を献ず。…中略…国王は王を以て姓となし、伝襲して今王に至るまで六十四世、文武の僚吏は、皆官を世々にすと。その年代紀に記する所にいう、初めの主は天御中主と号す。次は天村雲尊といい、その後は皆尊を以て号となす。次は天八重雲尊、次は天弥聞尊、次は天忍勝尊、次は瞻波尊、次は万魂尊、次は利々魂尊、次は国狭槌尊、次は角龔魂尊、次は汲津丹尊、次は面垂見尊、次は国常立尊、次は天鑑尊、次は天万尊、次は沫名杵尊、次は伊弉諾尊、次は素戔烏尊、次は天照大神尊、次は正哉吾勝速日天押穂耳、次は天彦尊、次は炎尊、次は彦瀲尊、およそ二十三世、並びに筑紫の日向宮に都す。彦瀲の第四子を神武天皇と号す。筑紫の宮より入りて大和州の橿原の宮に居る。即位の元年甲寅は、周の僖王の時に当たるなり。…中略…次は冷泉天皇、今、太上天皇となす。次は守平天皇、即ち今の王なり。およそ六十四世なり。(47)

雍熙元年は日本でいう永観二年、円融天皇代で、この『宋史』所引「年代紀」も円融天皇を「今の王」と呼んで終っていることから、その頃の成立であると見られる。今の問題との関わりを必ずしも明確にはできないが、「伊弉諾尊、素戔烏尊、天照大神尊」という順でのあらわれ方は留意すべきであり、スサノヲ長子説が平安中期までには確立されていたことを推測させる例と見做し得るのではないか。スサノヲ長子説の枠組みは『源氏物語』注の中にも窺われる。注のうち早い段階のものの一つである『奥入』が、

日本世紀　故略之
二男蛭児生而体如蛭及三年
不起其父母之乗葦船而流[48]

のように、ヒルコを「二男」としていることから、スサノヲ長子説の枠組みを共有する中に『源氏物語』注もあったと言い得るのではないか。

言説の早い段階での成立が推測されるのは、先に見た彦火々出見尊をめぐる話についても同様である。豊玉姫と玉依姫の姉妹の順の逆転の例として「為相序注」を掲げたが、その続く部分に次のような話が見られる。

〔人王第一〕　神武天皇〔人王代〕
鵜羽葺不合尊御子也。御母は、海龍王の娘玉依姫《タマヨリヒメ》と申き。生れ給ひし時、産屋の棟の上にこしきをゝきて、男子ならは彼こしきを南庭へおとさんを見て男子としり給へ、女子たらば北庭におとさんするをみて女子としり給へ、あなかしこ、産屋へ三□《年》か間人を入給はされとて、産屋にこもり給へりけり。さるほとに、こしきを南庭におとす。是を見て男子たりとしり給といへとも、人をつかはすに不及〔これよりして、今も皇子誕生の時は、御産屋の棟〔に〕《の》上にこしきをきて男〔子〕《女》にしたかひてまろはすは此例也。〕　あまりにおほつかなくおほして、三年と云七月にやはらおはしましまして垣間見給に、この御母、おそろしけなる龍にてわたかまりゐ

> て、此子の蛇形なるをねふり給ふに、かしらより始てみな普通の人形にねふりなし奉て、いま尾三〔さへ〕《尺》あるをねふりのこして是をねふらんとする時、この鵜羽萱葺不合尊の垣間見し給に、目と目とを見合て、おそろしき姿を見え奉る事をはちて、此児をねふりさして海の底へ入給へり。そのねふりのこしたる尾三尺あるをかくさん為に、此帝よりはしめて束帯にしたかさねとて引たる物はある也。此帝は、我国人王のはしめとす。神日本磐余彦帝とそ申。庚午年生れ給て、十五にて太子にたち、五十にして辛酉の年、位に付給ひき。橿原宮に座して世をしらせ給事七十六年、御年百二十沾《オ》也。此御時、始て祭（主）ををき、万の神達を祭給ひき。(49)

彦火々出見尊の直系の孫である神武天皇に、海龍王の子孫としての尾があったことを言う。豊玉姫と玉依姫の混乱が年代記・皇代記類的記述の中に多く認められたことは先に見た通りであるが、この話もそのような文脈の中にあらわれていることに注目したい。年代記・皇代記類については、院政期の成立と見られる『古今集』注、所謂「勝命序注」にも「日本紀」として引用が見られるように(50)、遅くも院政期以前には成り、『神皇正統記』、『愚管抄』等中世期の歴史書の成立に際し、『日本書紀』と並ぶか或いはそれ以上に大きな位置を占めたことが指摘されている(51)。それらを通じて、諸注の引く彦火々出見尊のことも、より早い段階に「日本紀」言説としてあったことが推測される。ヒルコと龍王に関することと同様に、『源氏物語』の同時代の言説であったと認め得るのではないかということだ。

『河海抄』に立ち戻って言うと、「わたつ海」という語への留意は、龍、海神という点で、物語の文脈を規制し、支えるものを示唆するのではないか。それによって光源氏の歌にヒルコがよびこまれていることと、唐突な龍王への思い至りとは一連のものとして理解し得る。物語が抱えこんでいる「日本紀」言説の問題を『河海抄』ははからずもあらわし出しているのである。須磨巻末で、龍王は、指摘されてきた彦火々出見尊のこと一つではなく、ヒルコと龍王の関わりも含んで複線的によびこまれて『源氏物語』の文脈は支えられているのではないか。

亡き桐壺院の出現は、ヒルコと龍王の関わりということを含むと、『和漢朗詠集』所収の朝綱の歌を発条としていると見ることができるのではないか。光源氏が自らをヒルコになぞらえ、「かぞいろは」＝桐壺院をよびこむのである。更にそのように見得るならば、この歌の「かぞいろはいかにあはれと思ふらむ」を踏まえて歌われる帰京後の光源氏の歌は、父院の遺言に対する違反を朱雀帝に突きつけるものとなる。(52)

第四節　「日本紀」の広がりと『源氏物語』

光源氏の流謫をめぐる物語について、「日本紀」言説との接点を見るべきであることを考察してきた。ことは、住吉信仰を流謫の物語の基盤として論じる問題にも関わる。例えば豊島秀範「須磨・明石巻における信仰と文学の基層」(53)は、『住吉大社神代記』のような住吉大社に関する書、また『播磨国風土記』等を類似性の指摘によって『日本書紀』と同列と見、「ある伝承の記載」であるとして、元禄期の成立である『住吉松葉大記』をも併せて住吉信仰として一般化し、物語の基盤とする。しかし、それも見てきたような、どこで物語が支えられるかという点で問うべきではないか。

物語が具体的に住吉神に言及する明石巻の、おさまらぬ暴風雨に光源氏一行が願を立てる場面について、『河海抄』が神功皇后の朝鮮半島への派兵の文脈の中に住吉神を引いて注していることに注目したい。

すみよしの神ちかきさかいしつめまもり給

神功皇后廿一年［辛丑］　住吉明神顕

古語拾遺云至於盤余稚桜朝住吉大神顕矣

日本紀曰浮濯於潮上因以生神凡有九神其表筒男命中筒男命底筒男命三神鎮坐焉是即今住吉明神者四社中南衣

通姫云々［国基倉説或神功皇后云々[54]］

これが「住吉信仰」としての留意ではないという点で、見てきたようなヒルコをよびこむことと一つの問題と捉えるべきではないか。『河海抄』の「日本紀」の言う筒男三神の記事は『日本書紀』神代巻第五段一書第六に見られるが、この「三神鎮坐焉」という表現はない。また、『日本書紀』の神功皇后条に「住吉明神」という語は現れない。ことは、古代の伝承、信仰としてでなく、先に見たことと相俟って『日本書紀』ならざる「日本紀」と関わらせて見るべきではないか[55]。『河海抄』の態度は、一般的に「住吉信仰」に収斂させてゆく態度と比べると、例えば須磨巻末では彦火々出見尊を挙げ、この明石巻頭では住吉神を引くというように、場あたり的、断片的で一貫性を欠くようにも見える。しかしそのようなありようが、物語の文脈が何によって支えられているかという問題をあらわし出し得ているのではないか。物語を「日本紀」言説の広がりの中で見るべきことを古注は示唆する。その態度を評価すべきではないかということだ。

それは、見てきたように第一義的には『源氏物語』の文脈が「日本紀」の関与によって支えられるということである。よく知られた一条天皇の言葉、「この人は日本紀をこそ読みたるべけれ[56]」の「日本紀」は、そうした視点から見るべきではないだろうか[57]。

更に、『源氏物語』の展開は「日本紀」に支えられることで可能になるところがあると同時に、そうであることが言説の増幅、拡大にも繋がっているのではないか。そしてそのような感覚を共有し、注を施すことを通して、更なる増幅、拡大がなされる。具体的には、例えば物語の叙述が、光源氏の龍王への思い至りを描き、それについて注が彦火々出見尊を挙げるということを通して、つくり出されてしまうものがある。そのようなものを共有し、増幅してゆく中にこの作品はあったのではないか。『源氏物語』の理解のしかたを、ここから問い直す必要があると考える。

注

（1）『源氏物語』明石巻。②二七四ページ。
（2）角川書店刊『源氏物語評釈』明石巻。第三巻、二五〇ページ。
（3）それは、朝日新聞社刊日本古典全書本、岩波書店刊日本古典文学大系本（新、旧）、小学館刊日本古典文学全集本（新、旧）、新潮社刊日本古典集成本等を通覧しても同様で、例えば最も新しい注の一つである新編日本古典文学全集本でも、『古事記』の「国生み神話」が引かれ、『日本書紀』にも「趣旨は同様の記述がある」（同書②付録「漢籍・史書・仏典引用一覧」。五二三ページ）と言われているように、変わらず引き継がれている。
（4）『紫明抄』明石巻。七三ページ。
（5）『日本紀竟宴和歌』天慶六年、六六番（岩波書店刊『契沖全集』第一五巻）。
（6）『和漢朗詠集』「詠史」（新潮社刊日本古典集成『和漢朗詠集』）。
（7）近時の注では、新日本古典文学大系本が、この歌の二つの本文を併載するが、古注以来の研究史に顧慮した結果であるとは見えない。
（8）この、「あはれと如何に思ふらむ」という本文では意味が通らない。竟宴和歌から『和漢朗詠集』所収のかたちに本文が変化してゆく過程を窺わせるものか。
（9）『俊頼髄脳』（風間書房刊日本歌学大系第一巻）。ここに見られるヒルコの話が、『日本書紀』とは異なる独自のものであることは留意する必要があろう。「ふくさのきぬ」、「さを」、「うちかけて」等は縁語的な繋がりであり、また、「あしともいはて」に「脚」と「悪し」とを掛詞的に含んで表現する等、和歌的な発想による文の展開が、結果として新たなヒルコに関する言説を構成しているのではないか。
（10）『西宮記』巻一五（吉川弘文館刊増訂故実叢書第四〇巻）。
（11）季刊『文学』一九九〇年秋。全体として傾聴すべき見解であるが、氏が竟宴和歌と『和漢朗詠集』所収歌のあいだをも竟宴和歌の場の問題として認識している点は、二つの歌の解釈上の問題とともに首肯し難い。
（12）因に、朝綱の作品は、須磨謫居の記述の中にもう一箇所引かれる。

昔胡の国に遣はしけむ女を思しやりて、ましていかなりけん、この世にわが思ひきこゆる人などをさやうに放ちやりたらむことなど思ふも、あらむことのやうにゆゆしうて「霜の後の夢」と誦じたまふ。（『源氏物語』須磨巻。②二〇八ページ）

須磨の地で冬を迎え、嘆きを深める一行を描いた場面で、光源氏が口ずさむのが『和漢朗詠集』「王昭君」所収の朝綱の詩、

胡角一声霜後夢　漢宮万里月前腸（注6先掲書）

の一節である。光源氏の沈淪を語る部分に一度ならず朝綱の作品が引かれることは、その作品だけでなく、朝綱自身の沈淪の経験を含んで、物語の文脈を支えるものとしてあったことを窺わせるのではないか。

（13）今、一例だけ挙げると、『俊頼髄脳』に見える

この事のおこり日本紀に見えたり。あまてる御神のする御子を、葦原の中つ国の君とせむとする時に、その国にさばへなす悪しき神たちあり、又草木みなものいふ。高むすびのみこと八百万の神たちをつどへてとひ給はく、誰かかの中つ国の悪しきものをはらへに遣すべき。皆いはく、天穂日のみことはこれ神のいさをなりと定めて遣したひらげとゝのへりといへり。（注9先掲書）

という件りは、『日本紀竟宴和歌』延喜六年、八番左注、

あまてるおほかみのすべみまを、あしはらのなかつくにのきみとせんとするときに、そのくにゝ、さはへなすあしきかみたちあり。またくさきみなものいふ。たかんすびのみこと、やほよろづのかみたちをつどへてとひたまはく。たれかゝのなかつくにのあしきものをはらひにつかはすへき。みないはく。あまほのみこと、これかみのいさをなりと。さてつかはしてたひらげとらんといへり。（注5先掲書）

とほぼ一致している。なお、竟宴和歌が新たな言説をつくってきたことについては、徳盛誠「『日本紀竟宴和歌』におけるニギハヤヒ――平安期の日本紀言説――」（『国語と国文学』一九九五年一〇月）の指摘がある。

（14）『河海抄』明石巻。一、三七〇～三七一ページ。

（15）『万葉代匠記』一五番歌注（岩波書店刊『契沖全集』第一巻）。

（16）例えば、
・大君は　神にしませば　真木の立つ　荒山中に　海をなすかも（『万葉集』巻三、二四一歌。小学館刊完訳日本の古典『万葉集』一）
・風吹きて　海は荒るとも　明日と言はば　久しくあるべし　君がまにまに（巻七、一三〇九歌。同書、三）
・わたつみの　沖に持ち行きて　放つとも　うれむそこれの　よみがへりなむ（巻三、三二七歌。同書、一）
・海神の　いづれの神を　祈らばか　行くさも来さも　船の早けむ（巻九、一七八四歌。同書、三）
等。「海」用例の中には、「海神」の意で用いられた明確な例はない。

（17）例えば、作品の性格上海に言及することの多い『土佐日記』で見ると、「海」が三八例であるのに対し、「わたつ海」は、在地の人々との別れを惜しんだ貫之の歌、

さをさせどそこひも知らぬわたつみの深き心を君に見るかな（小学館刊日本古典文学全集『土佐日記　蜻蛉日記』）

及び、旅の途中で安全を祈願する場面の女童の歌、

わたつみの道触の神に手向けする幣の追風止まず吹かなむ（同書）

に見られる二例で、いずれも和歌に用いられている（「海」用例のうち、和歌の例は七例）。八代集でも「わたつ海」用例は「海」に比して少なく、必ず「海神」の意で用いられるのではないが、「海神」の意で用いられない「海」とは異なっている点で、『万葉集』に見られた原則が引き継がれていると言い得る。「わたつ海」の歌語化、死語化の傾向は平安期の作品を通じて見られ、更に時代を下った『とはずがたり』、『竹むきが記』等では、歌、地の文を問わず「わたつ海」は見られなくなる。

（18）『源氏物語』須磨巻。②二一八～二一九ページ。

（19）小嶋菜温子「明石とかぐや姫」（『源氏物語批評』一九九五年　有精堂出版）等。所謂王権論の立場から『竹取物語』との関連を指摘したものであるが、『竹取物語』と『源氏物語』須磨巻の龍王の関連については、夙に田中大秀『竹取翁物語解』（文政九年成、天保二年刊）の指摘がある。

(20) 清水好子「須磨退居と周公東遷」（『源氏物語論』一九六六年　塙書房）、新間一美「須磨の光源氏と漢詩文――浮雲、日月を蔽ふ」（『平安朝文学と漢詩文』二〇〇三年　和泉書院）等。

(21) 川口久雄「寛弘期漢文学と源氏物語の形成」（『平安朝日本漢文学史の研究』下　一九六一年　明治書院）、柳井滋「源氏物語と霊験譚の交渉」（紫式部学会編『源氏物語　研究と資料――古代文学論叢第一輯』一九六九年　武蔵野書院）等。

(22) 『河海抄』須磨巻。一、三五一～三五二ページ。

(23) 『原中最秘抄』須磨巻（中央公論社刊『源氏物語大成』普及版　第一三冊　資料篇。二八一ページ）。

(24) 角川書店刊本のこの部分の本文は、「竜神顔容貌絶世たりとめでたてまつりて」（角川書店刊本『河海抄』須磨巻。三二〇ページ）。やはり『日本書紀』には、これに相当する文は見られない。

(25) 『日本書紀』神代下第十段本書。

(26) 『日本書紀』神代下第十段一書第一。

(27) 『日本書紀』神代下第十段一書第二。

(28) 『日本書紀』神代下第十段一書第四。

(29) 『古事記』は次のように言う。

爾くして、海の神の女豊玉毘売の従婢、玉器を持ちて水を酌まむとする時に、井に光有り。仰ぎ見れば、麗しき壮夫有り。甚異奇しと以為ひき。爾くして、火遠理命、其の婢を見て、「水を得むと欲ふ」と乞ひき。婢、乃ち水を酌み、玉器に入れて貢進りき。爾くして、水を飲まずして、御頸の璵を解き、口に含みて其の玉器に唾き入れき。是に、其の璵、器に著きて、婢、璵を離つこと得ず。故、璵を著け任ら、豊玉毘売命に進りき。爾くして、其の璵を見て、婢を問ひて曰ひしく、「若し、人、門の外に有りや」といひき。答へて曰ひしく、「人有りて、我が井上の香木の上に坐す。其麗しき壮夫ぞ。我が王に益して甚貴し。故、其の人水を乞ひつるが故に、水を奉れば、水を飲まずして、此の璵を唾き入れつ。是、離つこと得ず。故、入れ任ら、将ち来て献りつ」といひき。爾くして、豊玉毘売命、奇しと思ひ、出で見て、乃ち見感でて、目合して、其の父に白して曰ひしく、「吾が門に麗しき人有り」といひき。爾くして、海の神、自ら出で見て、云はく、「此の人は、天津日高の御子、虚空津日高ぞ」といひて、即ち内に率て入りて、…（『古事記』上巻。小学館刊新編日本古典文学全集『古事記』）

(30) 因に、「龍王のものめで」について、『河海抄』のみが挙げるヤマトタケルのことを見ても、亦相模に進して、上総に往せむとす。海を望りて高言して曰はく、「是小き海のみ。立跳にも渡りつべし」とのたまふ。乃ち海中に至りて、暴風忽ちに起りて、王船漂蕩ひて、え渡らず。時に王に従ひまつる妾有り。弟橘媛と曰ふ。穂積氏忍山宿禰の女なり。王に啓して曰さく、「今風起き浪泌くして、王船没まむとす。是必に海神の心なり。願はくは賤しき妾が身を、王の命に贖へて海に入らむ」とまうす。言訖りて、乃ち瀾を披けて入りぬ。暴風即ち止みぬ。船、岸に著くこと得たり。故、時人、其の海を号けて、馳水と曰ふ。（『日本書紀』景行天皇）と、「龍神めでゝ」に相当する記事は、『日本書紀』に見出せない。

(31) 島内景二『源氏物語の話型学』（一九八九年　ぺりかん社）。

(32) 『簾中抄』「帝王御次第　神世十二代」（臨川書店刊改定史籍集覧　復刻版　第二三冊　新加纂録類）。

(33) 『二中歴』「神代歴」（臨川書店刊改定史籍集覧　復刻版　第二三冊　新加纂録類）。

(34) 『帝王編年記』（吉川弘文館刊新訂増補国史大系第一二巻『扶桑略記　帝王編年記』）。他に、『神皇正統録』等にも同様の記事が見られる。

(35) 臨川書店刊京都大学国語国文資料叢書四八『古今集註［京都大学蔵］』。なお、以後のこの本の引用で、文中の□は判読不能を、〔　〕はミセケチ、抹消を、（　）は虫損等箇所で、翻刻者新井栄蔵、田村緑による判読、補入であることをあらわす。

(36) 『源氏物語』行幸巻。③三一一〜三一二ページ。

(37) 『河海抄』行幸巻。二、四二ページ。

(38) 『花鳥余情』が、

かたきいはほをもあは雪になし給ふへき御けしきなれは

日本紀第一云天照太神二踏《フンテ》堅庭《カタヲ》一而陥《フミオトシ》レ股《モモニ》若《コトク》二沫雪《ノ》一以蹴散《クエハ、ラク》

今案かたきいはほはかたき庭とあるへき事也　そさのをのみことの悪行を天照太神のいかり給へる時ますらおのわさをしたまひていきほひをなし給ふ時の事也　かたき庭をも雪のことくけちらし給ふ心也　天照太神とすさのをの神とは御せうと也　いま又あふみの君と弁少将もおとゝいなれはあふみの君のはらたてたる事をたとへていへるなり（『花鳥余情』行幸巻。二二三ページ）

と、柏木の言葉をイハト場面との関連で捉えたかと思われる注（『日本書紀』のこの場面でのアマテラスの行動は、スサノヲを威嚇、牽制するもので、既に起きた悪行を怒ったものではなく、イハト場面前後を見あわせた理解であると思われる）を載せており、このことからも伝兼良筆本の異文を生じるような『日本書紀』理解が中世的な認識の中で広く行われていたことが推測される。

なお、『河海抄』のこの部分は、伝兼良筆本と、角川書店刊本とで大きく異なっている。

角川書店刊本では、

あまのいは戸さしこもり給なんやめやすくとはたちあられ
古語拾遺云天照太神赫怒入于天石窟閇磐戸焉尓乃六合常闇昼夜不分
近江君と岩もる中将と兄弟不和の事をいふ也此事秘説あり（角川書店刊本『河海抄』行幸巻。四二七ページ）

となっている。

(39) 神野志隆光「「日本紀」と『源氏物語』」（『古代天皇神話論』一九九九年　若草書房）。
(40) 『文学』一九八七年一〇月。
(41) 河添房江『源氏物語の喩と王権』一九九二年　有精堂出版。
(42) 「為相序注」（注35先掲書）。また、中世期の教養のありようを伝える『壒嚢抄』も同様の話を載せている。
(43) 臨川書店刊京都大学国語国文資料叢書二『古今集註［曼珠院蔵］』。また、所謂「古今和歌集聞書三流抄」にも、ヒルコと龍神の話が見られる。
(44) 徳江元正「翻刻『古今序註』其一、其二」（『日本文学論究』一九八七年三月、一九八八年三月）。
(45) 角川書店刊東洋文庫本『神道集』巻第一「神道由来之事」。

(46)『古今和歌集』「仮名序」（新潮社刊日本古典集成『古今和歌集』）。
(47)岩波文庫『新訂旧唐書倭国日本伝・宋史日本伝・元史日本伝　中国正史日本伝(2)』。
(48)定家自筆本『奥入』明石巻（中央公論社刊『源氏物語大成』普及版　第一三冊　資料篇。一〇二ページ）。この定家自筆本『奥入』では、明石巻のどの部分についての注であるか示されていない。大島本『奥入』には次のようにある（但し、明石巻ではなく、須磨巻の注に入っている）。

しなつ（ミセケチ　へ—引用者注）うらふれひるのこの

日本世紀［故略］

二世蛭児生而体如蛭及三年不起其父母之垂葦船而流（同書。七五ページ）

(49)「為相序注」（注35先掲書）。また、中世期の教養のありようを伝える『壒嚢抄』も同様の話を載せている。
(50)赤瀬知子「院政期の古今集序注と日本書紀注釈書——勝命『真名序注』を中心に」（『大谷大学　文芸論叢』一九八八年三月）。
(51)平田俊春『神皇正統記の基礎的研究』（一九七九年　雄山閣出版）。
(52)出現した故桐壺院の働きが一貫して遺言に関わるものであることについては、藤井貞和「うたの挫折——明石の君試論——」（紫式部学会編『源氏物語及び以後の物語　研究と資料　古代文学論叢第七輯』一九七九年　武蔵野書院）の指摘がある。
(53)『物語史研究』（一九九四年　おうふう）。
(54)『河海抄』明石巻。一、三五四ページ。なお『花鳥余情』も、

住よしの神ちかきさかひをしつめまもり給ふ

住吉明神は往来の船をまもり給ふ故に神功皇后新羅をたいらけ給ふ時以船為幣也　明石入道御船をよそひて侍けるにあらしき風ほそく吹たるよし下にみえたり　あなたこなたよりすみよしの明神にいのり給へるゆへにつゐには神感にあつかり給へる也（『花鳥余情』明石巻。一〇八ページ）

のように神功皇后の派兵の文脈で住吉神のことを言う。

(55)　時代は下るが、謡曲「剣珠」に、

蛭子の尊海中より、…中略…父母はいかに哀と思ふらん、三年になりぬ足立ちて、山跡島ねの開けしより、今人の世のうつぼ舟、よるべ定めぬ浪路の底、龍の都は久堅の、あめの尊と、顕はれ給ふ。然るに海中の鱗に、縁を結び結ひて、釣の暇も波による、海人のしわざも神業の、其ことのもとならずや。中にも御剣の玉の御殿は君が代の、曇らぬ例代々を経て、神功皇后の御時に、新羅退治の其為、龍宮に使者を立てられ、干珠万珠の玉をめし、異国を平らげ広原海に帰し給ひ、龍神重ねて剣珠を捧げ奉る。是ぞ異敵降伏の守護神と成らせ給ひぬ。(博文館刊『校註謡曲叢書』第一巻)

と、神功皇后とヒルコのことが一連の話として見られる。

(56)　『紫式部日記』(小学館刊新編日本古典文学全集『和泉式部日記　紫式部日記　更級日記　讃岐典侍日記』)。

(57)　聖徳太子伝をめぐる考察で、所謂中世日本紀の広がりが『日本書紀』であったという指摘がなされている(堀内秀晃「太子伝と『日本書紀』」『国語と国文学』一九九四年一一月)。今の問題と関わるものとして注目される。

第五章　「日本紀」による和語注釈の方法

第一節　『河海抄』の二つの「日本紀」

『河海抄』所引「日本紀」は、約二五〇例を数えるが、そのうち約二〇〇例が、訓＝読みを介して、漢字を和語の注とするもの、つまり、「日本紀」中の漢字を、その訓を介して和語である『源氏物語』中の語句の注としているものである。例えば、

1六条わたりのしのひありきのころ
密《シノヒニ》　［日本紀］（『河海抄』夕顔巻。一、一二六ページ）

2たをやめの袖にまかへる藤の花
婦人《タヲヤメ》［日本紀第二］　又手弱女人［多乎夜米］　幼婦［万葉］（『河海抄』藤裏葉巻。二、一〇〇ページ）

3あたらよを御覧しさしつるとて
可惜《アタラ》［日本紀］（『河海抄』手習巻。二、四九四ページ）

のように、物語中の言葉（和語）について、「日本紀」として漢字を引き、その漢字の訓によって双方の間（和語と漢字の間）の繋がりが確保されているような注である。

これらについては、注する必然性、意図が見えにくく、『源氏物語』の理解のためにどのような意味があるのか、現在のわたしたちには見えにくい。しかし、その意味が見えにくいという理由で看過することはできない筈だ。(1)

このような、漢字によって和語の注としたものは、[2]『河海抄』以前の注釈書にも見られるが、『河海抄』において、その数が飛躍的に増え、『花鳥余情』等、『河海抄』以後の注釈書からは殆ど姿を消す。『河海抄』に特徴的な注と言うことができるのである。『河海抄』について考えようとするとき、こうした漢字による和語の注を見ることは、当然必要で、不可避である。

ところで、このような注のうち、同じ箇所でも、諸本によって、訓が示されてあるものとないものとがある。[3]

4-イ. きぬのをとなひはら〳〵として

　喧響［日本紀］（伝兼良筆本『河海抄』帚木巻。一、一〇九ページ）

4-ロ. きぬのをとなひはら〳〵として

　喧響［ヲトナヒ　日本紀］（角川書店刊本『河海抄』帚木巻。二二八ページ）

5-イ. せまりたる大学のす《衆》とて

　窮途　急［日本紀］　窮者［同］（伝兼良筆本『河海抄』少女巻。一、四八三ページ）

5-ロ. せまりたる大かくのす《衆》うとて

　窮途　急《セマル》［日本紀］　窮者［同］（角川書店刊本『河海抄』少女巻。三七〇ページ）

4、5の例では、角川書店刊本には訓が示されてあり、伝兼良筆本にはない。逆に、

6-イ. 右大臣の女御はよせをもく

　寄重　縁《ヨセ》［日本紀］（伝兼良筆本『河海抄』桐壺巻。一、二七ページ）

6-ロ. 右大臣の女御はよせおもく

　寄重　縁［日本紀］（角川書店刊本『河海抄』桐壺巻。一九二ページ）

のように、伝兼良筆本に傍訓があって、角川書店刊本にはない例もある。また、

7-イ．くまなき物いひも
曲［日本紀］ 隈 熊 阿 間（伝兼良筆本『河海抄』帚木巻。一、八八ページ）

7-ロ．くまなき物いひも
曲［日本紀］ 隈 熊 阿 間（角川書店刊本『河海抄』帚木巻。二一九ページ）

8-イ．むかひ火つくれは
向焼［日本紀］（伝兼良筆本『河海抄』竹河巻。二、三三九ページ）

8-ロ．むかひ火つくれは
向焼［日本紀］（角川書店刊本『河海抄』竹河巻。五四一ページ）

のように、どちらの本にも訓が示されない場合もある。

後に触れるように、漢字をあてる「日本紀」の注は、同じものが幾度かあらわれるものも少なくない。今まで挙げた1から8のうち、雨夜の品定め場面の注である7はそのような例の一つで、梅枝巻の薫物合せ場面の注にも、

7-ハ．くま〳〵しくおはしたるこそ
おほつかなき心歟 曲［日本紀］ 隈 熊 阿 間（伝兼良筆本『河海抄』梅枝巻。二、七五ページ）

7-ニ．くま〳〵しくおはしたるこそ
おほつかなき心歟 曲［日本紀］ 隈 熊 阿間（角川書店刊本『河海抄』梅枝巻。四四一ページ）

とある。そのようなものについて見ると、

9-イ．なめしとおほさて
軽《ナメシ》［日本紀］ 無礼［新撰万葉］ 滑［宛字］（伝兼良筆本『河海抄』桐壺巻。一、六三ページ）

9-ロ．なめしとおほさて

軽《ナメシ》［日本紀］　無礼［新撰万葉集］　滑［宛字］（角川書店刊本『河海抄』桐壺巻。二〇八ページ）

9-ハ．いとなめけなるうちきすかた

軽《ナメ》［日本記　無礼心也］（伝兼良筆本『河海抄』松風巻。一、四三六ページ）

9-ニ．いとなめけなるうちきすかた

軽《ナメシ》［日本紀　無礼心也］（角川書店刊本『河海抄』松風巻。三五三ページ）

と、どちらも傍訓つきで引かれているもの、逆に、先の7の例もそうであるが、

10-イ．おほちのさま

路　御路［日本紀］　大路［万葉］（伝兼良筆本『河海抄』夕顔巻。一、一二八ページ）

10-ロ．おほちのさま

路　御路［日本紀］　大路［万葉］（角川書店刊本『河海抄』夕顔巻。二三七ページ）

11-イ．ほとりのおほちなと

御路［日本紀］　大路［万葉］（伝兼良筆本『河海抄』匂宮巻。二、三一八ページ）

11-ロ．ほとりのおほちなと

御路［日本紀］　大路［万葉］（角川書店刊本『河海抄』匂宮巻。五三三ページ）

のように、どちらも傍訓なしである等、二箇所以上に同じ態様で引用されているところもあるが、

12-イ．よすかつけんことを

便也　従《ヨスカ》　［日本紀］　資［同］（伝兼良筆本『河海抄』澪標巻。一、三八七ページ）

12-ロ．よすかつけんことを

便也　従《ヨスカ》［日本紀］　資［同］（角川書店刊本『河海抄』澪標巻。三三二ページ）

のように、澪標巻でどちらも傍訓つきで引用されていた、同じ例が、藤袴巻では、

12‐ハ．心よせのよすか〳〵に

従［日本紀］　資［同］　便（伝兼良筆本『河海抄』藤袴巻。二、四九ページ）

12‐ニ．心よせのよすか〳〵に

従［日本紀］　資［同］　便（角川書店刊本『河海抄』藤袴巻。四二九ページ）

と、どちらの本も傍訓なしである場合や、

13‐イ．いとをしたちかと〳〵しく

最押立　才《カト〳〵シ》《カル〳〵シ》［日本紀］　才学［同］　廉々（伝兼良筆本『河海抄』桐壺巻。一、五〇ページ）

13‐ロ．いとをしたちかと〳〵しく

最押立　才《カト〳〵シ》［日本紀］　才学［同］　廉々（角川書店刊本『河海抄』桐壺巻。二〇二ページ）

13‐ハ．かと〳〵しさの

才［日本紀］　才学　又廉々（伝兼良筆本『河海抄』朝顔巻。一、四七九ページ）

13‐ニ．かと〳〵しさの

才［日本紀］　才学　又廉々（角川書店刊本『河海抄』朝顔巻。三六八ページ）

13‐ホ．かとめいたる

才［日本紀］　才学［同］　廉（伝兼良筆本『河海抄』胡蝶巻。一、五六五ページ）

13‐ヘ．かとめいたる

才《カト》［日本紀］　才学［同］　廉（角川書店刊本『河海抄』胡蝶巻。四〇四ページ）

のように、桐壺巻の注ではどちらも傍訓があり、同じものが朝顔巻には傍訓なしで引かれ、胡蝶巻は伝兼良自筆本のみ傍訓なしであるというような例もある。

このようなあらわれ方から、漢字をあてる「日本紀」の注は、訓があらわされていないものについても、訓つきのものと同様と見做し得る。『河海抄』が、物語中の言葉について、訓を介して漢字によって注するとき、「日本紀」はその訓を明示していたと見るべきであり、また、注のそのような性格上、もともと訓を付していたと考えるのが自然と思われる。以下、そのような蓋然性の許で考察を進める。『河海抄』に特徴的と言い得る傍訓のようなかたちで出てくる注、訓を回路として注する一群に多くあらわれる、出典としての「日本紀」とは何なのか、注の解読そのものではなく、その前提としての「日本紀」の解明をめざす。

第二節　『日本書紀』にない『河海抄』の「日本紀」

第一に注目されるのは、今取り上げている「日本紀」の注のうち、『日本書紀』には見られない語を「日本紀」として引いているものがあることである。

今まで見てきたもので言うと、3の例、手習巻で、浮舟を救った横川僧都の妹尼の亡くなった娘の婿中将が、妹尼の家を訪れる場面に見られる「あたら夜」という言葉の注に挙げられている「可惜」という語は『日本書紀』中に見られない。(4) そのような例は約五〇例見られる。それは、『河海抄』の「日本紀」の注の二割を超えており、少なくない数であると言えよう。

このような注については、契沖『源註拾遺』、賀茂真淵『源氏物語新釈』の指摘がある。

例えば、以下に引く15について、『源註拾遺』には、

すけなし

［河］　無人望［日本紀］○〈今案〉日本紀に此言なし[5]

とあり、『源氏物語新釈』には、

すけなう

或説に日本紀に無人望と書てすけなしと訓たるといふは偽り也紀にさる字を訓し事なし[6]

とある。『源氏物語新釈』は、『河海抄』と明記しない傾向が認められるが、『源註拾遺』の記事に照らして、『河海抄』に対する批判と見られる。いずれも、『河海抄』の「日本紀」について、『日本書紀』に見られるものが挙げられている場合はそのまま引くが、この例のように、『日本書紀』に見られない語が、「日本紀」として挙げられている注について、指摘、批判を行う。『河海抄』の「日本紀」への注目として、留意すべきであろう。

ここでは、単に『日本書紀』に見られないというだけでなく、その再編、書き換えである可能性が窺われる例も含め、以下に掲げる（なお、同じ語が二カ所以上の注に引かれたものについては、初出例のみ引くこととする）。

14御心はへのたくひなきをたのみにてましらひ給

無比《タクヒナシ》　又無彙［同］　無類　交《マシライ》　忝［同　日本紀］（桐壺巻。一、二五ページ）

15すけなう

無人望《スケナシ》［日本紀］（桐壺巻。一、三九ページ。行幸巻に、「日本紀」とはないが、同じ語を載せる注が見られる）

16ゆふつくよ

暮月夜［万葉］　夕附夜［同上　又日本紀］（桐壺巻。一、四一ページ。賢木巻に、同じ語を載せる注が見られる）

17たゝ人にて

凡俗［日本紀］　直仁［伊勢物語真名本］（桐壺巻。一、六〇ページ。行幸巻、匂宮巻、蜻蛉巻に、同じ語を載せる注が見られる）

18春宮の御元ふく南殿にてありしきしきのよそをしかりし

粧《ヨソホシ》［日本紀］（桐壺巻。一、六五ページ）

19こゝら

巨《奥入》々等　又多々等［日本紀］　おほくといふ心也（桐壺巻。一、七五ページ）

20をのかしゝ

各競［日本紀］　或各自恣（帚木巻。一、八二ページ）

21かたかと

片才［日本紀］　片廉（帚木巻。一、八四ページ）

22ことかなかになのめなるましき人の

殊中［ことなるか中也］　異中［日本紀　あらぬか中といふ歟］（帚木巻。一、八七ページ）

23ねちけかましき

佞人《ネチケヒト》［日本紀］（帚木巻。一、八九ページ）

24むまのかみのさためのはかせになりてひゝちゐたり

軽粧《キヤウサウ》《カルシ　アナツル　ヨソホイ》［日本紀］（帚木巻。一、九二ページ）

25あてはかにて

娉妍［日本紀］（帚木巻。一、一一〇ページ）

26てもあてはかにゆへつきたれは

　喉妍［日本紀］（夕顔巻。一、一三四ページ）

27おひたゝむありか《在所也》もしらぬ若草ををくらす露そきえん空なき

　稚草《ワカクサ》［日本紀］（若紫巻。一、一八六ページ）

28いとをゝしく

　雄祓［日本紀］（葵巻。一、二八六ページ。少女巻に、同じ語を載せる注が見られる）

29かうしめのほかにはもてなし給はて

　注連［日本紀］（賢木巻。一、二九七ページ）

30かつらの木のおいかせに

　天稚彦門之湯津楓樹［旧事本紀］

　或馬津桂木［日本紀］（花散里巻。一、三二二ページ）

31あふ瀬なき泪の河にしつみしやなかるゝみほのはしめ成けむ

　水尾［万葉］　水深［日本紀］（須磨巻。一、三二九〜三三〇ページ。真木柱巻に、同じ語を載せる注が見られる）

32神にまかり申し給ふ

　辞見［日本紀］（須磨巻。一、三三一ページ。朝顔巻に、同じ語を載せる注が見られる）

33おほやけのかうしなる人は

　考辞［日本紀］　勘事［勘当事也］（須磨巻。一、三四二ページ）

34このもかのものしはふるひ人

　日本紀折枝葉人（明石巻。一、三五八ページ）

35神無月には御八かうし給ふ

十月《カミナツキ》寒風《サムカセ》［日本紀］（澪標巻。一、三八四ページ）

36あいなのさかしらやなむとて

進恐《サカシラ》［日本紀］（蓬生巻。一、四一〇ページ）

37いさりせしかけわすられぬかゝり火は身のうき舟やしたひきにけん

廻嶋《イサリ》［日本紀］　求食《同》［万葉］（薄雲巻。一、四五五ページ）

38かへり申

賽［白氏文集　日本紀］（玉鬘巻。一、五二六ページ）

39いもせの契りはかり

妹兄［日本紀］　妻妹［万葉］（初音巻。一、五三九ページ）

40みくらあけさせて

長倉［日本紀］（初音巻。一、五四八ページ）

41さなからまて給へきにもあらす

更　啓［日本紀］（真木柱巻。二、五九ページ）

42ことはり申給

裁断［コトハル　日本紀］（梅枝巻。二、七六ページ）

43いかはかりしみにけるにか

深着［日本紀］（若菜下巻。二、二〇六ページ）

44うちあはぬ人々のさかしらにくしとおほす

進心［サカシラコヽロ　日本紀］（総角巻。二、三九三ページ）

45らい年四位に成給なんこたみのとうは
　今度《コタミ》〔日本紀〕（東屋巻。二、四四二ページ）
46ふと人つてに
　付附〔日本紀〕　伝（蜻蛉巻。二、四七二ページ）
47なまわかむとほりといふへきすちにやありけん
　生王家無等倫八十之子孫《ヤソノツヽキ》〔日本紀　王之子孫〕（夢浮橋巻。二、五〇七ページ）

これらの注に「日本紀」として引かれている語は、『日本書紀』の中には見られない。
また、『日本書紀』に見られる語と、見られない語とが、一つの注の中に「日本紀」として挙げられている場合もある（先と同様に、重複例については、初出例のみを挙げることとして、下に掲げる。「日本紀」とあっても、『日本書紀』中に見られない語に傍線を施した）。

48あめのした
　御宇〔日本紀〕　御禹〔同〕　宇内〔同〕　天下〔同〕　御宇天下〔同〕　率土〔周礼〕　天表《アメノウラ》〔遊仙窟〕（桐壺巻。一、二四ページ）
49かしこき御かけをは
　恐〔おそるゝ心也〕　可畏之神《カシコキカミ》〔日本紀〕　恐惶《カシコシ》〔同〕（桐壺巻。一、三〇ページ）
50ひたふるに
　敢死《ヒタフル》〔万〕　一切〔同上〕　永迅〔日本紀　順和名〕
　永〔同〕　頓〔同〕　甚振布也〔万葉〕（桐壺巻。一、三七ページ）
51ゆくりなく

不意之間［日本紀］　率尓［同］（夕顔巻。一、一四六ページ）

52そこらはるかなる

幾多［日本紀］　多［同］　若干［同心歟］（若紫巻。一、一八三ページ。真木柱巻に、同じ語を載せる注が見られる）

53われことふきせんと

寿詞［日本紀］　言吹［同］　寿［文撰］　或譸［同］（初音巻。一、五三七ページ）

54あた人とせんに

他人［日本紀］　越人孟子他心［日本紀］　異意［万］（匂宮巻。二、三三一ページ）

更に見ると、『日本書紀』にない語が、繰り返し、「日本紀」として挙げられている場合も少なくない。例えば、葵巻、葵上没後の兄三位中将（もとの頭中将）のさまに関する注の、先掲28に挙げられた「雄祓」は『日本書紀』に見られない語であるが、少女巻で、やはり彼について言及した部分の注にも同じ語が繰り返し引かれている。また、17の、「凡俗」という語も『日本書紀』中に見られないが、『河海抄』に計四回「日本紀」として引かれている。『日本書紀』にないものが「日本紀」として引かれているのは、偶発的な誤謬によるものではないと言えるのではないか。

もちろん、『日本書紀』と重なるものもある。しかし、右のような例は、『河海抄』の「日本紀」が、『日本書紀』そのものでないものをもとにしているのではないかという方向から見るべきことを示唆している。

第三節　歌学の世界との関わり

次に、再編・書き換えという点からも、『日本書紀』を超えたものを持つことの問題を、見る必要がある。先に掲げた、

35神無月には御八かうし給ふ

十月《カミナツキ》寒風《サムカセ》［日本紀］（澪標巻。一、三八四ページ）

は、明石巻で、亡き桐壺院が、「おのづから犯しあ」って(7)、成仏できていないことを知り、謫居で心を痛めていた光源氏が、都に戻り、まず追善供養のための法華八講を催したことを言う澪標巻冒頭場面の注である。「寒風」という語は、『日本書紀』中、雄略即位前紀の、

孟冬作陰之月、寒風肅殺之晨(8)

という、『文選』「西京賦」を踏まえた雄略の言葉の中にあらわれ(9)、『日本書紀』の中では他に見られないので、この「日本紀」の注はここから出たものと考えられる。「カミナツキ」が、『日本書紀』では「孟冬」であるのに対し、『河海抄』では「十月」となっているが、「孟冬」という書き方は、『文選』を踏まえたもので(10)、編年体の普通の書き方ではない。『日本書紀』の、この雄略の言葉を含む部分についても、編年を記すところでは、「冬十月」という書き方となっている。この『河海抄』の「日本紀」の「十月寒風」は、「孟冬」が、「十月」という、通常の編年体の書き方に書き換えられた、再編されたものによっていると見られる。これは書き換えられた、『日本書紀』そのものではないものによると見るべき例である。

55いさらゐははやくのこともわすれしをもとのあるしやおもかはりせる

小《イサラ》［日本紀］小井也（『河海抄』松風巻。一、四三六〜四三七ページ）

松風巻、上京して大堰の邸に落ち着いた明石尼君をねぎらった光源氏の歌の言葉への注である。注が挙げる「小《イサラ》」は、『日本書紀』の古訓の中には見えず、また名義抄のような字書類にも見えない。試みに、「小（少）」字には、『日本書紀』中でどのような訓が与えられてきたかを概観すると、多いのは、「小墾田宮」、「伊予来米部小楯」等の固有名詞や、「小礼」、「小信」、「小義」、「小智」等の冠位名として用いられた例である。訓としては、「小竹（こたけ）」、「小女（をとむすめ）」、「小（ちいさき）」等あるが、ここから「いさら」という語があらわれるとは考えにくい。これが生じ得るとすれば、安閑紀、皇極紀の、

・此田者、天旱難漑、水潦易浸。(11)

・佐伯連子麻呂・稚犬養連網田、斬入鹿臣。是日、雨下潦水溢庭。(12)

に見られる「いさらみづ」という古訓との連関の中でではないかと考えられる。「潦」字は、これだけならば「にはたづみ」と読まれ、字書類にも、

潦　唐韻云潦音老［和名爾八太豆美］雨水也(13)

と見られるように、このような訓は夙に与えられていた。「潦」字そのものは、『毛詩』にも見られる語であるが、(14)『日本書紀』中には今の例の、「水潦」、「潦水」のかたちしかあらわれない。つまり、そのように熟したとき、『毛詩』に見られるのとは違う意識を働かせたと見られる。

『袖中抄』に、

而後拾遺序云、近江のいさゝ河いさゝかに此集をえらべり云々。古今異本に恋第五云、あめのみかどのあふみのうねべにたまひける

いぬがみの床の山なるいさら川いさとこたへよわが名もらすな

うねべ御返し
山科のおとはの山のおとにだに人のしるべくわがこひめやは
然而両証本無之。随このいぬがみのとこの山の歌は万葉のいさや河の歌也。尤不審なり。万葉にいさや川とあればいさゝ川と不可云歟。尤上も近江郡也。日本紀にこそ潦水と書ていさゝ水とは読たれ。是は雨のふる時川にある水也。(15)

と見られるように、「潦水」には「いささ水」という訓が、平安時代には生じており、また、解釈としても多様に行われていた。そのことが、「小《イサラ》」を解くきっかけとなるのではないか。

「いささ」は、この『袖中抄』の中で「いさゝ河」（後拾遺序）―「いさら川」（古今異本）―「いさゝ水」（日本紀）と、一繋がりに扱われており、『袖中抄』の引用の中で、それぞれ交錯しあっているような状況が窺われる。更に、「日本紀にこそ潦水と書ていさゝ水とは読たれ。是は雨のふる時川にある水也」という理解は、直接であるかどうかは検証できないものの、

イサラ水　是ハ、雨フル時河ニアル水也。(16)

という、『信西日本紀鈔』を「日本紀」とし、引用されたものと見られる。但し、『信西日本紀鈔』では、「イサラ水」となっており、「いさら」が「いささ」に変換されながらここに引用されている点に留意したい。「いさら」と「いささ」が交錯している状況が、「日本紀」の中に見られるということである。「いささか」に繋がり、解釈を通して、『河海抄』に見られるような「小」という書き換えはあり得たと考えられる。

「小《イサラ》」という訓は、「日本紀」の中で解くほかないが、「いさら」―「いささ」―「小」という回路のなかで見る以外には、その解釈はあり得ないのではないか。解釈の増幅の中で、「潦水」を書き換えて、「小《イサラ》」は生じてきたのだと見よう。(17)

なお、これについては、『袖中抄』で、後の部分に、

わがゝどのいさゝを川のまし水のと云歌をば、かきねゆくいさゝを川ともかけり。此いさゝを河を日本紀のいさゝ水と同体に心得て、[18]

と、もう一度繰り返して言われており、『綺語抄』も、この、「わがゝどのいさゝをがはのましみづのましてぞおもふきみひとりをば」の歌を引いて、

是也。此いさゝをがはといふ事は、人のしらぬ事なり。秘事也。ゆふだちなど、もしはにはかに雨ふりてにはのみづなどのまさりて、かどよりながれいづるをいふ也。それを此比の歌仙、いぬがみのとこのやまなるいさらがはいさとこたへてわがなもらすなといふ歌の、いさらをがはなりとありけるを、人〴〵わらはるとかや。これはいさやをがはなり。くはしくはよしなし。[19]

と載せており、『袖中抄』の記事と併せ、実際の歌の解釈空間の中に、「いささ」―「いさら」の交錯が見られることから、「小《イサラ》」を生じる状況が、一層確かに窺われると指摘できよう。

ところで、以下の『和歌童蒙抄』にも『日本書紀』そのものによるとは認めがたいものが「日本紀」として引用されている。

Aおほふねにまかぢしゞぬき海原をこぎでゝわたる月人をとこ

同十五にあり。しゞぬくとは、しげぬくといふを、猶しゞぬきとよめるにや。うな原は海をいふ。日本紀、蒼溟といへり。月人男は月読男也。[20]

「日本紀」として引かれている「蒼溟」という語は『日本書紀』中に見られない。神代上第四段本書に、「矛、指下而探之。是獲滄溟。[21]」とある、「滄溟」の書き換えかと見られる。同様に、

Bますかゞみあかざる君におくれてやあしたゆふべにさびつゝをらん

万葉四に有。ますかゞみとは、ますみのかゞみ、同事也。真澄と書り。日本紀には白明鏡とかけり。[22]

でも、「白明鏡」という『日本書紀』中にはない語を、「日本紀」として挙げているが、これはおそらく、神代上第五段一書第一に、「伊奘諾尊曰、吾欲生御寓之珍子、乃以左手持白銅鏡、[23]…」とある、「白銅鏡」の書き換えと考えられる。ここでも、『日本書紀』そのものではない本文、書によることが推測されるのである。この『和歌童蒙抄』所引「日本紀」と、『河海抄』の「日本紀」とを見あわすと、重なる例も見られる。『河海抄』の、

56-ア．御さかつきさゝけてをしとの給へるこはつかひ

進食《ミヲシ》［日本紀第七］　進　食《タテマツルキ》（『河海抄』宿木巻。二、四二四ページ）

2-ア．たをやめの袖にまかへる藤の花

婦人《タヲヤメ》［日本紀第二］　又手弱女人［多乎夜米］　幼婦［万葉］（『河海抄』藤裏葉巻。二、一〇〇ページ）

は、どちらも『日本書紀』中に見られる語であるが、それぞれ、『和歌童蒙抄』にも、

56-イ．いかにせむうさかの森に身をすれば君がしもとの数ならぬ身を

…中略…又みをすればとは、神にものをまゐらするをいふ。進食と書り。委見日本紀第七。[24]

2-イ．ひぐらしはなきとなけどもつまこふるたをやめわれはさだめかねつぞ

万葉十一にあり。ひぐらしとは秋の末つかたに日ぐれに鳴を云也。たをやめとは婦女とかきて日本紀にはよめり。[25]

と引かれている。

但し、『和歌童蒙抄』のA、Bの例は『河海抄』に見られず、双方は完全に合致するわけではない。また、同じ語を引いていても、傍訓がそれぞれ異なっている例も見られる。『河海抄』の、

57-ア．よからぬ人こそやむことなきゆかりはかこち侍なれ

不平《ヨカラス》［日本紀］（『河海抄』花宴巻。一、二五六ページ）

は、『和歌童蒙抄』にも、

57-イ．我心いともあやしくしこめとは見るものからにやくさまるらん
　古歌也。日本紀醜女とかきてしこめとよめり。又不平とかきてやくさむとはよめり。(26)

とあるが、『河海抄』には「ヤクサム」とは見られない。(27)『日本書紀』では「ヤクサム」は、神代上巻第七段一書第二に、「ヨクモアラス」が、允恭紀に見られる。因に、『日本書紀私記』乙本に「不平［耶須加良須］」とある。(28)

『河海抄』との関わりという点で言うと、『和歌童蒙抄』所引「日本紀」のうち『河海抄』と共通するものは全体の約四分の一程度で、同じ資料に依拠したとは考えにくい。『河海抄』が用いたのは、別な、書き換えられたものと推定される再編本に基づく、訓の抜き書き集――訓の抜き書き集的な「日本紀」も、多様に存在する状況だったのだ――と考えてよいであろう。これは、所謂平安期「日本紀」を窺う契機となるものではないか。こうした「日本紀」が、歌学書と接点を持っていたのである。

「日本紀」――書き換えられた『日本書紀』――の言葉が、歌語の世界を広げてゆくのであり、一方で、そのような言葉が、歌学の世界に、「日本紀」が受容されてゆく過程で生まれてゆくことで、「日本紀」が増幅してゆく状況と言える。『袖中抄』の例に立ち戻って言うと、「いさら」は、歌語としては、「いさらゐ」、「いさら小川」、「いさら波」と用いられる。歌語化された「いさら」は、「日本紀」の言葉が歌語の世界を広げてゆく状況として捉えることができる。『河海抄』は、それを具体的にあらわし出すものとなっているのではないか。

第四節 『河海抄』の「日本紀」と『日本書紀私記』

第三に、『河海抄』の、漢字をあてる注が依拠した「日本紀」が、実際にどのようにあったか、本文――書、書物――としての形態ないし態様について留意する必要がある。端的に言えば、それは訓の書き抜き集的なものだったのではないか。具体的には、『日本書紀私記』(丁本を除く)のようなかたちのものが想起される。それは、次のような例から窺われる。

58すか〲とも

速䟽〔いそく心也奥入〕 或清々〔日本紀〕

素戔烏尊遂到出雲之清地乃詔曰吾心清々之〔旧事本紀〕(『河海抄』桐壺巻。一、四六〜四七ページ)

桐壺更衣を失った桐壺帝の失意のさまを叙す件りの注である。「清々之」は、『日本書紀』中では、

遂到出雲之清地焉。〔清地、此云素鵝。〕 乃言曰、吾心清清之。〔此今呼此地曰清。〕(29)

という、神代上第八段本書で、スサノヲが宮を成す地に至り着いたことをいう件りに対応させるべきものである。『日本書紀』中「清」字は、七〇例あるが、「清々」と、重なるのはこの例しかないからである。しかし、内容に渉る部分については「旧事本紀」が引用されている。『先代旧事本紀』が、「旧事本紀」と明記して『河海抄』に引かれている箇所は約二三例あり、そのうち約四分の一にあたる五例がこのような注である。つまり、内容に渉る記事は「旧事本紀」、漢字による和語の注は「日本紀」として引かれている。『先代旧事本紀』は、ほぼ『日本書紀』、『古事記』及び『古語拾遺』の切貼りによって成っているが、この58の例の「旧事本紀」は、『日本書紀』を切貼りした部分で、先に見たように、一致する件りが『日本書紀』にあるにもかかわらず、『河海抄』には「旧事本紀」

を引くのである。これは、「清々」という語を載せる「日本紀」が、『日本書紀』を引けないようなものであった——内容に渉る本文的なものを持たず、訓の書き抜きだけであった——ためではないか。それは、次の例からも窺われる。

59心からとこよをすてゝなく雁の雲のよそにも思ひけるかな

常世国［日本紀］　蓬萊山[30]

旧事本紀ニ少彦名命行到熊野之御崎遂適於常世国矣…（『河海抄』須磨巻。一、三三九ページ）

場面は、須磨謫居での光源氏と供人の唱和で、惟光の歌の注である。この「旧事本紀」も『日本書紀』を切貼りした部分で、神代上第八段一書第六の、

少彦名命、行至熊野之御崎。遂適於常世郷矣。[31]

とほぼ一致するが、「常世郷」を「常世国」と書き換えている。

『日本書紀』で「トコヨノクニ」と読まれた語には、「常世郷」、「常世国」、「蓬萊山」がある。「常世国」は、垂仁紀巻末近く、田道間守を非時の香菓を求めに遣わす場面、

明年春三月辛未朔壬午、田道間守、至自常世国。則齎物也、非時香菓八竿八縵焉。田道間守、於是、泣悲嘆之曰、受命天朝、遠往絶域。万里踏浪、遙度弱水。是常世国、則神仙秘区、俗非所臻。[32]

に、「蓬萊山」は、雄略紀、浦嶋子に言及した部分、

秋七月、丹波国余社郡管川人瑞江浦嶋子、乗舟而釣。遂得大亀。便化為女。於是、浦嶋子感以為婦。相逐入海。到蓬萊山、[33]

にそれぞれ見られ、「常世郷」は今取り上げているスクナビコナに関する記事の中にあらわれる。その文字面だけから言えば、垂仁紀に対応するようにも見えるが、『先代旧事本紀』が『日本書紀』神代巻の「常世郷」を、「常世

国」と書き換えていることが注意される。或いは、『河海抄』の引く「日本紀」も『先代旧事本紀』と同じく、「常世郷」を「常世国」と書き換えたものであったかもしれない。因に、『先代旧事本紀』には、垂仁条に「常世国」に関する記事はなく、雄略条に浦嶋子の話も、「蓬萊山」という語もない。「旧事本紀」に関しては、他にないのでここを引いたと見てよい。ともあれ、ここでも、本文を持たない訓の抜き書き集的な「日本紀」が推測されるのである。

前章までで考察したように、記事を引用する場合の『河海抄』の「日本紀」は、『日本書紀』そのものではなく、『二中歴』、『皇代暦』、『簾中抄』のような平安末から中世にかけてさかんに作られた年代記・皇代記類、また、『年中行事秘抄』、『江家次第』のような故実書や、先掲古今序注等歌学書類にとりこまれている、書としての全体を現在には伝えない「日本紀」言説であり、そのような『日本書紀』そのものではないもののうち、最もまとまったかたちで伝えられる『先代旧事本紀』であった。

要するに、『河海抄』の「日本紀」は、内容に渉るもの、漢字をあてる注いずれについても『日本書紀』そのものによったのではなかったと考えられる。今問題としている後者については、本文的なものを持たない、『日本書紀私記』（甲本、乙本、丙本）のような体裁のものを想定することができよう。だが、それは、現存する『日本書紀私記』とは異なるものであったと認められる。『河海抄』の注に引かれている語が現存『日本書紀私記』にも見られる例は数例に過ぎない。私記的なもので、現在わたしたちにのこされているのとは異なるものが存在したことが推測されるのである。

第五節　字書との接点

ところで、ここまで「日本紀」について考察してきた観点は、漢籍に関しても有効なのではないか。先に指摘したように[34]、『河海抄』で、漢字を、訓を介して物語の語句の注とした例は、「日本紀」によるものが最も多いが、『毛詩』、『文選』、『史記』等の漢籍によるものも見られる。例えば、

①やゝためらひて
扶行《タメラヒ》［白氏文集十三］　聞健［同廿二］（『河海抄』桐壺巻。一、四三ページ）

②うかひたる心のすさみに
荒《スサヒ》［毛詩］　少　荒淫　すさひはなをさりこと也（『河海抄』夕顔巻。一、一五六ページ）

③とにかくに世はたゞ火をけちたるやうにて
左右《トニカクニ》［史記］（『河海抄』匂宮巻。二、三一八ページ）

のような注である。これらは、直接漢籍の訓から採られたのだろうか。ここまで見てきた『河海抄』の「日本紀」を考えあわせると、やはり、抜き書き集的なものを想定し、直接にはそこから採られた可能性を見るべきではないか。

そして、こうした訓の抜き書き集は、一種、字書と言えるのではないか。そのような字書的性格を持つ書と、『類聚名義抄』のような字書との接点も考え得る。（漢字の訓を通じて、言葉に漢字を宛てるということは、一種の字書としての用い方である）。

60むほんの親王のけさく《外戚》のよせ《縁》なきにてはたゝよはさし

漂［日本紀］　洋々《ヤウ〳〵》《トタ、ヨフ》［文選］　滄《タ、ヨウ》海浜［同］（『河海抄』桐壺巻。一、五九～六〇ページ）

61しねんにそのけはひ

気《ケハヒ》［日本紀］　形勢［新猿楽記］　景気（『河海抄』帚木巻。一、八四ページ）

62せうそこもせて

消息［アルカチ　日本紀　アリサマ　白氏文集］（『河海抄』帚木巻。一、九六ページ）

これらについて、代表的な字書の一つ、『類聚名義抄』を例に見ると、60については、図書寮本『類聚名義抄』に、「滄然［タダヨハス　選］」、「漂［タダヨハス］」、「洋々［トタダヨフ　選］」とあり[35]、「洋々」を『文選』からとして引くのが『河海抄』と一致している。61の例は、図書寮本『類聚名義抄』の伝わらない部分であるが、観智院本『類聚名義抄』僧下一二一に、「気［ケハヒ］」[36]とあり、『河海抄』の記事と一致する。また、62の例は、図書寮本『類聚名義抄』に、「消息［アリサマ　集］」[37]とあり、これは『河海抄』と一致している。このように見てくると、『類聚名義抄』のような字書と、訓の抜き書き集的な書とは接点を持つところにあったのではないかと考えられる。

以上、見てきたように、『河海抄』の二つの「日本紀」が提起する問題の発展性、方向性は多岐にわたることを、ここで確認しておきたい。

第六節　平安期「日本紀」の可能性

『河海抄』の「日本紀」の大半を占める、漢字をあてる注が、第一に、『日本書紀』そのものを逸脱すること、第二に、『日本書紀』を書き換えていること、第三に、記事を持たない、訓の抜き書き集的なものによると推測されること、について見てきた。先に掲げたように、『河海抄』の「日本紀」を通して現在見ることのできるものは、和語に漢字をあてたというだけのものに過ぎないが、そこに孕まれている問題は小さくない。『日本書紀』を書き換えたものをもととして、訓を書き抜いた書を想定したが、問題を更に進めるためには、私記甲本の問題とともに考察されるべきであろう。

現存私記甲本について、『日本書紀』にない字句を載せるような逸脱が見られることが粕谷興紀「日本書紀私記甲本の研究」[38]によって指摘されている。粕谷は、現存私記甲本に見られる、『日本書紀』にはない語句、文章が、特に各天皇紀の巻末に集中することに注目し、それは書紀成立以前の資料が講義の場で講師によって付加して紹介されたためであるとする。原資料の問題として捉えることに向かい、今の問題意識とはまったく異なるが、『日本書紀私記』に、書紀にはないものがあることを指摘している点、注目される。

この私記甲本の問題性については、築島裕「日本書紀古訓の特性」[39]が、偽書であることを指摘している。具体的には、まず第一点として、序文の「以丹點明軽重」という記事が、声点に関する言及であることを推測し、そのように声点を付した例が平安中期を溯らないこと、第二点として、本文についても、これが弘仁頃のものであるならば、漢字の下に万葉仮名の割注形式で訓が示されてある筈であることを、『日本霊異記』、『日本感霊録』等から類推、指摘し、私記甲本を偽書であるとしている。先の粕谷論文も、この築島論文の偽書説を承け、検証することを通して展開したものである。私記甲本が、いくつかの不審を抱えたものであることについては夙に注目されていたが、『日本書紀』にないものがここに見られることについて、粕谷論文によって具体的に明らかにされたことは意味がある。

更に、神野志隆光「「日本紀」と『源氏物語』」[40]は、粕谷論文を承けながら、私記甲本に見られる、「去来鳴（イザナキ）」、「埿土瓊（スヒヂニ）」、「大戸間辺（オホトマベ）」の表記が、『日本書紀』とは異なり、書き換えられているとみられることに留意した。更に、それらの表記が皇代記類と共通することから、私記甲本自体が『日本書紀』

そのものではない、再編本によっていると見る方向を示唆した。

粕谷、神野志論文の指摘した問題性は、見てきた『河海抄』の「日本紀」の問題と重なる。私記甲本のような実例があることは、『河海抄』の「日本紀」に関する今の想定を支えるものであり、また逆に、私記甲本をめぐって問題とされてきた事柄は、『河海抄』の「日本紀」を見ることでより明確となる筈である。

更に、そのような訓の抜き書き集的な「日本紀」のもとには、『日本書紀』そのものではない再構成された本文、書があったと考えてよい。そうした本文、書の存在をどこまで溯って考え得るか。先の「小《イサラ》」の問題は、その存在を平安時代に溯る可能性を示している。謂わば、平安期「日本紀」の可能性を見ることができるのではないか。『日本書紀』の変奏としての「日本紀」の生成と流通とは、中世日本紀として取り上げられてきたが、問題は、平安期まで溯って考えることができるのではないかということで、それは『河海抄』の「日本紀」を見ることで可能となるのではないか。『河海抄』の引く「日本紀」の問題の発展性として、留意すべきであることを確認したい。

注

（1）なお、島崎健「河海抄の方法——かしこには——」（『国語国文』一九七四年一〇月）は、蜻蛉巻冒頭の一文、「かしこには、人々、おはせぬを求め騒げどかひなし。」に関する注、「彼［毛詩］」に注目し、これが、「かしこ」という言葉のみに注された『河海抄』中唯一の例で、また、冒頭が場所の表現で始まる巻は、『源氏物語』五十四帖中、夕顔、松風、蜻蛉、夢浮橋の四巻のみであること、更にその中で、「かしこ」という場所指示語で始まる巻は蜻蛉巻のみで、巻頭表現としての異例さという点で、『河海抄』が、この「かしこ」について注した理由は、『源氏物語』の側に充分に存したことを指摘した。その上で、『毛詩』中、詩の冒頭に「彼」という語が現れるのは九篇で、その「彼」のうち、鄭箋によって明確に場所と注されたものが一例あり、そのことから、この注、「彼［毛詩］」の「毛詩」は、「黍離」冒頭の「彼」で、単に『毛詩』の「彼」を一般論的に指したものではないことを明らかにした。更に、物語にそくして、「かしこ」は、浮舟巻と同じ宇治邸を指し、内容的には前の巻と連続するが、表現の質は、浮舟巻末で「…なえたる衣を顔に押しあてて臥し給へりとなむ。」という草子地で切れた後、作者の場に帰って、そこから「かしこには…」と言い起された切れの深い表現であることを指摘し、『河海抄』は、本来対立的な両面性を、『毛詩』という、王朝貴族に深い影響を与えた規範的な典拠によって示した、根拠に支えられ、注する必然性も充分に認められるものであるとした。物語の表現の問題へ説き及んで結んでいる点、問題の方向性は本稿と異なるが、先駆的な卓論として多くを学んだ。

（2）「日本紀」によるものが最多であるが、それ以外に、例えば、『文選』、『史記』等の漢籍についても、

・かきりなき御おもひとちにてなうとみたまふそ

共《トチ》［万葉］　疏《ウトンス》　［史記］　厭　外人《ウトキヒト》［白氏文集］（『河海抄』桐壺巻。一、六三ページ）

・いとけやけふ（ママ）もつかうまつるかな

常尤《ケヤケシ》［文選］（『河海抄』藤裏葉巻。二、一〇一ページ）

のように、同様の注が見られ、『河海抄』のかなりの部分が、実はそのような注である。

（3）諸本に関しては、なお調べ続ける必要があるが、現段階では伝兼良筆本と角川書店刊本について調査した結果による。

（4）『日本書紀』の語句の調査は、角川書店刊『日本書紀総索引　漢字語彙編』第一巻～第四巻による。

（5）『源註拾遺』桐壺巻（岩波書店刊『契沖全集』第九巻。引用文中の、〈　〉は、底本に、朱墨によって補われている部分であることをあらわす）。二三九ページ。

（6）『源氏物語新釈』（吉川弘文館刊『増訂　賀茂真淵全集』第八巻）二三ページ。なお、「すけなう」に「無人望」をあてることは『紫明抄』にも見られるが（『紫明抄』桐壺巻。一四ページ）、『紫明抄』はこれを「日本紀」としていない。

（7）『源氏物語』明石巻。②二二九ページ。

（8）『日本書紀』雄略天皇。

(9)『文選』を踏まえることについては、河村秀根『書紀集解』に、既に指摘がある。
(10)「於是孟冬作陰、寒風粛殺、雨雪飄飄、冰霜惨烈、百卉具零、剛虫搏摯。…」(『文選』「西京賦」。集英社刊全釈漢文大系『文選(文章編)一』)。
(11)『日本書紀』安閑天皇。
(12)『日本書紀』皇極天皇。
(13)真福寺本『和名類聚抄』巻一風雨類(臨川書店刊『諸本集成 倭名類聚抄』本文篇)。この『和名類聚抄』の記事は、図書寮本『類聚名義抄』にも引用されている。
(14)・于以采蘋 南澗之濱 于以采藻 于彼行潦…(「采蘋」。集英社刊漢詩選『詩経』上)
・洞酌彼行潦 挹彼注茲…(「洞酌」。集英社刊漢詩選『詩経』下)
いずれも、雨水が道路等に水たまりとなっていることを言う。
(15)『袖中抄』(風間書房刊日本歌学大系別巻二)。
(16)中村啓信『信西日本紀鈔とその研究』(一九九〇年 高科書店)。
(17)なお、「いさら」という訓の特異さ、不可解さについて言及したものに、西宮一民「妙な訓」(『日本上代の文章と表記』一九七〇年 風間書房)がある。
(18)『袖中抄』(注15先掲書)。
(19)『綺語抄』(風間書房刊日本歌学大系別巻一)。
(20)『和歌童蒙抄』(風間書房刊日本歌学大系別巻一)。
(21)『日本書紀』神代上第四段本書。
(22)『和歌童蒙抄』(注20先掲書)。
(23)『日本書紀』神代上第五段一書第一。
(24)『和歌童蒙抄』(注20先掲書)。
(25)『和歌童蒙抄』(注20先掲書)。

(26)『和歌童蒙抄』(注20先掲書)。
(27) 角川書店刊本の傍訓は、「ヨクモアラス」(角川書店刊本『河海抄』花宴巻。二八三ページ)。
(28)『日本書紀私記』(吉川弘文館刊新訂増補国史大系『日本書紀私記　釈日本紀　日本逸史』)。
(29)『日本書紀』神代上第八段本書。
(30) この部分は、角川書店刊本では「常世国《トコヨノクニ》［日本紀］　蓬萊山《トコヨノヤマ》［同］…」となっている(角川書店刊本『河海抄』須磨巻。三一五ページ)。
(31)『日本書紀』神代上第八段一書第六。
(32)『日本書紀』垂仁天皇。
(33)『日本書紀』雄略天皇。
(34) 注2参照。
(35) 図書寮本『類聚名義抄』(勉誠社刊『図書寮本類聚名義抄』)。
(36) 観智院本『類聚名義抄』(風間書房刊『類聚名義抄』)。
(37) 図書寮本『類聚名義抄』(注35先掲書)。
(38)『藝林』一九六八年四月。
(39)『平安時代の漢文訓読語につきての研究』(一九六三年　東京大学出版会)。
(40)『古代天皇神話論』(一九九九年　若草書房)。

付・『河海抄』の「日本紀」一覧

・『河海抄』の「日本紀」について、伝兼良筆本と角川書店刊本の二本で調査したものである（底本は伝兼良筆本）。
・調査結果は最大で採ることとし、どちらか一方の本に見られないものについても項目とした。
・二本のあいだの本文上の揺れについては原則として注記せず、必要と判断したものについてのみ注記した。なお、揺れが煩雑であるものについては、二本を併記した。
・本文中と同じく、分注は［　］で記す。（　）内は、巻名、伝兼良筆本の巻数及びページ数、角川書店刊本のページ数をあらわす。

1 いつれの御時にか（桐壺①19・189）

延喜の御時といはむとておほめきたる也河原院をなにかしの院鞍馬寺を北山のなにかし寺といふかことし伊勢集始云いつれの御時にかありけん大みやす所ときこえけると云々是等例歟御をはいつくにてもお《尾緒》ゝむとよむへし日本紀以下の読様也一説おほ《保》む是劣説也

2 女御更衣《ミヤストコロ》麗子本あまたさふらひ給けるなかに（桐壺①20〜23・189〜190）

延喜御時の后妃あまたの中に更衣周子の御腹に高明御子延喜廿一年極月廿八日賜姓　源氏姓を給たまひし也

醍醐天皇後宮

皇太后宮朱雀院村上母后藤原朝臣穏子［太政大臣基経女］　中宮藤原穂子［同人四女従二位］

妃為子内親王［光孝天皇々女贈従一位］　女御正三位源朝臣和子［同皇女承香殿女御］

同正五位下藤原朝臣仁善子［右大臣定方女］　同能子［元更衣同人女］
同和香子［右大将定国女］　同姫子［参議菅根女　兼明親王母］
更衣源封子　満子女王
藤原鮮子［伊予介連永女　代明親王母］　同淑姫［源因明朝臣母］
源園子　同疋子
滋野幸子　源柔子
同清子　同俊子
平充子　源暖子
同桑子　同周子号近江更衣［左大臣高明母　右大弁源唱女］
仲野親王女［克明親王母］　大納言源昇女［重明親王母］
中納言兼輔女［章明親王母］　右兵衛督敏相女［源允明母］
参議伊衡女［源為明母］
桐壺帝後宮
薄雲女院［先帝第四皇女］　弘徽殿太后［二条太政大臣女　朱雀院一品宮前斎院母］
承香殿女御［四宮母］　麗景殿女御［花散里上姉］
女御［宇治八宮母　大臣女］　桐壺更衣［贈従三位　按察大納言女　六条院母］
後涼殿更衣　前尚侍［賢木巻ニ出家］
女御事
日本紀 雄略天皇七年求稚媛《ワカヒメ》［吉備上道女］　為女御［是女御始也］

漢朝ニ八十一女御あり周礼後漢書等にみえたり
周礼曰女御叙於之燕寝以歳時献功又云王者妃百廿人后一人夫人三人嬪九人世婦廿七人女御八十一人［三夫人
夫人坐論　婦礼］
鄭玄曰夫人如三台従容論礼九嬪［掌教四徳］九嬪比九卿九嬪掌婦学之法以教九卿也四徳謂婦徳婦容婦言婦功
也廿七世婦主知喪祭賓客婦服也明其能服事於人也比廿七大夫後漢書曰以備内職為后正位宮囲同体天王八十一
女御序于王之燕寝［御謂進御於王也比八十一之士］
皇代記曰桓武天皇女御従三位橘三井子［従四位下入鹿女］
更衣事
仁明天皇承和三年正五位上紀朝臣乙魚被授従四位下為更衣柏原天皇更衣也是更衣初也
漢書孝章曰更衣者便殿也巴園中有寝有便殿寝者陵上正殿便殿者寝側《カタヘ》之別殿ニシテ更衣也［注曰時於軒中侍
帝権主衣裳］
案之更衣ハ便殿也主上御衣なと着しかへ給所也故ニ号更衣歟又寝側の別殿なる故に更衣を御息所とも称する
歟休息之儀也水原抄には更衣のちに御息所とみえたり猶昇進儀歟云々只何も同事也女御御息所と書る古本も
あり
史記曰是日武帝起更衣子夫侍尚衣軒中得幸上還坐驩甚平陽主金千斤主因奏子夫奉送入宮子夫上車［尚主也於
主衣ヲ車中得幸也］　漢書注曰時於軒中侍帝権主衣裳
案之車中にして后妃衣を脱て庶女の服を着して幸する故に号更衣歟　本朝更衣は四位相当也
上卿要抄云更衣事尚侍宣下諸司聴着禁色云々
3すぐれて時めき給ありけり（桐壺①23・190）

絶妙《スクレ》［日本紀］　時［同］　めくはよみつくるてには也生をもなまめくとよめり又人めく春めくなともいへり

注：「時」が、角川書店刊本では「時《トキメク》」となっている。また、「生をも」が、角川書店刊本では「生をも《日本紀》」となっている。

4いとあつしくなりゆき（桐壺①23〜24・190〜191）

後漢書曰生男如狼猶恐其尫《アツシ》　生女如鼠恐其武

伊弉諾尊神功《カミ》既畢　霊運当遷《アツイタマウテ》［日本紀］

又劣或尫［弱胡曰尫　順和名］　或曰支離　定家卿説云あやうき心也云々

日本紀のことくは病なとの事也大都は同心歟

注：「尫《アツシ》」が、角川書店刊本では「尫《アツシカランコトヲ》」となっている。また、伝兼良筆本の、

神功《カミ》既畢　霊運当遷《アツイタマウテ》［日本紀］

が、角川書店刊本では、

伊弉諾尊神功既畢《カミコトヲヘタマヒテ》　霊運当遷《アツイタマフテ》［日本紀第一先代旧事本紀ニ此四字ヲミイチツカリシマシニキト点セリ］

となっている。また、伝兼良筆本の、

又劣或尫［弱胡曰尫順和名］　或曰支離

が、角川書店刊本では、

又劣或尫或曰支離《アツシ》［弱故曰尫順和名］

となっている。

5あめのした（桐壺①24・191）

御宇［日本紀］　御禹［同］　宇内［同］　天下［同］　御宇天下［同］　率土［周礼］

天表《アメノウラ》［遊仙窟］

注：「天表《アメノウラ》」が、角川書店刊本では「天表《アメノウチ》」となっている。

6あちきなう（桐壺①25・桐壺191）

無為［史記　高記　白氏文集　古語拾遺］　無道［日本紀　此心歟］　無状［同］　無事［遊仙窟］　何須《ソアチキナウ》

［同］　無情［同］　無端［舎利式］

注：「無為」が、角川書店刊本では「無為《アチキナシ》」に、「無事」が、「無事《アチキナシ》」に、「何須《ソアチキナウ》」が、「何須《ナンソアチキナク》」に、「無端［舎利式］」が、「無端《アチキナシ》［舎利講式解脱上人］」に、それぞれなっている。

7御心はへのたくひなきをたのみにてましらひ給（桐壺①25・191）

無比《タクヒナシ》　又無景［同］　無類　交《マシライ》　忝［同　日本紀］

注：「無景」が、角川書店刊本では「無彙」となっている。

8たまのおのこみこ（桐壺①26〜27・192）

毛詩曰　生蒭一束其人如玉

又曰有女玉［徳如玉箋曰徳如玉者取其堅而潔白也］　河陽花作県宿浦玉為人［李太白］　玉人といふ褒美の詞也

日本紀豊玉姫歌
あかたまのひかりはありと人はいへと君かよそひしたふとくありけり

あか玉とは子也子を玉にたとへたる也［日本紀云豊玉姫］　そのみこきらきらしき事を聞てあはれとて又かへりて養はんと思へともよからしとおほして玉依姫をやりて養せ給時に豊玉姫のみこと玉依姫によせてよみ給へる歌也

注：「毛詩曰　生蒭一束其人如玉」が、角川書店刊本では「毛詩曰生蒭《セイスウ》一束其人如《ヤワラカナル草也》レ玉」となっている。また、角川書店刊本では、「そのみこ」の部分に、傍注のかたちで「鸕鷀草不葺合尊」と見られる。

9めつらかなるちこの御かほ《顔》かたち《皃》なり（桐壺①27・192）

老子徳経曰法物滋彰　盗賊多有［注曰法好也珎好之物滋生彰著則農事廢飢寒並至故盜賊多有也］　梅豆邏［日本紀］　又珎愛　珎奇《メツラカニアヤシ》　［遊仙窟］　非常《メツラシク》
神功皇后三韓をたいらけ給はんとせし時に松浦河にて御裳をはつりて釣針をおろして魚をつらせ給に鮎釣にかゝれりけるを御覧してめつらと被仰けるより詞也松浦とは梅豆邏をあやまれりめつらの川と歌にもよめり
長今《イヤメツラナリ》東南水［扶紀抄］　或云驚新《イヤメツラ》　［漢語抄］
古めつらしき人をみんとやしかもせぬ我したひものとけわたるらむ
伊勢物語云此御かとはかほかたちよくおはしまして　皃像［真名本］

注：「法物」が、角川書店刊本では「法物《メツラシキモノ》」となっている。また、「梅豆邏［日本紀］　又珎愛」が、角川書店刊本では「梅豆邏《メツラ》［日本紀］　又珎愛奇物《メツラシキモノ》［日本紀］」となっている。また、「珎奇《メツラカニアヤシ》」が、角川書店刊本では「珎《チン》奇《キ》《メツラカニアヤシ》」と、「非常《メツラシク》」が、角川書店刊本では「非常《ヒシヤウ》《メツラシク》［同］」となっている。

10右大臣の女御はよせをもく（桐壺①27～29・192～193）
寄重　縁《ヨセ》［日本紀］
懿徳天皇二年三月申食国政大夫出雲色命為大臣［見旧事本紀是大臣始歟］崇神天皇廿三年秋八月丙申朔丁巳大臣大新河命即改大臣号曰大連［同］
景行天皇御宇初以武内宿祢為棟梁臣
成務天皇三年正月癸酉朔己卯以武内宿祢孝元天皇後武緒心命子改立大臣
仲哀朝又以大伴武持号大連大臣大連相並知政事
皇極天皇四年［乙巳］始置左右大臣止大連
孝徳天皇大化元年六月以阿陪倉橋丸為左大臣以蘇我山田石川麿馬子大臣孫雄正子臣子為右大臣以大織冠中臣鎌子連為内大臣太政大

臣左右大臣謂之三公異朝三公皆則闕官也為師傅保職棟梁于諸官塩梅于帝道者也［師以道而教謂之師傅以義而記謂之傅保能道謂之保］　秦漢以来有相国左右丞相之号已知庶政異于古之三公也三台者象天之三台星也三槐者周世外朝植三槐三公班列其下槐者懐也懐遠人之義也我朝天孫天降給時天児屋根命［中臣氏祖］　天太玉命［斎部氏祖］　奉天照太神勅為左右之扶翼如今之左右相歟神武天皇東征之後天下一統二神之孫天種子命天富命又為左右上古無大臣号喚執政人称食国政申大夫

注：「縁《ヨセ》［日本紀］」が、角川書店刊本では「縁［日本紀］」となっている。「成務天皇三年正月癸酉朔己卯以武内宿祢改《孝元天皇後武緒心》立《命子》大臣」が、角川書店刊本では「成務天皇三年正月孝元天皇後武緒心命子以武内宿祢改立大臣」となっている。また、「三槐三公班列其下槐者懐也」が、角川書店刊本では「三槐《癸酉朔己卯》三公班列其下槐者懐《ナツクル》　也」となっている。角川書店刊本にはこの項の最後の部分に「［以上親房卿記］」とある。

11わりなくまとはさせ給あまりに（桐壺①30・193）
無別《ワリナシ》［日本紀］　無破　纏《マトウ》

12まつまうのほらせ給（桐壺①30・193）
参進［日本紀］　或馳上［同］　又参上［同］　啓［同］　臻［同］　［万長歌］　参昇《マウノホル》　八十氏人乃手向《タムケ》須登恐坂《カシコキ》
尓幣奉《サカニヌサタテマツル》　［石上乙丸卿作歌］

13かしこき御かけをは（桐壺①30〜31・193〜194）
恐［おそるゝ心也］　可畏之神《カシコキカミ》［日本紀］　恐惶《カシコシ》［同］
万 水底のおきはかしこしいままより《は歟》こきめくりませ月はへぬとも
同 かけまくもかしこけれとも
拾 勅なれはいともかしこし鶯のやとはとゝはゝいかゝこたへむ

注：「恐［おそるゝ心也］　可畏之神《カシコキカミ》［日本紀］」の部分が、角川書店刊本では、「恐［をそるゝ心也賢にはあらす］　可畏《カシコキ》之神《カミナリ》［日本紀］」となっている。

14さかなきことゝも（桐壺①32・194）

不祥《サカナシ》［日本紀第一］　無悪善［同又江談］　悪性《サカナウヒト、ナリ》　不良

伊勢物語ニさかなきゑひす心とあり［江談］　八雲抄云よからぬ也

拾　こゝにしもなに匂らむ女郎花人のものいひさかにくき世に

15えさらぬみち（桐壺①32・194）

敢《エ》［日本紀］　又吉《エ》［住吉　日吉］

16ひたふるに（桐壺①37・197）

敢死《ヒタフル》［万］　一切［同上］　永迅［日本紀　順和名］　永［同］　頓［同］　甚振布也［万葉］

伊物　みよしのゝたのむの雁もひたふるに君かかたにそよるとなくなる

八雲抄云なかくといふ也ひたふる心は一向又めてたるよし也　案之ひたすらなといふ心歟

17心はせもなたらかに（桐壺①39・197）

心操　平《ナタラカ》［日本紀］　朽［論語］　沢［詩］

古　いさゝめに時まつまにそ日はへぬる心はせをは人にみえつゝ

18すけなう（桐壺①39・197）

無人望《スケナシ》［日本紀］

19はかなく（桐壺①39・197）

無墓　又無計［或量］　無道［日本紀］　いふかひなき心也

20ゆふつくよ（桐壺①41・198）
　暮月夜［万］　夕附夜［同上　又日本紀］
21すかく＼とも（桐壺①46・201）
　速歟［いそく心也奥入］　或清々［日本紀］
　素盞烏尊遂到出雲之清地乃詔曰吾心清々之［旧事本紀］
22らうたくなつかしかりし（桐壺①49・202）
　労　良　亮［日本紀］　ほけく＼としたる心なり　仮借《ナツカシウス》［貞観政要］
23いとをしたちかとく＼しく（桐壺①50・202）
　最押立　才《カトく＼シ》《カルく＼シ》［日本紀］　才学［同］　廉々
24なまめかしく（桐壺①54〜55・204）
　最媚《ナマメク》［伊勢物語真名本］　又生［日本紀］
　秋《古》の〻になまめきたてる女郎花あなかしかまし花もひとゝき
25いとあはれなる句をつくり給へるをかきりなうめてたてまつりて（桐壺①59・206）
　感情《メテタマフコヽロ》［日本紀］
26むほんの親王のけさく《外戚》のよせ《縁》なきにてはたゝよはさし（桐壺①59〜60・206）
　漂［日本紀］　洋々《ヤウく＼トタヽヨフ》［文選］　滄海《タヽヨウ》浜［同］
注：「漂」が、角川書店刊本では「漂《タヽヨフ》」となっている。
27たゝ人にて（桐壺①60・206）
　凡俗［日本紀］　直仁［伊勢物語真名本］

注：「凡俗」が、角川書店刊本では「凡俗《タヽヒト》」となっている。

28なめしとおほさて（桐壺①63・208）

軽《ナメシ》［日本紀］　無礼［新撰万葉］　滑［宛字］

伊勢物語云いとなめしと思ひけれと心さしはいやまさりける

29春宮の御元ふく南殿にてありしきしきのよそをしかりし（桐壺①65・208）

紫宸殿［謂之南殿］　御帳同清涼殿無几帳立御倚子北ニ立賢聖障子御帳間戸ニ書師子狛犬又御帳外南面母屋庇南格子ハ常ハ被下之由見建暦御記　粧《ヨソホシ》［日本紀］

注：「粧《ヨソホシ》［日本紀］」が、角川書店刊本では「粧［ヨソヲシ日本紀］」となっている。

30きひわ（桐壺①67・209）

稚《キヒワ》［日本紀］

31おほみきまいる程（桐壺①69～70・210）

御酒《ミキ》［日本紀］　酒［同］

旧事本紀云于時吾田鹿葦津姫以卜定田狭名田以其田稲醸天甜酒嘗之矣　本朝事記云天皇［品院《（ママ）》］之代於吉野之白檮上作横臼而於其横臼醸大御酒献大御酒之時撃口鼓為皮《ト》　或神酒諸神の祭に皆酒を供する故也神字《神子》をみと読也酒をきとよむ又云三季冬造て春熟し夏飲する故ニ三季と云也文選にも冬醸接夏成て十旬の兼清ト云ト見タリ　又云三寸酒を飲者去風邪三寸仍号之［寸字ヲキト読ナリ］　又馬をも四寸五寸といふ也万葉にも十寸と書てすき鶴す《（ママ）》と書てたつきとよめり

又云三木杜康造酒［蒙求］　杜康か妻男のほかへゆきける間に男の日々の飯を園木の三またにそなへをきけるか雨露に潤て酒となりける也これを樹伯に祭るこの事吉野の白かちの古事に相似たり和漢の縁起一同也

注：「旧事本紀云于時」が、角川書店刊本では「旧事本紀云于時《天孫使時》」となっている。また、「杜康造酒」が、「杜康造酒《黄帝時宰人也》」となっている。

32おとゝ（桐壺①71・210）

大臣［日本紀］旧事本紀云出雲醜《湯支命子宇麻志摩治命孫》大臣命軽地間峡宮御宇為大臣奉斎大神其大臣之号始起此時也

注：「大臣」が、角川書店刊本では「大臣《ヲトヽ》」となっている。また、「出雲醜大臣命《湯支命子宇麻志摩治命孫》」は、角川書店刊本では「出雲醜大臣命」。

33いときなきはつもとゆひになかきよを契る心はむすひこめつや（桐壺①71・211）

稚形《イトキナキスカタ》［日本紀］いとけなきといふは僻事也いときなきといふへし［為家卿説］

34こゝら（桐壺①75・212）

巨々《奥入》等　又多々等［日本紀］おほくといふ心也

秋の夜の月かも君は雲かくれしはしもみねはこゝら恋しき

注：角川書店刊本では、「秋の夜の」の歌に、分注で「万葉」とあり。

35すきことゝもを（帚木①77・214）

逸［日本紀］文士多　数奇［白氏文集］

注：「文士多　数奇」が、角川書店刊本では「文士多《シ》二数奇《スキ》《サクキ》一」となっている。

36おさ〳〵（帚木①81～82・215～216）

幹了［日本紀］　軏制［同］　或通事　漸々［順和名］　長　治天下［匡房卿説］　番長［実頼説］　治也　優也

十住論云是儜弱法劣無有大心非是丈夫志幹之言也日本紀云成務天皇四年甲戌二月始定諸国境各分得邑詔曰自今以後国郡立長県邑置首即当国幹了任国郡之首長是為区之蕃屏又云幹了者《ヲサ〳〵シキヒト》［国長也］

伊勢物語云またわかけれはふみはおさ〳〵しからすことはもいひしらす躬恒仮名序云あるしのおさ〳〵しけれはおかしく住なれたり忠岑長歌とのへもる身のみかきもりおさ〳〵しくもおもほえす此詞日本紀にも色々にかけり又伊勢物語大和物語なとにも多在之所に従てまち〳〵なるへき歟大略は凡漸なといふ様の詞也難一決者歟清輔朝臣奥義抄にもおさ〳〵は猶すくよかなり云心歟源氏物語は粗なと云心也又やゝ歟といへり云々おさ〳〵しくは各別の義也此物語にも宮つかへをもおさ〳〵しくしなし給へらはとあり但おさ〳〵しは長々しきおさ〳〵には聊かはるへき歟

注：「韓了［日本紀］　軏制［同］」が、角川書店刊本では「韓了《ヲサく》［日本紀］　軏制《ヲサ〳〵シ》［同］」となっている。また、「十住論云是儜弱法劣無有大心非是丈夫志韓之言也」が、角川書店刊本では「十住論云是儜弱佉劣無有大心非是丈夫志幹之言也」となっている。

37をのかしゝ（帚木①82・216）

各競［日本紀］　或各自恣　八雲抄云われ〳〵ある心也云々
各寺師《ヲノカシヽ》人死にすらしいもにこひ日毎にやせぬ人にす（ママ）られす［人丸］
秋風のよもの山よりをのかしゝ吹に散ぬる紅葉かなしな［貫之］
春は梅秋はまかきの菊の花をのかしゝこそ恋しかりけれ
恵心僧都作極楽六時讃云ちかくも遠くも各かしゝ［をのか心に任て云心歟］

注：角川書店刊本では、「各寺師人死すらし」の歌の後に分注で「万葉十二　人丸」と、「秋風の」の歌の後に分注で「拾遺　輔相四十九日」と、「春は梅」の歌の後に分注で「貫之」とある。

38かたかと（帚木①84・217）

片才［日本紀］　片廉

39しねんにそのけはひ（帚木①84・217）

気《ケハヒ》［日本紀］ 形勢［新猿楽記］ 景気

40御ほかけ（帚木①86・218）

火影［日本紀豊玉姫のうのはふきあはせすの尊を給し時父彦火々出見尊の火をともして御らんしけりと云々］

又側影［ホノカナルカケ］

41ことかなかになのめなるましき人の（帚木①87・218）

殊中［ことなるか中也］ 異中［日本紀 あらぬか中といふ歟］ 或綷中［紫明抄］

42くまなき物いひも（帚木①88・219）

曲［日本紀］ 隈 熊 阿 間

思ふてふ人の心のくまことに立かくれつゝみるよしもかな

注：「思うふてふ」の歌に、角川書店刊本では分注で「古今」とある。

43ねちけかましき（帚木①89・219）

佞人《ネチケヒト》［日本紀］ 論語云注曰佞人ハ口辞捷給数為レ民所《ル》レ憎者也又曰佞ハ口才也又曰佞人仮二仁者之色《ヲ》一行之則《トキハ》疑なら山のこのてかしはの二おもてとにもかくにもねちけ人かなこの手柏は大とちと云木也此木葉風にふかれてあなたこなたへむく也それを二おもてと云也あちこちへ向て物いひする人に似たるなりこれをねちけ人といふ

注：「なら山の」の歌に、角川書店刊本では分注で「万葉」とある。

44うみつらなとにはひかくれぬるおり（帚木①89〜90・219）

海頬 又海浜［日本紀ニハウミヘタト読リ］ 海頭［伊勢物語真名本］

周太子泰伯仲雍譲弟季歴隠荊恋海浜［論語］

45ふるこたち（帚木219〜220）

古後達［こたちは女の惣名也古は年老たる女也］

御《コタチ》《ヲサム》［白氏文集　日本紀］礼記にあり

後漢書注鄭玄曰《ク》礼記云后《クノ》之言《ハ》後言《ハ》在二夫《ヲトノ》之後一故《ヘニ》以《ヘニ》レ女謂二後達《ト》一

伊勢物語云あるこたちのつほねのまへをわたりけるに

後達礼記の文分明也但御の字も又有其謂歟伊勢のこなといふも御の字也俗ニはゝこあねこなといふ皆此字也

かしつく心也

西京なるこたちはあや千疋かとり千疋くりあけてをるかとしのひきするやぬのひきすなやきり〳〵すのなと

かたむかしおきの花や［雑藝歌］

黒鳥子三歌みのゝくにの宿の後達は俗云後付

注：この項角川書店刊本による。伝兼良筆本では、「御《コタチ》《コセム》［白氏文集　日本］」となっていて、「日本紀」と見られない。

46ひたすら（帚木①90・220）

太《ヒタスラ》［毛詩］疋如［同　白氏文集］永［同　日本紀］

後撰
ひたすらにわか思はなくにをのれさへかり〳〵とのみなきわたるらん

47むまのかみのさためのはかせになりてひゝちゐたり（帚木①92・220〜221）

物定博士［此名目先例未勘　仮令物合判者同事歟］

軽《キヤウ》《カルシ》粧《サウ》《アナツル》《ヨソホイ》［日本紀］京極北政所［従一位麗子］自筆本ニひいちいたりとあり然者如此よむへき也一説

云鴨のうすをかまふる時ほこりて羽をたゝくかたち也云々又云ひゝらきゐたりとある本もあり同心なり共鴨

の囀姿也云々軽粧はかる〳〵しき姿歟或説云万葉長歌に鼻毗之毗之尓志とあるは人のひゝめきてあつまりゐたる義也といへり同事歟

注：「むまのかみのさためのはかせになりてひゝちゐたり」が、角川書店刊本では「むまのかみものさためのはかせになりてひゝちゐたり」となっている。また、「軽粧《キヤウサウ》《カルシ　アナツル　ヨソホイ》」が、角川書店刊本では「軽粧《ケイサウトヒヽチヰタリ》」となっている。「鵯《ヒエトリ》のうそをかまふる時」となっている。「鵯のうすをかまふる時」が、角川書店刊本では「鼻毗《ハナサヒシ》」となっている。

48 そはつきされはみ（帚木①92〜93・221）

側付［とかくそはみゆかみたる体也］

宿《サレ》［日本紀］　宿老［同］　宿雨　宿雪［皆同心也］

案之左礼は左道儀也人のされたるとはまことしからさる体也俊頼口伝に誹諧歌をされ歌といへりそれもたはふれたる様也されおとなひたるとは以前の宿老の字歟是も年老て物なれすきよからぬ体也新猿楽記ニ虚左礼とあり左礼右礼の義也はみはに付たる詞也

注：角川書店刊本では、「案之」以下の部分が、次のようになっている。

　案之左礼は左道儀也人のされたるとはまことしからさる体也されおとなひたるとは以前の宿老の字歟これもとし老て物なれすきよからぬ体也新猿楽記に虚左礼とあり左礼右礼の義也はみは上に付たる詞也よしはみなと云かことし俊頼口伝に誹諧歌をされ歌といへりそれもたはふれたる様也

49 せうそこもせて（帚木①96・222）

消息［アルカチ　日本紀　アリサマ　白氏文集］

注：分注の「［アルカチ］」が、角川書店刊本では「［アルカタチ］」となっている。

50 露のはえなくきえぬる（帚木①98・223）

絶《ハエ》　光　栄《ハヘ》　無見《ハエナシ》［日本紀］

注：角川書店刊本は、

絶《ハエ》　光　栄　夕一《ハエ》　無見《ハエナシ》［日本紀］

光若は　栄　今心に叶歟

となっている。

51めてゝ（帚木①100・224）

感情《メテタマウコ、ロ》［日本紀］

注：「感情《メテタマウコ、ロ》」が、角川書店刊本では「感情《メテタマウミコ、ロ》」となっている。

52さすらふむ（帚木①102・225）

伶俜《サスラウ》　又龍鐘　流離《サスラウ》［日本紀］

已忍伶俜十年事　強移栖息一枝安［杜甫］

53きよろしきおまし所にもとて（帚木①108・228）

清宜也　史記曰衛叔

封布茲　注曰徐広曰茲者蘇席之名　席［日本紀］　御座［同］　筵

注：「席［日本紀］　御座［同］　筵」が、角川書店刊本では「席《ミマシ》［日本紀］　御座《ミマシ》［同］　筵《ミマシ》」となっている。また、角川書店刊本は、この項の最後に歌末勘「おほ宮人にみましゝかせん」とある。

54きぬのをとなひはら〳〵として（帚木①109・228）

喧響［日本紀］　夏もすゝしにいりひとへをかさぬる也仍有音歟云々

注：「喧響［日本紀］」が、角川書店刊本では「喧響［ヲトナヒ　日本紀］」となっている。

55あてはかにて（帚木①110・229）
　[illegible]妍［日本紀］
56ふいにかくて（帚木①110・229）
　不意［ヲモヒノ外又或オモハス　日本紀点］　或説無為歟云々　謬説也
注：角川書店刊本では次のようになっている。
　不意　或説無為歟云々　謬《アヤマリ》《ヒウ》説也　おもひのほか　或又おもはす［日本紀点］
57あこはしらし（帚木①113・230）
　吾子［日本紀］　我子［アワ　五音横通の字也］
58うれたくも（空蟬①119・233）
　慨哉　慷哉［以上日本紀］
59かいま見（空蟬①122・234）
　視其私屏［日本紀］　垣間見［万］　闚［伊勢物語真名本］
　伊勢物語云そのさとにいとなまめいたる女はらからすみけり此おとこかいま見てけり　かきのひまより見たる也
注：「視其私屏」が、角川書店刊本では「視其私屏《カイマミ》」となっている。また、「かきのひまより見たる也」が、角川書店刊本では「かきのひまよりみたる心也」となっている。
60こたみ（空蟬①122・234）
　今度［日本紀点］　うつほかけろふの日記にも如此書之仮名書様也
注：「今度」が、角川書店刊本では「今度《コタミ》」となっている。

61六条わたりの御しのひありきのころ（夕顔①126・236）

密《シノヒニ》　［日本紀］

六条御息所［秋好中宮母儀　前坊御息所］在所也　中将御息所［貞信公女　前坊御息所］後に重明親王の

北方になる此例歟斎宮女御母

大臣女等事一同也　伊勢物語むかし左のおほいまうち君在けりかも川のほとりに家をいとおもしろくつくり

てすみ給けり

注：「かも川のほとりに家をいとおもしろく」が、角川書店刊本では「かもの河のほとりに六条わたりに家いとおもしろく」となっている。

62大弐のめのと（夕顔①126～127・236）

乳母［職員令］　有部毗奈耶曰名師子胤其父以児授八乳母文字集略曰嬭［乃礼反亦作妳］

花厳経曰檀波羅蜜為乳尸羅弁色立成云乳母［知於毛］　乳人母也［波蜜為乳母］　或曰伝姆《メノト》　唐式曰皇子皇孫

乳母［和名女能度］　史記伝曰武帝ノ小時ニ東武侯母嘗養ハ帝々壮時号之曰大乳母日本紀曰天孫取婦人為乳

母湯母及飯爵湯坐矣凡諸神部備行以奉養焉于時権用他婦以乳養皇子焉此世取乳母養児之縁也

令曰凡親王及子者給母［謂若内親王嫁諸王所生子者不在給限］

親王三人子二人所養年十三以上雖乳母身死不得更立替

古今集作者紀乳母［陽成院御乳母　大江高縄女］

注：伝兼良筆本の、

乳母［職員令］　有部毗奈耶曰名師子胤其父以児授八乳母文字集略曰嬭［乃礼反亦作妳］

花厳経曰檀波羅蜜為乳尸羅弁色立成云乳母［知於毛］　乳人母也［波蜜為乳母］　或曰伝姆《メノト》

の部分が、角川書店刊本では、

乳母［チモ　職員令］　有部毘奈耶《ウフヒナヤ》曰《ク》名㆓師子胤《シシイント》㆒其父以《テ》㆑児授《ヲサツク》㆓八乳母《ノニウホニ》㆒

華厳経曰檀波羅蜜為乳戸波羅蜜為乳母

文字集略曰嬭《メノト》　［乃礼反亦作妳　弁色立《リウ》成云乳母知於毛］　乳人母也或曰伝姆［メノト］

となっている。

63おほちのさま（夕顔①128・237）

万春の日にはれる柳をとりもちてみれは都のおほちおもほゆ

路　御路［日本紀］　大路［万葉］

64かたほ（夕顔①132・239）

倜儻［日本紀］　邅［延喜式］　頑　おさなくかたなりなる心也

65てもあてはかにゆへつきたれは（夕顔①134・239）

喉姸［日本紀］

66はらから（夕顔①134・240）

腹族　兄弟［日本紀］

67ほたるよりけに（夕顔①135・240）

夕されは螢よりけにもゆれとも光みねはや人のつれなき

けには勝也　或又賢也螢よりまさりてもゆる也

異《ケニ》［万］　ことにといふ心歟　異計《ケナルハカリコト》　［日本紀］

注：「夕されは」の歌に、角川書店刊本は傍注で「古今」と記している。「異《ケニ》［万］　ことにといふ心歟」の部分が、角川

書店刊本では「異《ケニ》［万葉　伊勢物語真名本］　これはことにといふ心也」となっている。

68人のかほこそいとよく侍しか（夕顔240）

佳人［カホヨキヒト　日本紀］

注：この項角川書店刊本による。伝兼良筆本では、「佳人《カホヨキヒト》［同事］」となっている。

69くた〳〵しけれは（夕顔①138・241）

細砕《クタ〳〵シ》［日本紀　白氏文集］

70やつれ給つゝ（夕顔①138・241）

艦褸《ヤツレテ》［日本紀］　窄

注：「窄」が、角川書店刊本では「窄《同》」となっている。

71むかしありけんものゝへんけめきて（夕顔①138～140・241～242）

中関白為少将之時語赤染之兄弟女而忘給之後彼女奉恋少将日暮巻南面簾詠居然間直衣人奇香甚入来彼殿也女有悦心会合其後夜々来但暁夕無車馬声成忸以長緒付針着直衣袖朝此緒留於南庭樹上其後又無来是鬼魅之所為歟　古人尺載此事已以謬也中関白少将間　天延貞元天承比也而寛弘以往既卅年也彼公又至一条院御宇存生也難称昔事歟況准延喜時代者弥以参差者歟

三輪明神者　倭《ヤマト》迹《カ》々《ヽ》日《ヒ》百襲《モヽソ》姫《ヒメノ》命《ミコト》也

日本紀の心はおほものぬしの神の妻也然をその神ひるはみえすして夜来るやまとゝひめのみこと夫にかたりていはく君つねにひるはみえすあきらかにかほをみる事なしねかはくはしはらくとゝまれいましかかたちをみむとこたへていはく君かくしけのなかにおらんおとろく事なかれやまとゝひのみこと心の中にあやしむ夜あけてくしけをひらきてみるにうるはしき小蛇ありおほん衣紐のことしおとろきてさけふとき大神はち

てたちまちに人のかたちになりてそのつまにかたりていはく汝我にはちみす我かへりていましにはちみせむ
といひて大空をふみて三諸山にのほりぬこゝにやまとゝひのみことあふきみてくいて急居すなはち箸《ハシ》ニ撞《ツイ》レ
陰《ミホトヲ》而薨《テカミサリヌ》　おほいちにはふるとき人そのはかをはしのはかといふこのはかひるは人つくりよるは神作る大
坂山の石をはこひてつくる山よりはかにいたるまて人民あひついて手逓伝してはこふとき人よみていはく
おほさかにつきてのはれるいしむらをたこしにこさはこしえてんかも
先代旧事本紀曰大己貴神乗天羽車大鷲而不見覓妻覓妻俑下々行於節渡県娶大陶祇女于活玉依姫為妻往来之時
人非所而密往来間女為任身之時父母疑怪問曰誰人来耶女子答曰神人状来自屋上零人来坐共覆臥耳尓時父母忽
欲察顕続麻作綜以鈎係神人短裳而明旦随糸尋覓越自鑰穴経節渡山入吉野山留三諸山当知大神則見其綜遺只有
三縈号三輪山謂大三輪神社矣

注：「天延貞元天承比也」が、角川書店刊本では「天延貞元天元比也」となっている。

72なりわひ（夕顔①141・243）

稔《ナリワヒ》　農［順和名］　東作　稼穡［已上同］　農業《ナリワヒトキ》［日本紀］　田宅《ナリワヒトコロ》［日本紀十一］

73ゆくりなく（夕顔①146・245）

不意之間［日本紀］　率尓［同］　水原抄云とりあへぬ心也又率尓も今の心には叶歟

注：角川書店刊本では次のようになっている。

不意《ユクリナク》［日本紀］　率尓《同》［同］　不意之間

水原抄云　とりあへぬ歟云々

案之不意の義はとりあへぬ心歟思やりもなき也　又卒尓も今の心には叶歟

74つと御かたはらに（夕顔①148・246）

集《ツト》［日本紀］

75たちをひきぬきて（夕顔①148・246）

横刀［日本紀］

注：「横刀」が、角川書店刊本では「横刀《タチ》」となっている。

76みつわくみて（夕顔①154〜155・248〜249）

日本紀曰水神罔象女罔象此云美都波

伊弉諾尊所生神也　髪白く老嫗体なりといへり

後《・》としふれは我くろかみも白川のみつわくむまて成にけるかな

一説としよりぬれはこしかゝませくゝまりて二の膝とかりいてたる中にかしらましはりて三の輪をくみいれたるかことくなり云々

注：伝兼良筆本では前の項「くゐそく」の注となっている「或支離」が、角川書店刊本ではこの項に入っている。「としふれは」の歌に、角川書店刊本では分注で「後撰檜垣女《ヒカキノ》」と示す。

77大とく（夕顔①157・250）

大徳［日本紀］　粛宗制天下名山置大徳七人［僧之官徳也云々］

注：「大徳」が、角川書店刊本では「大徳《ホウシ》」となっている。

78くわんもんつくらせ給（夕顔①161・251）

願文［日本紀］

清和天皇貞観九年十月勧学院南辺更建一院号延命院乃至自製願文詞多不載焉身つから願文作事［此等例歟］

79すこしおくまれる山すみをもせて（若紫①183・255）

奥《オクマル》　［日本紀］

文選ニ奥字をふかきとよめり　［蔈雲奥詞等也］　これも山ふかき心也

注：「蔈雲奥詞」が、角川書店刊本では「蔈雲奥詞《ソウウンアツマルクモ》」となっている。

80そこらはるかなる（若紫①183・255）

幾多　［日本紀］　多　［同］　若干　［同心歟］

注：「幾多」が、角川書店刊本では「幾多《ソコラ》」となっている。

81つねにかゝるわさをしてさいなまるゝこそ（若紫①185・256）

事《ワサ》　［日本紀　態同　又論語　文選］

注：角川書店刊本では、

事《ワサ》　［日本紀　又論語　文選］　態　［同］

となっている。

82つらつきおもやう《面様》いとらうたけにて（若紫①186・256）

頬　労　亮　［日本紀］　ほけ〳〵としたる皃なり

注：角川書店刊本では、「亮」が「亮《ラウタシ》」となっている。

83おひたゝむありか《在所也》もしらぬ若草をくらす露そきえん空なき（若紫①186・256）

稚草《ワカクサ》　［日本紀］　をくらすはをくらかすなり露を我身によせたる也

84僧都琴を身つからもちてまいりて（若紫①192〜194・258〜259）

琴操曰伏犠作長三尺六寸六分大象三百六十日也広六寸象六合也文上曰池下曰岩池水平前広後狭　［象尊卑也］

上円下方法天地五絃臣也六絃君也寛和而温小絃臣也清廉不乱文王加二絃合君臣恩也宮為君商為臣角為民徴為

事羽為物也琴書曰自堯相伝善琴者八十余人有八十余様雖少有差大体相似皆長五尺六寸法暮之数也上円而欲象天也下方相平法地十三徴配十三律余一象閏也本五絃宮商角徴羽也加二絃文武也至後漢蔡邕又加二絃象九星在人法九竅清見原天皇吉野宮にて日暮に琴を弾し給けるに前岫のもとに奇雲聳たり神女降て曲につきて袖をあくる事五廻天皇のほか余人不見歌ていはく

をとめこかをとめさひすもからたまをたもとにまきてをとめさひすも是五節濫觴也在乙通女巻

此器曲上古渡来本朝之条勿論也允恭天武以下令弾給之由見日本紀其後延喜の比までも間弾人在之歟中古以来楽曲断絶云々此器于今相残当家者也又白虎通曰琴者禁也禁止於邪気以正人心也云々此心によらは源氏わらはやみの時分といひしりの詞にも御もの丶けなとくはゝるさま也といへり僧都琴をあなかちにすゝめ申も若有心歟

85しかしかなんと（若紫①203・262）

　云々《シカ〱イウ》　[日本紀]

注：「云々《シカ〱イウ》」が、角川書店刊本では「云々《シカ〱》」となっている。

86御けはひ（末摘花①208・265）

　気《ケハヒ》　[日本紀]　形勢　[新猿楽記]

注：「形勢」が、角川書店刊本では「形勢《同》」となっている。

87いくそたひ君かしゝまにまけぬらん物ないひそといはぬたのみに（末摘花①209・265）

　日本紀曰喉咽進退 血泣懐悒無所訴言《シヽマイテイサツイキトヲリエマウスマシキコトヲ》　[垂仁天皇巻]

　又曰棲遑《シヽマイテ》 不知其所　此事秘説あり

注：「又曰棲遑《シヽマイテ》 不知其所」が、角川書店刊本では「又曰棲遑《シヽマイテ》 不知其所 [第廿]」となっている。

88ひなひたる（末摘花①211〜212・266）

夷《ヒナ》［ヰナカヒタル也］ 万葉にはひなの国ともいへり又夷部夷放国なとかけり日本紀には夷曲とかきてひな
ふりとよめり

89ひたすらくたす名をしたてすは（末摘花①216・268）
太《ヒタスラ》［詩］ 疋［白氏文集］ 疋如 永［日本紀］
ひたすらに我おもはなくにおのれさへかり〳〵とのみなきわたる哉
注：「ひたすらに」の歌に、角川書店刊本は分注で「後撰」と記す。

90いわけて（紅葉賀①232・275）
驚駭［日本紀］

91らうたけになつかし（花宴280）
労 亮［日本紀］
注：この項角川書店刊本による。

92頭中将のすさめぬ四の君なとこそ（花宴①249・281）
不肯《スサメカヘ》［日本紀］
すさめぬとはあひせすとなり
山高み人もすさめぬ桜花いたくなわひそ我みはやさん
大あらきの森の下草おひぬれは駒もすさめすかる人もなし
これらみなあいせさる心なりされはすさむとは愛する儀也手すさみなといふ此心也

93あされたるおほきみすかたの（花宴①255・283）
鮾［アサレ］ 論語 鮮 宿［日本紀］ 宿老

是等字以前巻に注出之了
此字中鮮字可宜歟只されの義歟宿老儀も有其謂乎直衣布袴宿老人可着之由見中右記源氏雖非宿老依為尊者着之歟おほきみは王の字也　古今集にもかつらきのおほきみかけのりのおほきみなとあり　秘説あり

注：「宿老」が、角川書店刊本では「宿老［同］」となっている。「かけのりのおほきみ」が、角川書店刊本では「かねみのおほきみ」となっている。「秘説あり」の部分が、角川書店刊本にはない。

94ふさはしからす（花宴①256・283）
不祥［日本紀］

95よからぬ人こそやむことなきゆかりはかこち侍なれ（花宴①256・283）
不平《ヨカラス》［日本紀］
源氏六の君を見さためむとてみすをひきゝ給へはいふなりやむことなさゆかりとは源氏のいもうとの宮たちおはしますゆへ也

注：「不平《ヨカラス》」が、角川書店刊本では「不平《ヨクモアラス》」となっている。

96あふきをとられてからきめ《辛苦　日本紀》をみるとうちおとけたるこゑにいひなしてよりふし給へれはあやしうもさまかへたるこま人かなといふは心えぬ人なるへし（花宴283～284）
伊之加波乃己末宇止尓於比乎止良礼天可良支久以須留己比須留［二段］伊可奈留以可奈留於比曾波奈多乃於比乃奈可波多伊礼太留［三段］加可也留可加也留加奈可波太伊礼太留可［催馬楽　石河呂歌］

注：この項角川書店刊本による。伝兼良筆本には、「辛苦　日本紀」とは見られない。

97つねのかむわさなれと（葵①273・286）
神［日本紀］神態

注：「神」が、角川書店刊本では「神《カンワサ》」となっている。

98 あやしきたひしかはらまて（葵①273～274・286）
度子　考羅［日本紀　仁徳天王］　又云度師　網引
又日本紀ニ以人為身代ト云所ニ為質トアリ此義歟民代也
たとへはいふかひなき下臈の心歟みとひ五音通也
蟬をせみともせひともかくかことし清少納言枕草子にもたひしかはらといふ事あり
紀貫之白河大相国亭子曰会云
草枕たひしかはらまて松のちとせをは君にとのみいのり花のさかへをは人のためにと思ふ事を今日のあそひあそひによせて人々になむ歌たてまつらせ給ふほのみゆるそてくちものすそかさみなと
汗衫　きぬのうへに着する物也

注：「度子　考羅［日本紀　仁徳天王］」が、角川書店刊本では「度《ト》子《シ》　考羅《カハラ》［日本紀　仁徳天皇巻］」となっている。また、「為質」が、角川書店刊本では「為質《ムカハリ》」となっている。また、「ほ《ワタシモリ》のみ《アヒヽキ》ゆるそてくちものすそかさみなと」以下の部分が、角川書店刊本では次の項目となっている。

99 斎宮またもとの宮におはしませはさか木のはゝかりにこと付て（葵①277・287）
もとの宮とはト定所歟六条御休所在所歟榊のはゝかりは神事の憚の心也
榊とは真賢木とも真坂樹とも日本紀にかけり天照大神あまの岩戸をとち給ひし時八百万神達天香具山の坂樹をとりていのり給しより神の縁木とす榊は非本字本朝作字云々龍眼木と書之

100 うつし心ならす（葵①280・289）
現心［万葉］　現人［日本紀］

梅の花木つたひちらす鶯のうつし心も我おもはなくに

注：「現心［万葉］　現人［日本紀］」が、角川書店刊本では「現《ウツシ》心［万葉］　現《ウツヽ》人［日本紀］」となっている。

101 えきこえつか《不次》すゆすりみちて（葵①282・289）

動　響［日本紀］

注：「動　響」が、角川書店刊本では「動《ユスル》　響《ユス》《トヨム》」となっている。

102 いとをゝしく（葵①286・291）

雄祓［日本紀］　雄々しき也　男々しき心也

103 かうしめのほかにはもてなし給はて（賢木①297・296）

注連［日本紀］　御綱縄［旧事本紀］

104 はなやかにさしいてたるゆふつくよに（賢木①297・296）

夕付夜［日本紀　万葉］　暮月夜［万葉］

初学紀云月七日為魄云々源氏野宮ニ来臨も九月七八日比也

105 おとめこかあたりとおもへはさかき葉のかをなつかしみとめてこそおれ（賢木①297・296）

未通女子［万葉］　少女［日本紀］　乙通女

貫之
をく霜にいろもかはらぬさかき葉にかをやは人のとめてきつらん

さか木葉のかをかくはしみとめくれはやそうち人もまとひせりけり

注：「未通女子」が、角川書店刊本では「未通女子《ヲトメコ》」となっている。また、「さか木葉の」の歌に、角川書店刊本は分注で「拾遺　神楽歌」と注する。また、角川書店刊本が挙げる「榊葉の枝さすかたのあまたあれはとかむる神もあらしとそ思ふ［拾遺］」の歌は、伝兼良筆本では、このすぐ前の項、「神かきはしるしの杉もなき物をいかにまかへておれるさか

木そ」の注の中に挙げられている。

106のち〳〵の御わさなとけうしつかうまつり給つるさま（賢木①304・299）

羅　事［論語　日本紀］　孝事　孝養乃事也

注：角川書店刊本ではこの項は以下のようになっている。

のちの御わさなとけうしつかふまつり給つゝ

罷《ワサ》　事《ワサ》［日本紀］　孝事［孝墓の事也］

107ちかき世とのみなんらう〳〵しく（賢木①311・302）

良々　亮々［日本紀］　案之りやう〳〵しきにはかはるへき歟これは上﨟しき心也　﨟々歟

注：「亮々」が、角川書店刊本では「亮々《サヤケキスチ》」となっている。

108山さとのつとに（賢木①312・303）

集［日本紀］　土産　裹［万葉］

注：「集」が、角川書店刊本では「集《ツト》」と、「裹」が、「裹《ツト》」となっている。

109大宮の御はらからの大納言の御子頭弁といふか（賢木①313・303）

同胞［日本紀］　腹同［同上］　腹族［一腹事也］　但此物語中同腹ならさる兄弟をはらからといへる事ある歟

注：「同胞」が、角川書店刊本では「同胞《ハラカラ》」となっている。

110かつらの木のおいかせに（花散里①322・307）

天稚彦門之湯津楓樹［旧事本紀］

或馬津桂木［日本紀］　門ニ楓を植事是本説歟

注：角川書店刊本では、「本説歟」の後に「杜《カツラ》［イ］」とある。

111 ことなしひにすくしつる（須磨①328・310）

無為［日本紀］

古
むら鳥のたちにし我名今さらにことなしふともしるしあらめや

とこ夏の花をたに見はことなしにすくる月日もみしかゝりなむ

奥入とはあふことなしの草そおひけるの歌をのせたり但其心各別歟それはあふ事なしとそへたり是は無為無事之儀也日本紀分明也ことなしふともの歌同心也ことなし草は忍草の一名也

注：「無為」が、角川書店刊本では「無為《コトナシヒ》」となっている。

112 あふ瀬なき泪の河にしつみしやなかるゝみほのはしめ成けむ（須磨①329〜330・311）

涙の川名所といふ説あり　後撰集におとこのいせへまかりけるに

君かゆく方にあるてふ泪河まつは袖にそなかるへらなる

とありけれは伊勢国の名所たる歟但同集ニいせわたる河は袖よりなかるゝとあるも猶泪のよし歟文選にも水滔々而々涙なとあり只涙によせたる也非名所歟　一説伊勢わたるとは五十瀬也非伊勢国云々然而猶以不審歟

俊成卿女は此歌を物語中第一の秀歌と申されけり

後撰
いせわたる川は袖よりなかるれはとふにとはれぬ身はうきぬめり　読不

水尾［万葉］　水深［日本紀］　濈

注：「水尾」が、角川書店刊本では「水尾《ミヲ》」と、「水深」が、「水深《ミヲ》」となっている。

113 かのみそきの日かりの御すいしんにてつかうまつりし右近のそうの蔵人《叙爵也蔵人巡給》うへきかうふりの程もすきつるをつゐ

にみふた《除籍》けつられてつかさもとけて（須磨311）

秘除《ミツキ》［日本紀］

斎院御禊日事也かりの随身事葵巻に先勘了

解官有《ニ》三義　一喪解　二病解　［及百二十日解官也］　三理解

注：この項角川書店刊本による。「秘除《ミツキ》［日本紀］」の部分が、伝兼良筆本にはない。

114神にまかり申し給ふ（須磨①331・311～312）

辞見［日本紀］　いとま申也古今もきのむねさたかあつまへまかりける時に人の家にやとりて暁いてたつとてまかり申しけれはと云々

注：「辞見」が、角川書店刊本では「辞見《マカリ申》」となっている。

115おきより舟とものうたひのゝしりてこき行なともきこゆほのかにたゝちいさきとりのうかへるとみやらるゝも（須磨①338・315）

日本紀曰復生神名鳥之石楠船神　亦名謂天鳥船　神次生鳥磐櫲樟　船神彦火々出見尊御歌

おきつとりかもつくしまにわかいねしいもはわすれしよのこと〳〵におきつとりとは鷗の名也舟をは鷗ににせておきてとりとおほくよめり詩にも鳧舟と作れりかもつくしまとは舟つく嶋といふ心也［万葉云］

おきつ鳥《とり》かもといふ舟かへりこはやかのさきもりはやくつけこそ

注：「日本紀曰」の前に、角川書店刊本は「鳥船事」とある。また、「彦火々出見尊御歌」の後に、角川書店刊本は分注で「率宿《イネシ》　万葉」とある。

116心からとこよをすてゝなく雁の雲のよそにも思ひけるかな（須磨①339～340・315）

常世国［日本紀］　蓬莱山

旧事本紀ニ少彦名命行到熊野之御崎遂適於常国矣［万葉］
君をまつ《松浦仙歌ヲ和歌》まつらの浦の未通女等は常世の国海人未通女鴨又詠浦嶋子長歌白雲の箱より出て常世人に棚引ぬれは云々
皇神祖乃可見能大御世尓田道間守常世尓和多利夜保毛知麻泥許之祭吉間長歌［赤染］
おきもせぬ我とこよこそかなしけれ春かへりにし雁も鳴なり
日本紀竟宴従五位下行大外記兼近江少掾三統宿祢公忠作歌詠思兼神云
とこよなるとりのこゑにそ岩戸とち光なきよはあけはしめける
天照太神あまの岩戸をとち給し時おもひかねの神思はからひてとこよのなかなきの鳥をあつめてなかせたりし事をよめるなり見日本紀
今案とこよは仙境の名歟此歌は只我床ニよせたる心てかりのねの古来に用来歟

注：角川書店刊本では、この項は以下のようになっている。

常世国《トコヨノクニ》［日本紀］　蓬莱山《トコヨノヤマ》［同］
旧事本紀ニ少彦名命行到熊野之御崎遂適於常世国矣
君をまつ松浦のうらの未通女等は常世国の海人未通女鴨［万葉　松浦仙客歌］
又詠浦嶋子長歌　白雲の箱より出て常世へに棚引ぬれは云々
皇神祖乃可見能大御世尓田道間守常世尓和多利夜保毛知麻泥行之祭吉［間守橘長歌］
おきもせぬ我とこよこそかなしけれ春かへりにし雁もなく也［赤染］
今案とこよは常住世の心也仙境の名歟此歌は只我床によせたる也
日本紀竟宴従五位下行大外記近江少掾三統宿祢公忠作歌詠思兼神云
とこよなる鳥の声にそ岩戸とちひかりなきよはあけはしめける

天照太神あまのいはとをとち給し時思かねの神思はからひてとこよのなかなきの鳥をあつめてなかせたりし事をよめる也［見日本紀］

117むまやのおさにくしとらする人もありけるを（須磨①342・316）

菅丞相おもひのほにつくしへくたり給ける時はりまのあかしのむまやにとゝまり給けるにむまやのおさい

みしくおもへるけしきを御覧してつくり給へる

駅長莫驚時変改一栄一落是春秋

くしとは口詩也物にも書つけすして口にいふ詩也

白氏文集曰因口号絶句云々［遊大林寺序］　たとへは口つうたなといふかことし日本紀にも口号とかきて口

つうたとよめり口宣なといふ同心也

或云句詩四韻絶句にはあらて一句の詩也又云別の櫛をとらせたる歟云々或又くしとらするはくしせらるゝを

書誤也駈仕とはかりつかはるゝ心也ともいへりいつれも今案のあやまり也

注：「菅丞相おもひのほに」が、角川書店刊本では「大鏡第二菅丞相おもひのほかに」となっている。

118おほやけのかうしなる人は（須磨①342・316）

考辞［日本紀］　勘事［勘当事也］

119みかとの御めをさへあやまち給て（須磨①344・317）

みめとよむへし是師説也日本紀には妃字をみめとよめる白氏文集にも八十一御妻とあり但さきのやむことな

き御めともいとおほくとあるをはおほんめとよむへき歟これは人臣の故也

120やをよろつ神もあはれとおもふらんおかせる罪のそれとなけれは（須磨①350・320）

みそきして思ふ事をそいのりつるやをよろつ世の神のまに〳〵

旧事本紀曰高皇産霊尊召八百万神於天八湍河之川原八百万神達［日本紀］

121ひちかさあめとかふりきて（須磨①350～351・320）

いもか門行過かねつひちかさの雨もふらなんかさやとりせん

笠もとりあへすして袖かさしたるよし也但日本紀に大雨をひさめ或ひちあめとよめるも同心歟

122うみの中の龍王のいといたうものめてするものにてみいれたるなりけりとおほすに（須磨①351～352・320～321）

彦火々出見尊釣はりをうしなひ給てわたのへにいたりて尋けるを龍神めてたてまつりてむすめ豊玉姫にあはせてわたつみやに三年とゝめたてまつりし也［日本紀ニみえたり］

又日本武尊東夷を征し給時相模国より上総国ニ渡給しに龍神めてゝ尊をとりたてまつらんとしけれは浪かせあらくて御舟沈まむとせしに弟橘姫みことの御命にかはりて入海うせ給けり尊橘姫を忍給て上野国臼井坂にて東方を望てあかつまやとの給けるより東をあつまといふ也我つまといふ心也吾孀とかきてあつまとよむ也東は宛字也［紀正文略之］

天平勝宝元年遣唐使中有副使陸奥介従五位上玉手人丸山城史生上道人丸者而柿下人丸集中有入唐之時歌若以前輩令混合歟大夫於途中為海神被取端正美麗之故也云々［見作手丸記］

注：「尋けるを龍神めてたてまつりてむすめ豊玉姫に」が、角川書店刊本では「尋給けるを龍神顔容貌絶世たりとめてたてまつりてむすめ豊玉姫に」となっている。「上野国臼井坂にて」が、角川書店刊本では「上野国碓《臼》居坂にて」となっている。また、「吾孀とかきてあつまとよむ也」が、角川書店刊本では「吾孀《アカツマ》とかきてあつまとよむ也」となっている。

123地のそことをるはかりの火ふりいかつちしつまらぬ事は侍らさりき（明石①353～354・321）

毀諸善人故天降雹［金光明経］　大雨雷電　日本紀第廿二

大唐徳宗皇帝代貞元四年［戊辰］四月五日雹落大如弾

長和二年三月雷鳴氷降大如梅

注：「毀諸善人故天降雹［金光明経］ 大雨雷電 日本紀第廿二」が、角川書店刊本では「毀諸善人故天降雹《アラレ》［金光明経］ 火雨雷電《ヒサメフリイカツチナリ》 ［日本紀第廿二］」となっている。

124 いろ〳〵のみてくら（明石①354・321）

青幣 白幣［日本紀］ 又五色幣あり

125 すみよしの神ちかきさかいしつめまもり給（明石①354・321）

神功皇后廿一年［辛丑］ 住吉明神顕

古語拾遺云至於盤余稚桜朝住吉大神顕矣

日本紀曰浮濯於潮上因以生神凡有九神其表筒男命中筒男命底筒男命三神鎮坐焉是即今住吉明神者四社中南衣通姫云々［国基倉説或神功皇后云々］

注：角川書店刊本では、この項は以下のようになっている。

古語拾遺云至於盤余稚桜朝住吉大神顕矣

日本紀曰浮濯於湖上因以生神凡有九神其上筒男命中筒男命底筒男命三神鎮《シツメ》坐焉是則今住吉明神者神功皇后廿一年［辛丑］ 住吉明神顕四社中西社衣通姫云々 国基説或神功皇后云々

126 あさりするあまともほこらし《矜ホコル日本紀》けなり（明石322）

あさりするよさのあま人ほこるらし浦風ぬるみ霞たなひく

注：この項角川書店刊本による。「ほこらしけなり」の部分の傍訓が、伝兼良筆本にはない。

127 このもかのものしはふるい人（明石①358・323）

日本紀折枝葉人

木の葉のちりかゝりたるをうちはらふしつのをしつのめなと也たとへは木の葉なとかきあつむる山かつ也一説皺古人しはありふるき人也云々老人事也〔俊成卿女説〕

注：「日本紀折枝葉人」が、角川書店刊本では「日本紀云折枝葉人《シハ》」となっている。また、角川書店刊本は、「しはあり」以下が分注で、「俊成卿女説」の後に、やはり分注で「此段紅葉賀ニ在之」とある。

128 にらみきこえ給（明石①366・326）

瞰〔鬼- 文選〕 斜眼〔遊仙窟〕 睚眦〔新猿楽記〕 耶睨〔日本紀〕

注：角川書店刊本では、この項は以下のようになっている。

瞰《ニラミ》〔鬼- 文選〕 耶睨〔日本紀〕 睚眦〔新猿楽記〕 斜眼〔同 遊仙窟〕

129 わたつ海にしなへうらふれひるのこのあしたゝさりし年はへにけり（明石①370〜371・328〜329）

大海〔万葉〕 海神〔日本紀〕 海底〔喜撰式 万葉〕 海若《同》

わたつうみ海の名也日本紀ニハ海神と書之万葉ニハ海若ともかけり荘子ニ北海若と云は龍神也山神を日本紀ニ山ツミトいへる同心也

蛭児事 根国底国へなかされし事を源氏我左遷ニ思よそへていはれたるなり

かそいろはいかにあはれと思らんみとせに成ぬあしたゝすして〔日本紀竟宴朝綱卿〕

うらふれ 万葉十君こふとしなへうらふれ

古今にも秋萩にうらふれをれはとあり思なつみたる心也

注：「大海〔万葉〕 海神〔日本紀〕 海底〔喜撰式 万葉〕 海若《同》」が、角川書店刊本では「大海《ワタツウミ》〔日本紀 万〕 海神《同》〔日本紀〕 海底《同》〔万 喜撰式〕 海若〔同〕」となっている。また、「うらふれ 万葉十君こふとしなへうらふれ」の後に、角川書店刊本には、「同十七うちなけきしなへうらふれしのひつゝ〔反歌〕」と見られる。

130 まくなきつくりてさしをかせたり（明石①371〜372・329）

蠛［此云摩愚那岐　日本紀］

蠛は虫の名也春季夏始なとに蝿のことくなる虫の目辺に飛まかふ物也云々ひらめきかる〳〵しき振舞をいふなりつくりてとはその体をまねひたるなり

允恭天皇三年立忍坂大姫為皇后々々随母在家独遊苑中時闘鶏国造従径行之乗馬而莅籬謂皇后嘲之曰能作薗乎汝且曰厭乞戸母其蘭一茎皇后則採一根蘭与乗馬者因以問云何用求蘭乗馬者対曰行山撥蠛時皇后結之猶裳裏乗馬者辞無礼即謂之曰首也余不忽矣皇后登祚之年乗馬者謝罪

131 さやかに見給ひし夢の後は院の御門の御ことを（澪標①383〜384・330）

清《サヤカ》　伶亮《同》　明　其音　鏗鏘《サヤカニス》［日本紀　琴］

いまのさやかはさたかといふ心也やとた同響也物のねのゆらめきなる也又明字も有其謂歟分明にみ給ひし夢也古語拾遺ニアナサヤケトハ竹葉声也といへり旧事本紀ニ阿那佐夜劫

桐壺帝御事也院の御門とある聊儀ある歟上古雖無即位之儀追号不可勝計中古寛仁小一条院なとも如然漢書ニ太公を太上皇と号する注に師古曰天子之父号曰皇不予治国不言帝也云々帝は御門と訓せり尊号ありといふとも国を治せす帝位にのほり給はぬをは御門とは申ましきにや是は帝位につき給へる院にておはしますゆへに御門の字をそへたてまつる歟朱雀院をも山の御門と申冷泉院もおなし六条院をは院の御門と号す各別の儀歟

注：「鏗鏘《サヤカニス》」が、角川書店刊本では、「鏗鏘《スミヤカニ》《サヤカニス》」となっている。

132 神無月には御八かうし給ふ（澪標①384・330）

十月寒風《カミナツキサムカセ》［日本紀］

明石巻十月御八講同時也

注：「十月寒風《カミナツキサムカセ》」が、角川書店刊本では「十月寒風《カミナツキノサムカセ》」と、「御八講同時也」が、「御八講同時儀《節イ》也」となっている。

133 よすかつけんことを（澪標①387・332）

便也　従《ヨスカ》［日本紀］　資［同］

134 いとたけく（澪標①389・332）

梟師《タケシ》［日本紀］　勇猛　武

135 えむしうけひけり（蓬生①399・336）

怨《ウラムル》也

うけひはのろ〳〵しき詞なり呪詛也日本紀には誓字をうけひとよめり誓言の義なり

注：「怨《ウラムル》」の傍訓が、角川書店刊本では分注となっている。

136 身なれ衣（蓬生①401・337）

身衣［日本紀君かみけしとあり］

137 御さきの露をむまのふちしてはらひつゝいれたてまつる（蓬生①404・339）

帝王略論曰梁孝元皇帝博極《ク》㆓群書㆒才弁冠世不㆑好㆓声色㆒篤信㆓五行㆒多忘諱庭草無㆑事令㆑鞭《シテ》㆑去㆑之江陵既陥王僧弁等立第九子是為敬帝太平二年禅位于陳封㆓江陰王㆒　或説云八代記云梁武帝馬の鞭をもちて露を払ひたる事ありと云々可勘　春秋献馬梳及馬鞭［日本紀第九］

注：「帝王略論曰」が、角川書店刊本では「帝《第四》王略論曰」となっている。また、「太平二年禅位于陳封江陰王」が、角川書店刊本では「太平二年禅位于陳封江陰王［准歟陵歟］」となっている。

138 あいなのさかしらやなむとて（関屋①410〜411・342）

進恐《サカシラ》［日本紀］

古　さかしらに夏は人まねさゝの葉のさやく霜よをわれひとりぬる
六帖　秋のゝに行てみるへき花の色をたかさかしらにおりてきつらん

139 とはかり（絵合①414・344）
時《トハカリ》　［日本紀］　しはしはかり
注：角川書店刊本では「しはしはかり」が、「しはし計也」となっている。

140 心はへ（絵合①415・344）
意見《心ハヘ》　［日本紀］
注：「意見《心ハヘ》」が、角川書店刊本では「意見《コヽロハヘ》」となっている。

141 いくかへりゆきかふ秋をすくしつゝうき木にのりて我かへるらん（松風①433〜434・352）

槎楂

張騫漢武帝の使として槎に乗て天河の源を究しに孟津にいたりて牛女にあひてかへりてことなるを思て詠する歟文選云十年とあり三十歳をへて帰ける也日本紀に仁徳天皇御時駿河国大井川にふたまたなる木流下をみて彼国人吾子籠此木を取て始て船を作出て南海へまはして難波浦に付進是を号御船云々其以前は査若は筏を用云々日本紀にも伊弉諾尊蛭子をなかされしにも葦船或鳥盤《磐》椽樟舟以下多あり皇御孫あまたくたり給しにも舟あり又神武天皇崇神応神天皇御時にも船を造とみえたり今時流布の船の姿を吾子籠始て造出ける歟

注：角川書店刊本では以下のようになっている。

槎査

漢の武帝の使として槎に乗て天漢の源を究に孟津にいたりて牛女にあひて帰りし事なとを思て詠する歟文選には十年とあり三十歳を待《経イ》て帰ける也日本紀に仁徳天皇御時駿河国大井川にふたまたなる木なかれ下をみて彼国人吾子籠《アコキ》

此木を取て始て舟を作出て南海へまはして難波浦に付進これを号御船云々其以前は査若は筏を用之云々然而如日本紀にも伊弉諾尊蛭子をなかされしにも葦舟或鳥磐橡樟船以下多あり皇御孫あまたくたり給しにも船あり又神武天皇巻に崇神応神天皇御時にも船を作とみえたり若今時流布の舟の姿を吾子籠始て造出ける歟

142 かつらの院といふ所（松風①434〜435・352）

崇峻天皇元年三月始建法興寺［今元興寺也］

水原抄云大秦寺歟宇豆麻佐［日本紀］　又葛野寺然者葛野院と読へき歟　秦川勝建立薬師仏也且若菜上にさかのゝ御堂にて薬師仏供養し給とあり云々　案之嵯峨与太秦在所懸隔歟然者桂院歟桂河辺也天暦八年八月廿日御記曰令元輔仰左大臣以陰陽頭茂樹可為桂院別当云々今桂宮院此跡也

143 いとなめけなるうちきすかた（松風①436・353）

軽《ナメ》［日本紀　無礼心也］　褂［男女共着之貴人事也］

注：「軽《ナメ》」が、角川書店刊本では「軽《ナメシ》」となっている。

144 いさらゐははやくのこともわすれしをもとのあるしやおもかはりせる（松風①436〜437・353）

小《イサラ》［日本紀］　小井也

はやくの事は過にし事也古今にもはやくすみし所なとあり

145 かゝるみ山かくれにてはなにのはへかあらんと（薄雲①445・357）

光　栄　無見《ハヘナシ》［日本紀］

古かたちこそみ山かくれの朽木なれ心は花になさはなりなん

注：角川書店刊本では、以下のようになっている

かゝるみやまかくれにてはなにのはへかあらんと　光栄　無見　日本紀

かたちこそみ山かくれのくち木なれ心は花になさはなりなん［古今］

146「わか君のたすきひきゆひ給へる御こしつきそ」（薄雲①446・357〜358）

手繦《タスキ》［日本紀古語拾遺］　襷《タスキ》　襌［一説］　織成襷［続斉諧記　和名多須伎］

延喜神事式云　表裾《ウハモ》　褥《タスキ》　襷《チハヤ》

一説云玉手繦とて袍の上玉をかさりてかくる也女はかけ帯といふ是を蜂の比礼虵の比礼物比礼なといふ也ゆふたすきといふも木綿を襁とするを云也

古語拾遺に以蘿《ヒカケ》葛《ヲ》㆒為㆓手襁《ト》㆒

玉たすきかけぬ時なくわれこふと時雨しふらはぬれつゝもこん［人丸］

注：「わか君のたすきひきゆひ給へる御こしつきそ」の部分が伝兼良筆本にはない。角川書店刊本では以下のようになっている。

わか君のたすきひきゆひ給へる御こしつきそ

手繦《タスキ》［日本紀　古語拾遺］　襷襌《タスキ》［一説］　織成襷［続斉諧記　和名曰多須伎］

延喜神事式云　表裾《ウハモ》　褥《タスキ》　襷《チハヤ》

一説云玉手繦とて袍の上に玉をかさりてかくる也女はかけ帯といふ是を蜂の比礼虵の比礼なと云也ゆふたすきといふも木綿を繦にするを云也古語拾遺に以蘿葛為手繦　御そのなかき様なる物也着袴の調度にあり玉たすきかけぬ時さへわれこふとしくれしふらはぬれつゝもこん［人丸］

147舟とむるをちかた人のなくはこそあす帰こむせなとまちみめ（薄雲①447・358）

水表《ヲチカタ》［日本紀］　遠方《同》　彼方《同》

拾　遠方の花もみるへくしら波のともにや我も立わたらまし

せな［夫也］　兄《セナ》［日本紀］　背男《同》［万葉］

148 うつしさまなるをりすくなう（薄雲①448・358）
現様歟　現心［万葉］　現人［日本紀などあり］

149 いさりせしかけわすられぬかゝり火は身のうき舟やしたひきにけん（薄雲①455・361〜362）
廻嶋《イサリ》［日本紀］　求食《同》［万葉］
古　おもひきやひなの別におとろへてあまのなはたきいさりせむとは

150 御けはひ（朝顔①468・363）
気［日本紀］　形勢［新猿楽記］

151 神さひにけるとし月のらう（朝顔①469〜470・364）
神閑　又神宿　閑雅［日本紀］
後撰　ときかけつ衣の玉はすみのえの神さひにける松の梢に
今案神さひたるとは閑字相叶歟たとへはけたかく閑なる由也さひしき心也宿字も古めかしき心には可叶歟俊成卿六百番歌合判詞にさひてこそといへり褒美の心也又見嘉応住吉の歌合の判詞にも左其姿詞いひしりてさひてこそ見え侍と有神祇ならぬ事にも可云歟定家卿は剣刀をこそさひたるとはいへとて父卿を難すと云々日本紀に宿雨宿雪と有是は宵の雨よひの雪の事也古き心也馬の毛に宿鴾毛と書たるも古心なり猶この物語は俊成卿説相叶歟衣［鉄ノサヒ也］　或苔［同］
注：「神さひにけるとし月のらう」が、角川書店刊本では「神さひにけるとし月のらう《労》に」となっている。

152 冬つかたかむわさなと（朝顔①472・365）
神［日本紀］
注：角川書店刊本では、この項は以下のようになっている。

ゆふつかたかんわさなとも
神《カンワサ》 ［日本紀］

153 さすかにまかり申はた聞え給（朝顔①472・365）
辞見 ［日本紀 イトマ申也］
注：角川書店刊本では、以下のようになっている。
辞見《マカリ申》 ［日本紀］ いとま申也

154 おやなしにふせるたひ人とはくゝみ給へかしとて（朝顔①473・365〜366）
無礼《ヲヤナシ》 ［日本紀］
しなてるやかた岡山のいひにうへてふせるたひ人あはれおやなし
厩戸皇子《聖徳太子》達磨和尚片岡山ニ飢臥賜へるを御覧スル歌
注：角川書店刊本には、「しなてるや」の歌に傍注行で「聖徳太子」とあり、分注で「拾遺」とある。また「厩戸皇子《聖徳太子》達磨和尚片岡山に飢臥賜へるを御覧する歌」の部分が角川書店刊本にはない。

155 ひたすら（朝顔①474・366）
太疋 ［白氏文集］ 疋如 永 ［日本紀］
後撰七 ひたすらと我おもはなくにをのれさへかり／＼とのみ鳴わたるらん

156 心つからとの給すさふるを（朝顔①475・366）
心 ［日本紀］ 折 ［同上］ 身 ［同］ 思 ［同］
伊行尺 かけていへは涙のかはの瀬をはやみ心つからや又もなかれん
古今 春風は花のあたりをよきてふけこころつからやうつろふとみん

恋しきも心つからのわさなれはをき所なくもてそわつらふ

注：「心［日本紀］　折［同上］」が、角川書店刊本では「心《コヽロツカラ》［日本紀］　折《オリカラ》［同］」となっている。

157いまさらの御あたけも（朝顔①476・366）

化［日本紀］

158かと〳〵しさの（朝顔①479・368）

才［日本紀］　才学　又廉々

159せまりたる大かくのす《衆》とて（少女①483・370）

窮途　急［日本紀］　窮者［同］　薄［才学ノウスキ儀有］　うつほの物語にもせまりしれる大学のしうとあり

注：角川書店刊本では、「大かくのす《衆》」が、「大かくのす《衆》う」と、「急［日本紀］」が、角川書店刊本では「急《セマル》［日本紀］」となっている。

160なめけなりとてもとかん（少女①486・371）

無礼［日本紀］

161つとこもりゐて（少女①488・372）

集《ツト》［日本紀］

162こをしるといふはそらことなりや（少女①494～495・374）

明君知臣明父知子［史記］　択子莫如父択臣莫如君［左伝］

知臣莫如君知子莫若父［日本紀］

注：「知臣莫如君知子莫若父［日本紀］」が、角川書店刊本では「知臣莫若君知子莫若父［日本紀］」となっている。

163おゝしうあさやいたる（少女①495・374）

雄詠［日本紀］鯘《アサヤク》

164ましか（少女①502・377）

古人尺ニ丸か也と云々今案汝か日本紀に今の字をいましと読り其を略してましと云歟或は尓とも書云々

165つはいちといふ所に（玉鬘①524～525・388）

椿市［大和国名所也］つは木の市ともつはいちとも云能因歌枕に見えたり日本紀に海石榴市といへる別所也つはきの市にて土蜘蛛をうちころしたりし所也

紫はひさす物をつはいちのやそのちまたにあひしこやたれ

清少納言枕草子云つはいちやまとにあまたある中にはつせにまいる人必そこにとまりける観音のつけの有にやあらん心こと也

注：「紫は」の歌の後に、角川書店刊本は分注で「万葉」と記す。

166かへり申（玉鬘①526・388）

賽［白氏文集　日本紀］

167春のおとゝ（初音①535・392）

紫上御方也　殿［日本紀］亭

注：「殿［日本紀］」が、角川書店刊本では「殿《オトヽ》［日本紀］」となっている。

168われことふきせんと（初音①537・393）

寿詞［日本紀］言吹［同］寿［文選］或譸［同］

ことふきは年始の祝詞也古事記曰撃口鼓為伎

文選曰振十城之虚寿掩咸陽以取雋西宮記曰歌合人於南殿西発調子入自日花《仙イ》門列立東庭踏歌周旋三度列立御前言吹奏祝詞畢

注：角川書店刊本では以下のようになっている。

寿詞《コトフキ》［日本紀］　言吹［同］　寿［文選］　或譸［同　ことふきは年始の祝詞也］
古事記曰撃口皷為伎［コトフキヲ］
文選曰　振《アケテ》十城之虚寿《スキシコトフキヲ》　掩咸陽以取雋
西宮云歌合人於南殿西発調子入自日花門列立東庭踏歌周旋三度列立御前言吹奏祝詞畢

169 いもせの契りはかり（初音①539～540・394）

妹兄［日本紀］　妻妹［万葉］

いもせとは日本紀のことくは伊弉諾伊弉冊尊兄弟夫婦と成給へる因縁也いもうとゝせうとゝいふ心也云々されは蘭巻にいはもる中将玉かつら君をいもせ山ふかき道をはたとらすてをたえの橋にふみまよゐけるといへり初姉妹ともしらてたつねつるに実にはいもうとにて有けるとよめる也　一説云いもせとはいもとせといふ心也云々　兄弟夫婦事高津内親王［桓武御女嵯峨女御　他腹即位廃之］

又仁徳天皇依菟道稚皇子之遺言彼一腹の妹を女御とし給淡海公妹五十重夫人為妻［他腹］

漢朝には同姓猶不嫁云々

注：「妹兄［日本紀］　妻妹［万葉］」が、角川書店刊本では「妹兄《イモセ》［日本紀］　妻　妹［万葉］」となっている。

170 えひかつらしてそつくろひ給へき（初音①540・394）

日本紀云伊弉諾投黒鬘此即化成蒲萄此故に［かつらをえひかつらといへる也］

注：「蒲萄」が、角川書店刊本では「蒲陶《エヒカツラ》」となっている。

171 さきくさのするゑつかた（初音①545～546・396～397）

さきくさに説々有歟後漢書には朱草福草なと書てよめる歟延喜式にも福草又材種とかけり風土記には紫草とも書て曽祢好忠集ニさきくさをわかなにつみてとよめりしかれは春の始に萌生する草歟三葉四葉とあるにつきて木ともいへり此草春初に必三葉四葉に萌生云々

又檜ともいへり日本紀ニ少彦名命檜木のたねをまきて家をつくらすとあれは也又三枝祭とて有されとこれは三枝の花をおりて酒樽をかさると令の文にもあれは各別の事歟但さきくさの三葉とつゝけんためは令の三枝字も心かよふへき歟　葛

崇神天皇内侍所同殿をおそれ申されて温明殿を七間につくりてあかめ申されし事を三葉四葉に殿つくりせりと也されは三は四葉は合て七間也間の字をはとよむ也三間四間也或説には三段四段也段をあまた重て屋数をおほくつくり重たる心也是秘説也といへり

注：角川書店刊本は以下のようになっている。

さきくさに説々ある歟後漢書には朱草福草なとかきてよめる歟延喜式にも福草《サキクサ》［万葉］又材種《サキクサ》と書り風土記には紫草とも書之曽祢好忠集ニさき草をわかなにつみてとよめりしかれは春の始に萌生する草歟三葉四葉とあるにつきて木ともいへり此草春初に必三葉四葉に萌と云々又檜ともいへり日本紀ニ少彦名命《スクナヒコナノミコト》　檜木のたねをまきて家をつくらすとあれは也三枝《サイクサ》祭とてありされとこれは三枝《ミエタ》の花を折て酒樽をかさると令の文にもあれは各別の事歟但さきくさの三葉とつゝけんために令の三枝字も心かよふへき歟　葛《サキクサ》

崇神天皇内侍所同殿をおそれ申されて温明殿を七間につくりてあかめ申されし事を三葉四葉に殿つくりせりとよめる也されは三葉四葉は合て七間也間の字をはとよむ也三間四間也或説には三段《ツマ》四段《ツマ》也段をあまた重て屋数をおほくつくり重たる心也是秘説なりといへり

172 みくらあけさせて（初音①548・397）

長倉［日本紀］

注：角川書店刊本は以下のようになっている。

長倉［日本紀　ミアケ］

173ふかき御心もちやあさくもいかにもあらんけしきいとらうありなつかしき心《意見　日本紀》はえと見えて人の心へたてつへくも物し給はぬ（胡蝶①564～565・404）

紫上と玉鬘君いつれも心さまよき人ときこえたりされは心ふかきあまりにかへりてあさきやうになつかしくもてなし人の心へたつへくもなきといへるなり猶可了見

174かとめいたる（胡蝶①565・404）

才［日本紀］　才学［同］　廉

注：「才［日本紀］」が、角川書店刊本では「才《カト》［日本紀］」となっている。

175ゆくりかにあはつけき（胡蝶①568・406）

不意《ユクリナク》［日本紀］　思やりなきやうなる心也　卒尓同

176打とけてねもみぬ物をわかくさ《稚草　日本紀》のことありかほにむすほゝるらん（胡蝶406）

かく《伊勢物語》はかりねよけにみゆる若草を人のむすはんことをしそ思《ウラワカミイ》

注：この項、角川書店刊本による。伝兼良筆本には、「稚草　日本紀」の傍注なし。

177日本紀なとはたゝかたそはそかしこれらにこそみち〳〵しくくはしき事はあらめとて（蛍①574～575・408）

日本紀卅巻　舎人親王撰　これらにこそとは惣しては物語草子等也別しては此物語をさす歟

注：「みち〳〵しくくはしき事は」が、角川書店刊本では「又おかし《みち〳〵イ》くくはしき事は」となっている。また、「此物語をさす歟」の後に、角川書店刊本には「ならの事歟」とある。

178 ふけうなるは仏のみちにも（蛍①576・409）

不孝《ヲヤニシタカハス》　［日本紀］

179 おほみきまいりひ水めしてすいはんなむととり〳〵にさうときつゝ（常夏②8〜9・410）

氷室仁徳天皇六十三年夏五月遠江国司始献氷水鏡には仁徳天皇三年［甲戌］はしまるといへり蜻蛉巻勘付畢

日本紀にも夏氷を水酒に漬して用といへり氷水其義也うときは早速と書り

注：「仁徳天皇六十三年」が、角川書店刊本では「仁徳天皇六十二年」となっている。「遠江国司始献氷」が、角川書店刊本では「遠江国司始献氷《見日本紀》」となっている。また、「水鏡には仁徳天皇三年」が、角川書店刊本では「水鏡には仁徳天皇二年」となっている。

180 人のためをのつからけそむなるわさに侍れときこゆ（常夏②9・411）

家損［家ノキスナルヘキ心也］　事日本紀羆

注：角川書店刊本では、以下のようになっている。

家損［家のきすなるへき心也　勘文云きすつきたる心歟云々］　事《ワサ》［日本紀］

181 いてひき給へ（常夏②13・413）

厭乞　日本紀

注：「厭乞」が、角川書店刊本では「厭乞《イテ》」となっている。

182 もてはなれいさなひとりて（常夏②13・413）

引率　日本紀

注：角川書店刊本では、以下のようになっている。

引率《イサナウ》［日本紀］

183なたらかに（常夏②13・413）
注：角川書店刊本では、「日本紀」は分注となっている。
平　日本紀
184かせこそけにいはほもふきあけつへき物なりけれ（野分②24～25・418～419）
景行天皇三年初将討賊次于柏峡大野其埜有石長六尺広三尺厚一尺五分天皇祈之曰朕得滅土蜘蛛者蹶蹶茲石如柏葉而挙鳥因蹶之則如柏上於大虚故号其石曰踏石　日本紀
顧凱之啓蒙記曰零陵郡有石燕得風雨則飛如真燕以上先賢尺此両条外不勘いつれも風の事にあらさるか愚管所及如此為之如何
史記［項羽本紀］曰於是大風従南北起折木発屋揚沙石窈冥昼晦北外御注略之［文選風賦云蹷石伐木　別云柏葉燕石ト云事アルカ］
注：角川書店刊本は、以下のようになっている。
風こそけにいはほもふきあけ《吹揚》つへき物なりけれ
景行天皇三年初将討賊次于柏峡大野其野《ニ》有石長六尺広三尺厚一尺五分天皇祈之曰朕得レ滅二土蜘蛛一者蹶《フマハ》二茲《ノ》石《ヲ》一如《テ》二柏《ノ》葉《ノ》一而挙《アカレ》焉因《テニ》蹶《ヲ》レ之則如《キ》レ柏《ノ》上二於大虚《ソラニ》一故号《ヲ》二其石一曰二踏石《フミト》一［日本紀第七］
顧凱之啓蒙記曰零陵郡有石鷰得風雨則飛如真鷰
以上先賢尺此両ヶ外みえすいつれも風の古事にあらす所及愚管者如対為之如何
史記［項羽本紀］曰於是大風従西北起折木発屋揚沙石窈冥昼晦又衛将軍驃騎外伝曰且《トキニシテ》レ入而大風起沙礫撃面両軍不相見［史記百十一］
文選［風賦］曰蹷《ウコカシ》石伐木梢殺林莽《ホウ》［大王雄風也　動沙堺吹灰庶人雌風］
185おと〻のかはら（野分419）

殿瓦《ヲト、》［日本紀］

注：この項、角川書店刊本による。伝兼良筆本には、「日本紀」とない。

186おほしき（野分②25・419）

雄秋［日本紀］壮

注：角川書店刊本では、以下のようになっている。

おゝしき

雄壮［日本紀］

187「ほゝつきとかいふやうに」（野分②26・420）

ホウツキ　兼名苑云　酸漿　洛神珠［加名《和歟》］　保々都岐［別に日本紀云々　赤酸醬］

注：「ほゝつきとかいふやうに」の部分が、伝兼良筆本にはない。「ホウツキ　兼名苑云　酸漿　洛神珠［加名《和歟》］　保々都岐［別に日本紀云々　赤酸醬］」が、角川書店刊本では「兼名苑云酸漿一名洛神珠［和名保々都岐　赤酸醬《ホウツキ》《アカヽチ》　日本紀］」となっている。

188はらからといふとも（野分②26・420）

日本紀ニハ同胞腹同なとかきてはらからとよめり然者一腹の心歟但此物語にあなかち一腹ならねとも只兄弟なるをもいへるにやとみゆる所々あり若何

注：角川書店刊本は、以下のようになっている。

日本紀ニハ同胞腹同なとかきてはらからとよめり然者一腹の兄弟歟但《此物語にイ》あなかち一腹ならねとも兄弟をはらからといへる所々あり

189かせさはき村雲まよふ夕にも忘るゝまなく忘られぬ君（野分②27・420）

無復風塵［日本紀］

注：「無復風塵」が、角川書店刊本では「無《ナシ》二復《マタ》風《サ》塵《ハキ》一」となっている。

190 みこたちかむたちめなとたかにかゝつらひ給へるは（行幸②30〜31・422）

鷹事　仁徳天皇四十三年秋九月庚子朔依網土倉阿弭古捕奇鳥献於天皐四臣毎張網捕鳥未曾得馴是鳥之類故奇献之天皇召酒君示鳥曰是何鳥矣酒君対言此鳥之多在百済得馴而能従人亦捷飛之掠諸鳥百済俗号此鳥曰倶知［今時鷹也］乃授酒君令養馴未幾時而得馴酒君則以韋緒着其足以小鈴着其尾居腕上献天皇是日幸百舌鳥野而遊獦時鳴雉多起乃放鷹令捕忽獲数十雉是月甫定鷹甘部故時人号其養之処曰鷹甘邑也［日本紀］

注：角川書店刊本は、更に以下のように続く。

李記云乗輿林行出日華門自左近陣出朱雀門夫門就路謳人院朝臣伊衡朝臣朝頼朝臣在大将前鷹人茂春秋成武仲源敬在公卿前鷹人陽成院一親王按察大納言鵜人中務卿弾正尹陽成院三親王在公卿前

仁和二年芹河行幸日公卿皆着摺衣在前

旧記云正五位下藤原朝臣時平着摺衣立列亘猟野

191 たゝひと（行幸②32・423）

凡俗　日本紀

注：「凡俗」が、角川書店刊本では「凡俗《タヽヒト》」となっている。

192 はねをならふるやうにて（行幸426）

比翼［臣者君之羽翼也　日本紀］

注：この項角川書店刊本による。伝兼良筆本には、分注なし。

193 人わらへなるさまにみきゝなさむとうけひ給人々も（藤袴②45・428）

承引［水原抄］　案之うけひは人ののろ〳〵しく思ふ心也　呪咀《ウケハシ》［日本紀］　此心歟又日本紀に誓をうけひと
よめるそれも誓言の義也いか様にもうけひくにはあらさる歟
水の上にかすかくことく我命いもにあはむとうけいつるかも
是は猶心ちかふ歟

注：角川書店刊本では、「水の上に」の歌に、分注で「万十一」と記されている。

194 このおとゝの御心はへの（藤袴②45・428）
意見［心はへ　日本紀］

195 うけはりてとりはなちけさやき給へき（藤袴②45〜46・428）
請［日本紀］　諾清《ケサヤカ》　伶亮

注：「清《ケサヤカ》」が、角川書店刊本では「清［ケサヤキ］」となっている。

196 心よせのよすか〳〵に（藤袴②49・429）
従［日本紀］　資［同］　便

197 いもせ山ふかき道をはたつねすてをたえの橋にふみまとひける（藤袴②50〜51・430）
いもせとは日本紀に妹兄とかけりいもうとせうと也伊弉諾伊弉冊尊兄弟夫婦となり給ひしより夫婦をいもせ
と云也頭中将玉かつらを日来は兄弟共しらて怨しつるにいまはあらはれぬれはふみまとふと云也又いもせ山
とは紀伊国にいさの山のせの山とて吉野川をへたてたさしむかへる二の山あり
万葉
せの山にたゝにむかへるいもの山ことゆるすかもうちはしわたす
おほなんちすくなみ神のつくりたるいもせの山もみれはよしゝも
後拾遺　道雅
みちのくのをたえの橋や是ならんふみゝふますみ心まとはす

案之同時歌也業平歌例歟

注：角川書店刊本では、以下のようになっている。

いもせとは日本紀に妹兄とかけりいもうとせうと也頭中将玉鬘を日来は兄弟の道をはしらて怨しつるといふ歟
後撰ニ云はらからたちのなかに《いか歟》ゝりなる事か侍けんよみ人しらす
君とわれいもせの山も秋くれは色かはりぬる物にそ有ける
はらからのなかにいかなる事か侍けむつねならぬさまみえけれはよみ人しらす
むつましきいもせの山のなかにたにへたつる雲のはれすも有かな
いもせ山とは紀伊国ニいもの山せの山とて吉野河をへたてゝありと云々　万葉云
背の山にたゝ《直》にむか《向》へるいも《妹》せ山こと《言》ゆる《許》すかもうち《打》はし《橋》わたす
又云おほなんちすくな《なひこな》み神のつくりたるいもせの山もみれはよしゝも
みちのくのをたえの橋や是ならんふみゝふますみ心まとはす［後拾遺　道雅卿］
案之近代歌也証歌如何但業平
春日野の若紫のすり衣しのふのみたれかきりしられす
是は河原左大臣みちのくのしのふもちすりの歌を本歌として詠云々是近代歌を証歌に用例也
業平元慶四年卒［年五十六］　河原左大臣［此年六十二歟］　寛平七年八月十五日薨［七十七］　聊先達歟

198 そこら（真木柱②53・431）

多［日本紀］　幾多［同］

199 なたらかなるさまにてをとなく（真木柱②54・431〜432）

平［日本紀］　圩［論語］　埸［同注］

注：「なたらかなるさまにてをとなく」が、角川書店刊本では「なたらかなるさまにてをとなく《無音》」となっている。

200 みつせ河わたらぬさきにいかて猶涙のみおにあはときえなん（真木柱②55・432）

水深源歟［日本紀］　水尾［万葉］　澂

注：「水深源歟」が、角川書店刊本では「水深《ミヲ》」となっている。また、角川書店刊本は、更に続けて、

地獄絵をみてよめる歌

みつせ河わたるみさほもなかりけり何に衣をぬきてかくらん

三途河也或は奈川ともいへり十王経にみえたり

とある。

201
御めしうとたちて（真木柱②57・433）

おもふ《ひイ》人也

大和物語云このさいし君の御いもうとのいせの守にていますかりけるか御もとにかみのめしうとめきてあり
ける

蜻蛉日記云をのゝ宮の御めしうと云々

日本紀云有宮人《メシヲンナノ》　生男女者四人

注：この項、角川書店刊本による。伝兼良筆本では以下のようになっている。

御めしうとたちて

召人立也［妾ニアタレリ御思人メキテトイヘル也］

202
かゝるそらにふりいてんも　むかひ火つくりて（真木柱②58・433）

日本紀第七曰　燧出火向焼而得免

たとへは人のはらたつへき事をこなたよりも相対して腹立する心を云歟日本武尊東夷を征し給し時駿河国賊
徒野を焼しに尊十束剣にて草をかり給ひて向焼たかれたりし事也

注：角川書店刊本では以下のようになっている。
日本紀第七曰賊有殺王之情［王謂日本武尊也］放火焼其野王知被欺則以燧出火向焼而得免　駿河国にて賊徒野を焼
しに日本武尊東夷を征し給にし時

203むかひ火つくりて（真木柱433）
日本紀第七にあり人のはらたつへき事をこなたよりも相対して腹立する心歟
注：この項角川書店刊本による。

204さなからまて給へきにもあらす（真木柱②59・434）
更　啓［日本紀］
注：「更　啓」が、角川書店刊本では「更　啓《サナカラマウツ》《イタル》」となっている。

205ひたふるにしもなとかしたかひくつをれ給らんと（真木柱②60・434）
永迅［日本紀］　頽［クツヲル］
注：この項角川書店刊本による。伝兼良筆本では以下のようになっている。
ひたふるにしもなとかしたかひくつおれ給はんと
頽［クツヲル］

206いまはとて宿かれぬ共なれきつるまきの柱は我をわするな（真木柱②60・434）
柀柱［日本紀］　槇　真木柱
まき柱つくる仙人《杣瞰》いさゝめのかりほのわさたつくりけるかな
注：「まき柱」の歌に、角川書店刊本は分注で「六帖」と記す。更にこの歌に続けて、角川書店刊本には、「思あまりわひしき時は宿かれてあくかれぬへき心ちこそすれ［同］」とある。

207 この大北方そさかな物なりける（真木柱②61・435）

悪［日本紀］

注：「さかな物」が、角川書店刊本では「さかなき物」となっている。また、「悪」が、角川書店刊本では「悪《サカナウ》」となっている。

208 あこをこそは恋しき御かたみとも（真木柱②62・435）

吾子［日本紀］　我子　阿子

209 御かたちはいふよしなくきよらにてたゝかのおとゝの御けはひに（真木柱②63・436）

けはひとは人のすかたことからをもいふ也あなかちに物いひけはひにかきるへからす日本紀に形勢と書てけはひとよめり其心也

210 こくなりはつましきにやと（真木柱436）

深《コク》［日本紀］　濃

注：この項角川書店刊本による。

211 なかめする軒のしつくに袖ぬれてうたかた人をしのはさらめや（真木柱②65〜66）

未必［日本紀］　宇多我多

万葉十五或ウツタへ　はなれそにたてるむろ木うたかたもひさしき年を過にけるかも

同　あまさかるひなにある我をうたかたもひもときかけておもほすらめや

同　鶯のきなくやまふきうたかたも君かてふれす花ちらめやめ

清和云論語喪於《ヨリモ》二其易《カハラン》一　寧戚《イタス》　是もせめて也

後撰いせ　思川たえすなかるゝ水のあはのうたかた人にあはてきえめや

定家卿説云うたかたとは真字に寧なとつかへること詞のやうにおもひよる事歟さなくてはいかてかはと云よ

し也それを此うた一を見てうきたる人と云よしにうたかた人と六字につゝけてよめりと云説はふかく見わかてしりかほにのへやる説也たゝ四文字の詞也此物語にもあなかしこといや〳〵しくかきなし給へる詞に心うきたる人といはんたよりなかるへし以上僻案抄より見たり順説云うたとかたとはうたてといふ心歟それを水のそれをみずのうたかたにそへたる也一説云さためなき人也又すこしもと云心也

水原抄

思河うたかたなみのきえかへりむすふ契はゆくへたになし

此道祖師歌也凡足潤色

注：この項伝兼良筆本による。角川書店刊本は、「未必［日本紀］」が、「未《ウタカタ》必《或ウツタ人》「遊仙窟」」となっている。

212いや〳〵しくかき給へり（真木柱②67・438）

恭［日本紀うやまふ心也］

注：角川書店刊本では以下のようになっている。

恭《ウヤ〳〵シ》《ヰイ》［尚書］礼《イヤ》［日本紀］うやまふ心也

213くま〳〵しくおほしたるこそ（梅枝②75・441）

おほつかなき心歟　曲［日本紀］隈　熊　阿　間

214ことはり申給（梅枝②76・442）

裁断［コトハル　日本紀］

215かんなのみなんいまのよはきはなくなりたりふるきあとはさたまれるやうにはあれとひろき心ゆたかならす（梅枝②86～88・446）

江談曰天仁二年八月日向小一条亭言談之次問曰仮字手本何時始起乎又何人所作哉答曰弘法大師御作云々件無

所見但大后自筆仮字法花経供養之時被行御八講之講師南北英才相備為導師高名清範慶祚等之輩各振富楼那之弁才之後源信僧都又勤此事説云日本国（以下頭注から補入　誠者雖如来之金言唯以仮名可奉書也弘法大師云伝習）乃作イロハニホヘトノ談ヲ給以来一切法門聖教史書経伝不離此読文字ヲイロハノ字ハ色匂ト云心也不説他事只以此一事令講々人々皆驚耳之由所御聞也古人日記中有此事云々又問云然者件弘法大師御時以往無仮字歟曰本紀中仮字日本紀在之由慮外令見如何答曰此事尤理也雖然只付倭言令書也猶イロハニ者彼時始歟ト云々一説伊呂波有三段イロハニホヘトチリヌルオ《（ママ）》大安寺護命僧正作ワカヨタレソヱヒモセスマテ弘法大師作京或説云慈覚大師又云イロハトハ母ノ名也然者梵字ノ字母ノ儀也云々

往古ノ和語ハ万葉書日本紀歌の様ニ書ケル也

注：「かんなのみなんいまのよはきは《無際》なくなりたりふるきあとはさたまれるやうにはあれとひろき心ゆたかならす《不寛》」が、角川書店刊本では「かんなのみなむいまのよはきはなくなりたりふるきあとはさたまれるやうにはあれとひろき心ゆたかならす」となっている。また、角川書店刊本では、「弘法大師云伝習」と「作イロハ」のあいだに「諸真言梵字悉曇等密法之後寄四教法門」とある（「作イロハ」の前の「乃」はない）。

216けうしめて給なにことも物このみしえんかりおはするみこにて（梅枝②91・447）

興　感［メツ　日本紀］

217たをやめの袖にまかへる藤の花（藤裏葉②100・450）

婦人《タヲヤメ》［日本紀第一］　又手弱女人［多乎夜米］　幼婦［万葉］

218くわん仏ゐて《将》たてまつりて御たうしをそくまいりけれは日くれて御かた〱よりわらはへいたしてふせなとおほやけさまにかはらす（藤裏葉②104・452）

灌仏［四月八日］　布施員数寛平八年四月八日定法文法親王銭五百文大納言四百文中納言三百文参議二百文

四位百五十文五位百文六位并童五十文親王大臣紙五帖大中納言四帖四位五位二帖六位并童一帖云々
推古天皇十四年是年初毎寺四月八日設斎会［日本紀］

219たいのうへみあれにまうて給ふ（藤裏葉②105・452）
賀茂祭前日於垂跡石上有辺神事号御形《ミアレ》
御阿礼御生也［見古語拾遺］　日本紀曰神聖生其中者或御禊　祭ノ前ノ一日ヲ御日といふ也御生所は神館ニアリト云々祭時御旅所也

注：「たいのうへ」が、角川書店刊本では「た《紫》いのうへ」となっている。「御阿礼者御生也」が、角川書店刊本では「御阿礼者御生《ミムマレ》也」となっている。「或御禊」が、角川書店刊本では「或御禊［ミアレ］」となっている。

220をもの（藤裏葉②113・456）
以口女魚不進御《ヲモノ》［日本紀］

221巻名（若菜上②135〜136・460）
小松原末のよはひにひかれてや野へのわかなも年をつむへき
一名はこ鳥　深山木にねくらさたむるはこ鳥の故也［当流不用之］
一部内立上下事
唐書例
礼記　曲礼《第一》上下　檀弓《第二》上下《第三》　尚書　太甲
盤庚　説命　泰誓［在上中下］　周礼　天官
冢宰以下の巻々に上下あり
漢書一　高紀上　〃〃下《以上七十巻也》後漢書列伝第廿巻上下

和語例　日本紀第一　第二神代上下
うつほの物語楼の上巻又第五ふきあけの上ふきあけの下十二くにゆつりの上十三同巻下十四さくらの上十五同下和漢の書籍上下をわかつ例かくのことし其中に作者はしめより上下をわけたるもあり後人の追立たるもある歟礼記の曲礼上下は後人分之檀弓上下は記者分之此故に曲礼第一の巻の中に上下を立檀弓は第二を上とし第三を下としたる也所詮上下をわくる本意は一巻とすれは巻軸おほき故也無別義歟礼記第三正義云実鄭目録云義同前篇以簡策繁多故分上下二巻云々又第廿巻に上下を分は後漢書列伝を摸する歟

222 しか〳〵なむ（若菜上②139・461）
云々《シカ〳〵》［日本紀］
注：「云々《シカ〳〵》」が、角川書店刊本では「云々《シカ〳〵イフ》」。

223 つとさふらひ給て（若菜上②144・463）
集《ツト》［日本紀］

224 このたひたり給はんとしわかなとてうしてやとおほしてさま〳〵の御ほうふくの事いもゐの御まうけのしつらひ（若菜下②191～192・483）
斎［日本紀］　白氏文集曰十三年来坐対山唯将無事化人間斎時往々聞鐘笑一食如何不食閑　韓康伯曰洒心曰斎防患曰戒　延喜式云　斎称片膳　斎宮寮
菅家御集曰紙裹生薑称薬種竹籠毗布記斎儲
注：「斎［日本紀］」が、角川書店刊本では「斎《イモヰ》［日本紀］」となっている。

225 いかはかりしみにけるにか（若菜下②206・488）
深着［日本紀］

226みかとの御めをあやまちて（若菜下②206・489）
　妃［日本紀］　御妻《妾》　周礼
注：角川書店刊本では以下のようになっている。
　妃《ミメ》［日本紀］　御妻［周礼］
227かの院はほとりのおほちまて（若菜下②207・489）
　路　御路　日本紀　大路［万葉十九］
注：角川書店刊本では、「かの院はほとりのおほちまて」が、「かのおほちはほとりのおほちまて」となっている。また、
「路　御路　日本紀」が、角川書店刊本では「路《オホチ》　御路［日本紀］」となっている。
228あめはそほふるなりけりと（若菜下②208・489）
　伊勢物語やよひのついたちあめそほふるに云々曾保零［真名本］
　万葉あられそほふるともいへり案之そほはすこし也あけのそほふねといへるは丹ぬりたる小舟也日本紀には
　赭を曾保尓云々
229神わさしけきころをひ（柏木②230・499）
　神わさ《カンワサ》［日本紀］　神態
注：「神わさ《カンワサ》」が、角川書店刊本では「神《カンワサ》」となっている。
230みふの物ともくに〳〵の御さうみまきなとよりたてまつるものともはかはかしきさまのみなかの三条の宮のみく
らにおさめ給（鈴虫②247〜248・508）
　令諸国興田部長倉［日本紀］
注：「みふの物ともくに〳〵の御さうみまきなとより」が、角川書店刊本では「みふ《御封》の物ともくに〳〵の御さう《庄》みまき《御牧》きな

とより」となっている。

231 やらはせ給（夕霧②265・511）

逐［ヤラフ］　日本紀

大和物　しねとてやとりもあへすはやらはるゝいと生きかたき心ちこそすれ

注：「逐［ヤラフ］　日本紀」が、角川書店刊本では「逐《ヤラフ》［日本紀］」となっている。

232 よみちのいそきに（夕霧②280・517）

日本紀に泉門［ヨミト］といへり　ちととは　五音通する歟

或又黄泉　又泉津平坂　又泉守道者

注：「泉門」が、角川書店刊本では「泉門《ヨミト》」と、「或又黄泉　又泉津平坂　又泉守道者」が、角川書店刊本では「或又黄《ヨモ》泉《ツクニ》　和ノ字也　又泉津平坂《ヨモツヒラサカ》　又泉守道者《ヨモツチモリヒト》」となっている。

233 まか〳〵しう（幻②297・525）

枉［マカコト］　日本紀　禍［同］

注：角川書店刊本では以下のようになっている。

枉［日本紀　マカコト］　禍《同》［同］

234 ほとりのおほちなと（匂宮②318・533）

御路［日本紀］　大路［万葉］

235 たゝ人にてはゝかりなく（匂宮②322・535）

凡俗［日本紀］

注：「凡俗」が、角川書店刊本では「凡俗《タヽヒト》」となっている。

236ましらひよらす（匂宮②322・535）

交　参《マシラヒ》　［日本紀］

237あた人とせんに（紅梅②331・538）

他人［日本紀］　越人孟子他心［日本紀］　異意［万］

桜かりまさる花なき春ならはあたしくさきはものならなくに

注：「他人［日本紀］　越人孟子他心［日本紀］　異意［万］」が、角川書店刊本では「他人《アタシキヒト》［日本紀］　越人［孟子］　他《アタ》心《シコヽロ》［日本紀］　異意［万］」となっている。

238むかひ火つくれは（竹河②339・541）

向焼［日本紀］

人のはらたちぬへき事をいはれぬさきにこなたより又はらたちかへる心歟

239たまのうてなに（橋姫②369・549）

楼台［日本紀］

けふみれは玉の台もなかりけりあやめの草の庵のみして

注：「楼台」が、角川書店刊本では「桂《楼イ》台《タイシヤ》」となっている。

240あけまきになかき契りをむすひこめて（総角558）

総角［日本紀］　挙巻［催馬楽］

注：この項角川書店刊本による。伝兼良筆本は「日本紀」の分注なし。

241うちあはぬ人々のさかしらにくしとおほす（総角②393・560）

さかしらに夏は人まねさゝの葉の　進心［サカシラコ、ロ　日本紀］

注：角川書店刊本では、「さかしらに夏は人まねさゝの葉の」が、「さかしらに夏は人まねさゝの葉の［古今］」となっている。

242とよのあかりはけふそかしと（総角②399・563）

豊明節会

日本紀に竟の字をとよのあかりとよめるされは何の宴をもとよのあかりとはいふへし但是は五節豊明節会事也

注：角川書店刊本では、「日本紀」以下の部分は分注となっている。

243いまはとてこのふしみあらしはてんも（早蕨②403〜404・565）

ふしみ大和国也

日本紀云安康天皇崩菅原伏見野中葬

菅原やふしみの里のあれしよりかよひし人の跡はたえにき

あらしはてしといはむためにこの伏見といへる歟うちを伏見といふにはあらさる也此本歌は大和国ニ菅原伏見と云所ありかしこの仙人のよめる也是を本歌にて菅原院をふしみとも云歟

注：角川書店刊本は以下のようになっている。

伏見ハ是大和国也日本紀云安康天皇崩《ホウ》菅原伏見野中陵葬《サウ》

菅原やふしみの里のあれしよりかよひし人の跡はたえにき［古今］

あらしはてしといはむために此ふしみといへる歟宇治をふしみといふにはあらさる也此本歌は大和国すか原ふしみと云所ありかしこの仙人よめる也これを本歌にて菅原院を伏見ともいふ也

244嶺の霞の立を見すてんこともおのかとこよにてたにあらぬ（早蕨②404・565）

春かすみたつを見すてゝゆく雁は花なき里に住やならへる
おのかとこよとは　帰雁によせていへる歟
常世［日本紀］　蓬萊山《トコヨノクニ》

注：「春かすみ」の歌に、角川書店刊本は傍注で「古今伊勢」と記す。また、「常世［日本紀］　蓬萊山《トコヨノクニ》」が、角川書店刊本では「常世《トコヨ》［日本紀］　蓬萊山《トコヨノクニ》［同］」となっている。

245
御さかつきさゝけてをしとの給へることはつかひ（宿木②424・574）
進食《ミヲシ》［日本紀第七］　進食《タテマツルキ》

注：角川書店刊本では以下のようになっている。
　進食《ヲシス》［日本紀第七］　案之若称唯事歟

246
いつみ川のふなわたり（宿木②426・574）
泉河
木津河をいふなり日本紀には挑川とありとつ五音通する也
崇神天皇発兵此川を中にして挑戦ありし故也
都出てけふみかの原いつみ川かはかせさむしころもかせやま
造舟［フナワタシ　文選第二］

注：「木津河をいふなり」から「挑戦ありし故也」まで、角川書店刊本では分注となっており、「とつ五音通する也」の部分はない。「挑川とあり」が、角川書店刊本では「挑川《イトミ》とあり」となっている。

247
あこをは思おとし給へりとうらみけり（東屋②441・576）
吾子［日本紀］　我子　阿子　家子

248 しか〳〵なむと（東屋②441・576）

云々［シカ〳〵イフ　日本紀］

249 らい年四位に成給なんこたみのとうは（東屋②442・577）

今度《コタミ》［日本紀］　頭蔵人頭也

250 ゆくゑもしらぬ大海のはらにこそおはしましにけめ（蜻蛉②471・588）

日本紀に溟渤《メイホツ》をおほうみとよめりはらとはうなはらなと云同事歟水原抄云かたのゝ物語にあり可勘

注：角川書店刊本では、以下のようになっている。

大海日本紀に溟渤をおほうみとよめりはらとは大海うなはらなといふ義歟

水原抄云かたのゝ物語にあり可勘

251 車よせさせておましともけちかくつかひ給し御てうとゝもみななからぬきをき給へるふすまなとやうの物をとり入て云々この車をむかひの山のまへなるはらにやりて人も近くもよせすこのあなひしりたるほうしのかきりしてやかす（蜻蛉②471〜472・589）

孝武皇帝　上曰吾聞黄帝不死今有冢《チヨ》《ツカ》阿《アニ》《ホトリ》也或曰黄帝已僊上群臣葬其衣冠［史記］

葬衣衾事

旧事本紀第五饒速日尊禀天神御祖詔乗天磐船而天降既神損去坐尓高皇産霊尊以為哀泣即使速飄命以今将上於天上処其神屍骸於天上斂竟矣饒速日尊以夢教於妻御炊屋姫云汝子如吾形見物即天璽瑞宝矣亦天羽弓羽々矢復神衣帯手貫三物葬斂於登美白底邑以此為墓者也［略記］

日本紀第七時日本武尊化白鳥従陵出指倭国而飛之群臣等因以開其柳槻而視之明衣空留而屍骨無之然遂高翔上天徒葬衣冠衣衾を葬する是等例歟

注：角川書店刊本では以下のようになっている。
葬衣衾事
上《孝武皇帝》曰吾聞黄帝不死今有冢何也或曰黄帝已僊上天群臣葬其衣冠［史記］
衣衾を葬する是等例歟
旧事本紀第五饒速日尊禀天神御祖詔乗天磐船而天降〇既神損去坐矣高皇産霊尊以為哀泣即使速飄命以命将上於天上処其神屍衆於天上斂竟矣饒速日尊以夢教於妻御炊屋姫云汝子如吾形見物即天璽瑞宝矣亦天羽弓羽羽矢復神衣帯手貫三物葬斂於登美白庭邑以此為墓者也［略記］
日本紀第七時日本武尊化白鳥従陵出指倭国而飛之群臣等因以開其棺槻而視之明衣空留而屍骨無之〇然遂高翔上天徒葬衣冠

252ふと人つてに（蜻蛉②472・589）
付附［日本紀］　伝

253たゝ人《将》はたあやしき（蜻蛉②475・590）
凡俗《タヽヒト》　日本紀

254あたらよを御らんしさしつるとて（手習②494・597～598）
可惜《アタラ》［日本紀］
あたら夜の月と花とをおなしくは云々
注：「あたら夜の月と花とをおなしくは心しられん人にみせはや」となっている。

255うつし人になりてすゑの世にはきなるいつみのほとりはかりをかたらひよる風のまきれもありなん（手習600）

黄泉《ヨモツクニ日本紀》　［冥途の名也］

注：この項角川書店刊本による。伝兼良筆本には「日本紀」となし。

256 なまわかむとほりといふへきすちにやありけん（夢浮橋②507・603）

生王家無等倫八十《ヤソノ》之子孫《ツヽキ》［日本紀　王之子孫］

257 御あるしの事（夢浮橋②508～509・603）

饗　飯をみあるしといふ

日本紀ニ主ト云所に先ニス飯ヲといへり諸社祭に上卿飯を給時みあるしつかまつれと仰する也

注：「日本紀ニ主ト云所ニ」が、角川書店刊本では「日本紀に主《ミアルシ》と云所に」となっている。

258 あこかうせにしいもうとの（夢浮橋②509・603）

吾子《アコ》［日本紀］　女をは婦《姉》をもいもうとゝいふ男をは兄をもせうとゝいふ也

第三部　『河海抄』における漢籍の引用と説話の空間への広がり

第六章　『河海抄』の「毛詩」

第一節　『河海抄』の「毛詩」一覧

『河海抄』は、『毛詩』、『文選』、『白氏文集』、『史記』等、多くの漢籍を注として引用する。それが求める物語理解を知ろうとするとき、ただ原典を見あわせてすむのではない。それらがその時代に、実際に生きていたありようを、どれだけ具体的に捉えることができるかが問われることになる。

本章では、『河海抄』に引用される漢籍のうち、『毛詩』をめぐって検討したい。

『河海抄』に、「毛詩」、「毛詩注」、「詩序」等明記されているものは、諸本によって異同があるが、約三〇例ある。今、伝兼良筆本により、一覧化して次に掲げる。

1たまのおのこみこ
毛詩曰　生芻一束其人如玉
又曰有女如玉〔徳如玉箋曰徳如玉者取其堅而潔白也〕　河陽花作県宿浦玉為人〔李太白〕玉人といふ褒美の詞也
日本紀豊玉姫歌
あか玉のひかりはありと人はいへと君かよそひしたふとくありけり
あか玉とは子也子を玉にたとへたる也〔日本紀云豊玉姫〕　そのみこきらきらしき事を聞てあはれとて又かへりて養はむと思へともよからしとおほして玉依姫をやりて養せ給時に豊玉姫のみこと玉依姫によせてよみ給へる歌也（桐壺巻。毛詩、箋　一、二六～二七ページ）[1]

2ゆけいの命婦をつかはす
　大同三年七月廿日以衛門府併衛
　職員令云内外命婦注曰謂婦人帯五位以上《ミカキモリ》為内命婦五位以上妻曰外命婦也又後宮職員令曰其外命婦准夫位次故周
　礼曰内命婦謂九嬪世婦女御也外命婦謂卿大夫之妻也ゆけいの命婦は左右衛門佐也命婦は五位女蔵人六位也靫負
　蔵人もあり婦人の五位以上を帯するを内命婦といふ五位以上の者の妻を外命婦といふ令文也漢家又大概これに
　おなし但内命婦は九嬪世婦をいふとあれは本朝にはかはるへし
　礼記［喪大記］注曰世婦《ヲ》為内命婦卿大夫之妻為外命婦
　毛詩注曰公侯夫人《ノ》織紘綖《ハ》卿之内子《ハ》大帯大夫《ノ》命婦成祭服士《ノ》妻《ハ》朝服庶士以下《ハ》各衣《キスル》二其夫一［葛覃注］
　続日本紀曰延暦二年春正月戊寅日朔是日勅内親王及内外命婦服色有限不得僭老
　分庭皆命婦　対院即儲皇［白氏文集］
　東《新古今》三条院女御におはしましける時円融院つねにわたり給けるを聞侍てゆけいの命婦かもとにつかはしける
　東三条入道前摂政太政大臣
　春霞たなひきわたるおりにこそかゝる山辺もかひは有けれ（桐壺巻。毛詩注　一、四〇～四一ページ）
3せはきいへの中にあるしとすへき人
　適《アルシ》［毛詩］
　国をおさめんと思はゝ先家を治め家を治るものは先身を治る心也詩序ニ以一家之事懸《ハカル》一国事といへり
　左伝曰詩曰刑于寡妻至于兄弟以御《ヲサムトイフ》　于家邦注曰詩大雅言文王之教自近及遠也　寡妻嫡妻謂大姒也（帚木巻。
　毛詩・詩序　一、八六～八七ページ）
4ひたすら

太《ヒタスラ》　［毛詩］　疋如［同　白氏文集］　永［同　日本紀］
後撰《ごせん》
ひたすらにわか思はなくにをのれさへかり〳〵とのみなきわたるらん（帚木巻。毛詩　一、九〇ページ）

5三史五経のみち〳〵しきかたを
伊行尺には三史五経三道とかきて三道紀伝明経明法と尺したり（帚木巻。毛詩　一、一〇五ページ）
三史［史記　漢書　後漢書］　五経［毛詩　礼記　左伝　周易　尚書］

6物のあやめ
綾目　又黒白　文目［文をあやと読也　毛詩云声成文アヤ］
ほとゝきすなくやさ月のあやめ草あやめもしらぬ恋もする哉
清輔朝臣奥義抄云黒白もしらすといふ様なる事也さしてその事とはいひかたき事也かやうの詞は書籍にもたしかにしか〳〵とみえたる事もなしたゝ大意をもちてをしはかりていふ事也とそ古人も申ける兼盛歌に
おく山のゆつりはいかておりつらむあやめもしらす雪のふれるに
顕注密勘抄云定家卿云錦織物を初て亀のこう貝のからまて文なき物はすくなしあみのめこのめきぬのめなといふより色ふし見えわかれくらからぬ時は先文と目とのみわかるゝをくらきやみにもなり心もほれ〳〵しくいふかひなく成ぬれは其物のすかたをみれとあやめなとのわかれぬをあやめしらすといふとそ申されし（夕顔巻。
毛詩　一、一三一～一三二ページ）

7うかひたる心のすさみに
荒《スサヒ》　［毛詩］　少　荒淫　すさひはなをさりこと也（夕顔巻。毛詩　一、一五六ページ）

8源氏のきみもおとろ〳〵しくさまことなる夢をみたまひてあはする物をめしてとはせ給へはをよひなうおほしもかけぬすちのことをあはせけり

をよひなうは光源氏天子の尊親となり給へき兆歟その中にたかひめありてとは左遷の事
毛詩曰下莞上簟為安斯寝乃寝乃興乃占我夢吉夢維何維熊維羆維虺維蛇大占之維熊維羆男子之祥維虺維蛇女子之祥［斯干篇］　又曰召《ヨンテハ》故老訊《トカス》之占夢文選曰拝［シテツル折シテ］巫咸作占夢号乃貞吉之元府（若紫巻。毛詩　一、一九八～一九九ページ）

9なにのくさはひもなくあはれけなるまてゝ
毛詩曰　退《マカルコト》レ食自レ公　箋曰退食［ト云ハ］謂減《ヲトス》食也
膳を出すをまかるといふ也（末摘花巻。毛詩、箋　一、二一一ページ）

10御ふすまをひきやり給へれは
毛詩曰宵征抱衾与裯［注曰衾被也］
論語曰必有寝衣長一身有半［注曰孔安国曰今之衾被也］
又曰文係双鴛鴦裁為合歓被［鴛鴦被者鴛鴦文　錦被也］
古詩曰昔時衾同被今年若胡越之也
旧事本紀曰高皇産霊尊以真床追衾覆於皇孫
続日本紀云賜五位以上御衾及衣云々
衾は色紅也紅衾ともいふ四角四方也中重ありうはさしの組あり女御入内夜女御の御母儀たてまつり給例也云々
（葵巻。毛詩注　一、二九〇ページ）

11たまのきすに
白圭之玷尚可磨［毛詩］　明月之珠不能無瑕（賢木巻。毛詩　一、三〇九ページ）

12みやこさりにし人を三とせたにすくさていかゝゆるさむ

毛詩曰東山周公東征也三年而帰労帰士大夫美之故作是詩也一章言其完也二章言其思三章言其室家之望女四章楽其男女得及時也君子之於人席其情而聞其労所以説以使民々志其死其唯東山乎五罪は楛杖徒流死是也しかれは徒三年といふ心なり（明石巻。毛詩　一、三六六ページ）

13はなちかふあけまきの心さへそ

総角丱兮［毛詩］　憶汝総角時［東坡詩］　総角は童名也

みつらゆひたるおさなきほと也牧童のよし也

能因歌枕云冠者或小童名也云々　髱《アケマキ》［先不切　有秘説］（蓬生巻。毛詩　一、三九七ページ）

14むかし物語に丁こほちたる人もありけるをおほしあはするに

古人尺一同顔叔子事也云々定家卿本には塔こほちたるとあり或又堂と書たる本もある也奥入云顔叔子といふ人男の他行のほと其夫のうたかひのために塔のかへをこほちて夜もすからともしあかしてゐたる事也云々

毛詩云昔者顔叔子独処于室隣之釐又独処於室夜暴風雨至而室懐婦人趁而至顔叔子々納之而使執燭放乎旦蒸尽縮屋而継レ之自以為レ避嫌不審矣若其審者宜如魯人然魯人有男子独処室者隣之釐婦又独処室夜暴風雨至而室懐婦人趁託レ之男子閉レ戸而不レ納婦人自レ牖与之言子何為不納我乎男子曰吾聞也男女不六十間居今子幼吾亦幼不可以納子婦人曰子何不如柳下恵然嫗不退門之女国人不称其乱焉男子曰柳下恵固可吾固不可吾将以吾之不可学柳下恵之可孔曰欲学柳下恵者未有似於是也［巷伯篇］

此事毛詩史記以下共以為室歟堂と云事如何或云堂仏閣人家ニ通する歟仏閣は堂人家ハ室也声各別也塔ハ一向ニ仏菩薩住所也非室儀矣若今物語堂字室字を書誤歟魚魯之疑也又曰注文選中有所見云々未勘

或説かつらの中納言物語といふ物あり源氏物語以後の物也彼貧家の女［号小大輔］机丁のかたひらをきぬにぬひてきたる事あり若此事歟丁こほつとは破義也（蓬生巻。毛詩　一、四〇五〜四〇六ページ）

15きのふけふとおほす程に三とせのあなたにも成にける世かな
毛詩曰三月不見況於三年或曰自須磨帰洛四年歟（朝顔巻。毛詩　一、四七二ページ）
16ふなこともあら〳〵しきこゑにてうらかなしくもとをくきにけるかなとうたふを
毛詩曰［匏有苦葉］　招々舟子　［注云舟子舟人也箋云舟人之子］　埡垷《アラ〳〵シキ》　［白氏文集廿六］（玉鬘巻。毛詩、注、箋　一、五一五ページ）
17をんなこの人のこになる事は
下莞上簟乃安斯寝乃寝乃興乃占我夢吉夢維何維熊維羆維虺維蛇大人占之維熊維羆男子之祥維虺維蛇女子祥　［毛詩小雅斯干篇］（螢巻。毛詩　一、五七七ページ）
18いかにたくひたる
類也
窈窕淑君子善仇　［毛詩淑　善仇ハ匹］　周易曰君子以類族弁物毛詩曰窈窕女君子好仇　注曰窈窕幽間也淑善也仇匹后有関雎之徳是幽間貞専之善女宜為君子之好匹也（若菜上巻。毛詩、注　二、一三九ページ）
19またとりかへすへきにもあらぬ月日のすきゆけは
日月流邁《マイ》歳不我与　［毛詩］　日月逝《ユキヌ》矣歳不我与　［論語］（若菜上巻。毛詩　二、一四五ページ）
20庭火もかけしめりたるになをまむさい〳〵とさかき葉をとりかへしつゝ
神楽有千歳早歌
せんさいせんさいせんさいやちとせのせんさいや
まむさいまむさいまむさいやよろつよのまむさいや
庭燎［四声　字宛云　燎力照反　和名　迩波比］　毛詩有庭燎篇（若菜下巻。毛詩　二、一九〇ページ）

21女は春をあはれふとふるき人のいひをき侍ける
女感陽気春思男感陰気秋思［毛詩］（若菜下巻。毛詩　二、一九六ページ）
22きのふけふと思ほとにみとせのあなたの事になるよにこそあれ
三月不見況於三年［毛詩］（夕霧巻。毛詩　二、二七四ページ）
23かはふえふつゝかになれたるこゑして
ふつゝかはふとしといふ心歟　太《フトシ》　太《フト》笛
皮笛　歌笛［イ本］　嘯也
文選嘯賦云動唇有曲発口成音注曰善曰鄭玄毛詩箋曰嘯蹙口而出声也
九条殿記曰　天慶五年正月七日壬戌雖甚雨依無止例尚引青馬今日酒盃十一巡王卿有酒気吹皮笛式部卿敦定親王云年来更不有如此之時今日似古時甚感悦多云々［イ本］　原事簡要云在李部王記ニ為嘯也云々早職事之皮笛［新猿楽記］　中古自異朝笛を渡せり以皮嚢上左近将監太神式賢成皮笛之疑云々
胡角一声霜後夢云々　胡角は則皮笛也云々（紅梅巻。鄭箋毛詩箋　二、三二八〜三二九ページ）
24ちかき所にみさうなとつかうまつる人々にみまくさとりにやりける
之子于帰言秣其馬［毛詩漢広］
みまくさとりかへまゆとしめ　まゆとしめまゆとしめ　まゆとしめ　まゆとしめ　まゆとしめまゆとしめ［催馬楽　眉止自女　呂］
彼岡に草かるおのこしかなかりそありつゝも君かきまさんみまくさにせん（椎本巻。毛詩　二、三八五ページ）
25雪きえにつみて侍とてさはの芹峰のわらひなとたてまつる
芹をたてまつる事

文選曰野人有快炙背而美芹者欲献之公尊雖有区々之意已疏矣［嵇叔夜与山巨絶交書］
注曰善曰列子曰国有田父常衣湿麻賁至春自暴於日当尓時不知有広夏澳室緜纊狐貉顧謂其妻曰負日之喧人莫知之
以献吾君将有賞也其室告之曰
昔人有美戎菽甘枲茎芹萍子対卿豪称之卿豪取嘗之陟彼南山言采蕨［毛誌草虫］（椎本巻。毛詩二、三八五～三八六ページ）

26わらひつく〳〵し
蕨［毛詩］鼈［同注］土筆《ツクヽシ》
草木疏云周秦曰蕨　斉魯曰鼈俗云其初生似鼈脚故名之云々薇は各別物歟園豆也といへり然而和国通用歟（早蕨巻。毛詩、注　二、四〇二ページ）

27わすれ草おほしてのちなむ
毛詩云北堂栽萱草能忘憂
このゆへに萱草を忘草といふ也住吉の岸のわすれ草も此草也いまに神供を此草にて裹て供云々（宿木巻。毛詩二、四一二ページ）

28かほとりのこえもきゝしにかよふやとしけみを分てけふそたつぬる
万人丸　夕されは野へになくなるかほ鳥のかほに見えつゝわすられなくに
同　かほ鳥のまなくしはなく春の野の草のねしけき恋もする哉
万葉　春の野になくかほ鳥のこえたてゝいたくはなかし人しりぬへみ
毛詩曰流離《リウリ》少而皃好老甚醜［ミニクシ］
此故に梟鳥の一名を皃鳥といふなり

或説云杜若をかほ花といふ彼花さく比此鳥啼故也
又八雲抄云かほ鳥は春日山によめりかた恋する物と云りよるひるたえす恋すといへりまなくしはなく春の野と
云り源氏物語にもあり是其鳥に定歟
但定家卿不知之といふ推之只うつくしき鳥歟但未決（宿木巻。毛詩　二、四二七ページ）
29かしこには人々おはせぬを
彼［毛詩］（蜻蛉巻。毛詩　二、四六九ページ）
30たまにきすあらむ心ちし侍れといふ
玷［タマノキス］　毛詩曰　白圭之玷尚可磨也　明月之珠不能無瑕（手習巻。毛詩　二、四九六ページ）
31関雎后妃之徳也風之始也故詩序云風化天下而正夫婦也故用之郷人焉用之邦国焉といへり（夢浮橋巻。詩序　二、
五〇二～五〇三ページ）

これらを通覧すると、注として、異なる二つのかたちが認められる。即ち、一つは、①訓＝読みを通じて、漢字を和語の注とするもの、つまり、「毛詩」中の漢字を、その訓を介して和語である『源氏物語』中の語句の注としているものである。右のうち、3、4、6、7、26、29がそのような例である。もう一つは、②詩句を引用するものである。1、2、3、8、9、10、11、12、13、14、15、16、17、18、19、21、22、23、24、25、27、28、30、31がそれである。(2)

①のような注は「毛詩」ばかりでなく、他の書の引用についても見られる。注の一つの定型であり、前章で見たように、「日本紀」の注には殊に多くあるものであった。

これらについては、「日本紀」による注同様、字書的な本文、書が想定されてよいと考える。ただ、今この問題についてはは方向性の指摘にとどめ、ここでは内容に渉る②のような注について考察したい。

第二節　漢故事空間と『河海抄』

②のような注は、伝箋を含む『毛詩』によると考えられるであろう。(3) それを、『河海抄』の求める理解として具体化するには、その時代に「毛詩」として行われていたものの中に置くのでなくてはならない。

例えば、先掲一覧の28の宿木巻の注で見る。

亡き大君に似る浮舟の姿を偶然垣間見て、仲介を弁の尼に依頼した薫が口ずさんだ歌、「かほ鳥の声も聞きしにかよふやとしげみを分けて今日ぞ尋ぬる」(4)に関するものである。引用された「毛詩」は、歌の中に見られる「かほ鳥」という言葉の理解の一助として挙げられているらしいことが、続く「此故に梟鳥の一名を皃鳥といふなり」という一文から窺われるが、二つの文の繋がり、更には、「毛詩」が引かれる必然性も理解しにくく、また、注は「但未決」と結ばれており、結論に至っていない。

「毛詩曰」とあるが、詩の引用ではない。『毛詩』「国風・邶風」の「旄丘」の、

　瑣兮尾兮　流離之子　叔兮伯兮　褎如充耳(5)

の詩句の注に、

　瑣尾少好之貌流離鳥也少好長醜始而愉楽終以微弱箋云…中略…爾雅云鳥少美而長醜為鶹鷅草木疏云梟也関西謂之流離大則食其母…中略…正義云瑣者小貌尾者好貌故并言小好之貌釈訓云瑣瑣小也釈鳥云鳥少美長醜為鶹鷅陸機云流離梟也自関西謂梟為流離其子適長太還食其母故張奐云鶹鷅食母許慎云梟不孝鳥是也

とあるが、『河海抄』の「毛詩」は、これと共通している。具体的には、毛伝から既に言われている、「流離」を梟のことであるとし、若いときには美しい顔であるが、長じて醜くなり、親不孝の悪い鳥で、母を食べてしまうとあ

ることを引いたものである。

　また、蓬生巻で、零落し、なお光源氏の訪れを待ち続けた末摘花の苦難を、再会後光源氏が思いみて哀れに思う場面、

　昔に変らぬ御しつらひのさまなど、忍ぶ草にやつれたる上の見るめよりはみやびかに見ゆるを、昔物語に、たふこぼちたる人もありけるを思しあはするに、同じさまにて年ふりにけるもあはれなり。(6)

について、『河海抄』は、14のように注する。「毛詩」とだけでなく、「巷伯篇」と記されているが、これも詩ではなく、

　哆兮侈兮　成是南箕　彼譖人者　誰適与謀

の詩句の毛伝にほぼ一致する。(7)『河海抄』の「毛詩」の約三分の一が、明らかに注で、注を含めて『毛詩』として意識されているのであり、逆に、詩そのものが引用されている場合も、注を視野に含む必要がある。

　注意したいのは、そこに見られる話が、広く流布していたことである。先の、28の宿木巻の注に関して、『倭名類聚抄』が、

　梟　説文云梟［古堯反和名布久呂不弁色立成云佐介］　食父母不孝鳥也爾雅注云鴟梟者分別大小之名也(8)

と載せているように、梟が不孝鳥として古辞書類にしばしば挙げられており、また、『塵添壒嚢鈔』「伯労鳥事」にも、

　伯労鳥トハ何《ナニ》鳥ソ…中略…兼名苑ニハ。服《フク》鳥。一名伯趙。一名鶪也。愽《労》鳥也。其生長大便返食其母。一名梟《ケウ》《フクロウ》不孝鳥也。君吉甫前婦子伯奇為後母所説遂投津河。其炎為悪鳥。今伯労鳥之云ヘリ。此説如ナラハ。フクロウト云フ鳥コソ。両説是非難討梟食母破鏡食父獣トテ一双物也。(9)

と、母親を食う悪鳥としての梟があらわれていることが注意される。(10)

これらを直ちに、『毛詩』注と関連させることはできないかもしれないが、『毛詩』注に見られる話が、謂わば故事化して流布してゆく状況として捉えることができる。

清原宣賢による『毛詩』講義の聞書、『毛詩抄』と併せ見て、そうした状況を認めることに導かれる。「旄丘」について、

瑣…流離は梟ぞ。不孝鳥で、大になつたれば、母を食ふ鳥ぞ。瑣はわかき貌ぞ。尾はかをよい貌ぞ。こゝに若てかをよい者があるはたがこぞ。ふくろふの子ぞ。したが、大になつたれば、見にくいぞ。その如く、初にはちつと思つく様にあつたが、後へむけてをぼそうなつたにたとへたぞ。(11)

と言う。傍線部は、『毛詩』の注に相当する記事がなく、前の部分の和文による敷衍と見られ、説話化への踏み出しを認め得るのではないか。

また、14の蓬生巻の注に関連して、

顔叔…蒸は、薪はほそい薪ぞ。縮は抽と同ぞ。始は燭、その後薪、後に家をぬいたぞ。礼記法に、男女年不満六十、則男子在堂、女子在房、不得間雑在一処而居、若六十則間居也、此六十拠婦人言耳、男子則七十、内則唯及七十、同蔵無間、是也、必男七十女六十同居者、以陰陽道衰、故無嫌也。幻（幼）は幻（幼）稚な事ではない、年がよらぬ事ぞ。正云、謂未老耳、非稚也。柳下恵…女がちと物しりであつたぞ。正義に、出処を知ぬ、家語に此やうな事があるが、ちつとちがうたぞ。顔叔子が事はないぞ。出処があらうずぞ。此注に引たは、人々うたがわれぬやうにするは此やうにする物ぢやぞ。ちつとうたがいがあるに依て、讒言せらるゝぞ。うたがはれぬやうにせうと思はば、此やうにする物ぞ。(12)

のように、詩ではなく、毛伝に見られる顔叔子の話について、専ら言及されているが、正義が、毛伝に見られる顔叔子の話の注であるのを引き継いだものである。更に、『蒙求』古注の一つ、徐子光の『補注蒙求』の「顔叔秉燭

宋弘不諧」の項の記事は、『河海抄』の注とほぼ合致しており、[13]このような注釈を含め、さまざまなルートで『毛詩』の注が流布していた状況が窺われる。具体的には、『蒙求』の他に、『事文類聚』、南宋の『孔子集語』等に見られ、また、一条兼良による漢故事集の『語園』「女ヲ夜家ニ入サル事」に、

魯ニ一人ノ男子アリ未妻無其隣ニ女アリ未夫無有夜俄ニ風吹雨降テ女ノ家クツレタリ女セン方ナクテ隣ノ男ノ門ヲタ、キテ一夜アカサン事ヲモトム男戸ヲトチテアケス人ノウタカヒヲサケンカタメ也[14]

と、魯の男子の話のみであるが、明らかな類話である。これらの話の関係はよくわからないが、このような説話的な広がりについて、やはり宣賢による『蒙求』の聞書『蒙求抄』に、「十二巻巷伯篇注ソ引テ見ラレイソ[15]」と述べているのが伝えられていることから、顔叔子をめぐる話は『毛詩』注から出たと認識されていたことが窺われるのである。

『毛詩』は、実際にはこのような故事化の広がりとともにあった。解釈とも言えるが、『毛詩』をそこで受け入れているのであり、『毛詩』はその空間において成り立っているのである。『河海抄』は、そうした説話とともに『源氏物語』を読解することを求めているのではないか。

第三節　「いかにたぐひたる御あはひならむ」

更に別の例を見る。

「…それに、同じくは、げにさもおはしまさば、いかにたぐひたる御あはひならむ」と語らふを、[16]…

若菜上巻の一節である。この巻は、病んで出家を思う朱雀院の、はかばかしい後見を持たぬ女三宮の将来への切実な危惧から語られ始める。結論として、六条院に迎えられることが最良として選び取られるのであるが、引用は、

まだそのような帰着をみる以前、女三宮の「重々しき御乳母」とその兄弟の左中弁との会話の場面である。左中弁は、光源氏がつねづね「この世の栄え、末の世に過ぎて、身に心もとなきことはなきを、女の筋にてなむ、人のもどきをも負ひ、わが心にも飽かぬこともある」(17)と漏らしていると語りつつ、右のように言う。女三宮が六条院に迎えられることは、「いかにたぐひたる御あはひ」であると言うのである。

これについて、『河海抄』は、「毛詩」を引いて、18のように注する。『毛詩』を引くことは、『河海抄』以前に見られず、後の注釈書にも受け継がれていない。(18)

ここでは、『塵添壒嚢鈔』が、

…婦人ヲ近付ケ。其詞ヲ用レハ。必ス禍乱起ル也。婦人ハ政事ニ預カル事ナシ。政ニ交レハ。乱是ヨリ生ト云リ。王者ノ后ヲ立給道故ヘアルヘキ也。后ト申ハ。位ヲ宮囲ニ正シクシテ。体ヲ君王ニ等シクス①サレハ三夫人。九嬪。二十七世婦。八十一女御アリテ。内職ニ備リ。各官ヲ守リ。禄ヲ分テ。皆司トル処有テ。君ヲ助ケ奉ル。此以詩云。②関々雎鳩君子徳助。声和雎鳩河洲有。楽体幽深其品如。后妃各関雎徳有幽閑貞専君子好類也。是以テ。天下化夫婦ヲ分テ父子ヲ親シ君子ニ礼有テ朝庭正シト云リ。(19)

と、これを敷衍するかたちでとりこんでいることに留意したい。具体的に見ると、傍線部①は、後に引用する正義とほぼ一致しており、それを、「婦人ハ政事ニ預カル事ナシ。政ニ交レハ。乱是ヨリ生ト云リ。王者ノ后ヲ立給道故ヘアルヘキ也」という自らの文脈にあわせて改変しているのが、続く傍線部②である。詩句と注とを一連のものとして改変し、敷衍しているのである。そのことは、『三国伝記』に、

和云、光明皇后ト申ハ聖武天皇后妃也。思窈窕無傷善心、進賢才不婬其色、実君子之好匹也。殊三宝ニ帰シ一乗ヲ貴ビ、慈悲深シテ道心堅固ナル人也。(20)

と、詩句と注が一連のものとして敷衍されているのであり、説話的広がりがつくられる状況を見てとれる。

『毛詩』は、実際にはこのような説話的な広がりとともにあり、そこで受け入れられていた。『河海抄』が『源氏物語』を成り立たせるのは、そのような説話的な広がりの中においてであった。

第四節　女三宮降嫁の実現と『河海抄』の「毛詩」

光源氏にふさわしい結婚についての言及として、それは、どのような読解として具体化し得るか。

『毛詩』箋、正義に、

箋云怨耦曰仇言后妃之徳和諧則幽間処深宮貞専之善女能為君子和好衆妾之怨者言皆化后妃之徳不嫉妬謂三夫人以下……関関至好逑　正義曰毛以為関関然声音和美者是雎鳩也此雎鳩之鳥雖雌雄情至猶能自別退在河中之洲不乗匹而相随也以興情至性行和諧者是后妃也后妃雖説楽君子猶能不淫其色退在深宮之中不褻瀆而相慢也后妃既有是徳又不妬忌思得淑女以配君子故窈窕然処幽間貞専之善女宜為君子之好匹也以后妃不妬忌可共以事夫故言宜也鄭唯下二句為異言幽間之善女謂三夫人九嬪既化后妃亦不妬忌故為君子文王和好衆妾之怨耦者使皆説楽也……伝窈窕至好匹正義曰窈窕者謂淑女所居之宮形状窈窕然故箋言幽間深宮是也伝知然者以其淑女已為善称則窈窕宜為居処故云幽間言其幽深而間静也……逑匹釈詁文孫炎云相求之匹詩本作逑爾雅多作仇字異音義同也又曰后妃有関雎之徳是幽間貞専之善女宜為君子之好匹者美后妃有思賢之心故説賢女宜求之状揔言宜求為君子好匹則揔謂百二十人矣[21]……

という件りがあることが注意される。君子にふさわしい女を、后妃が見つけて配し、協調的で和合的な状態が維持されたという。これは、『毛詩抄』にも、

窈窕…窈窕は常にはなりのうつくしいを云が、淑女が美な心ぢやほどに、かすかな奥深い処に居たと云心ぞ。

心のよい方をば窈と云、貌のうつくしいを窕と云と云義あれども、是はわるいぞ。…中略…女はまだよめ入をせぬ前を女と云ぞ。あはれうつくしい善女を求て、文王にまいらせて、とも〲に天下を治させまいらせいでと、大姒の思はれたぞ。嫉妬はないぞ。君子は文王を云。…中略…三夫人以下と云へば九嬪がある、以上百二十人ぞ。三夫人に三人づゝなれば九嬪ぞ。又其に三人づゝ付ば、三九廿七人、又それに三人づゝなれば八十一人ぞ。さうすれば以上百二十人ぞ。是は天子の礼ぞ。文王は諸侯で有たれども、天子の徳を云ほどにぞ。(22)

のように、後宮的調和に言及された部分を中心に述べられており、こうしたかたちで、『毛詩』が敷衍、流布していたことは、先の『塵添壒嚢鈔』、『三国伝記』に見る通りである。

『河海抄』は、左中弁の言葉「たぐひたる」と『毛詩』の「好逑」を「ヨキタグヒ」と訓読することとのあいだに通路を見出して注をつけてるが、そのことによって、この件りは、維持されるべき、「君子」光源氏の世界の調和的状況をあらわしたものとなる。新しい人がその中に入っても調和が乱されず、一層の充足をみるようなありようが期待されて、女三宮を六条院へ迎えることは実現されたのではないか。一方、左中弁の言葉は、『毛詩』の空間を通して見ると、六条院世界の調和を保つ立派な妻が既にいることは認めた上で、女三宮はそのような光源氏の世界の調和性の中に参与してゆけると指摘したものとなる。『河海抄』は、六条院の理想性が期待され、光源氏の君子性が信じられたことで実現し得た物語の展開を、「毛詩」を引くことでとりとめようとしており、それは、見てきたような、当時の『毛詩』の読みの文脈を背景にして初めてあり得た理解であった。

なお、注にも、また、先掲『毛詩抄』にも見られる、文王の位地に関して触れた言葉、「…以上百二十人ぞ。是は天子の礼ぞ。文王は諸侯で有たれども、天子の徳を云ほどにぞ」という件りについて留意したい。『河海抄』は、臣籍でありながら親王の位地を保つかのような存在としての光源氏をあらわし出していると見られることについては先に考察したが、(23)この『毛詩』による注もまた、結果として光源氏の特異な位地を浮き彫りにするもので、故に一層彼の君子性は信じ得るものとして強調されることになる。

ここで『河海抄』が「毛詩」を引くことであらわし出したものは、物語の後の場面、光源氏によってことの次第が紫上に語られる対話、光源氏の「誰も誰ものどかにて過ぐしたまはば」、紫上の「疎からず思し数まへてむや」、それに対する光源氏の「さだに思しゆるいて、我も人も心得て、なだらかにもてなし過ぐしたまはば、いよいよあはれになむ。」という言葉のやりとりの中に、理想的に実現されている状況と一致する。しかし、それは言うまでもなく、言葉の上での実現に過ぎず、かえって『毛詩』の注で理想的なありようとして言われている状況との乖離、更に言えば、光源氏と紫上の心の乖離を際立たせることとなっている。つまり、『河海抄』の「毛詩」によってうち出された理想性が、結果として六条院世界の理想と現実の乖離をあらわし出すこととなっているのである。(24)

しかし、それは、一般的に、現在行われている読み、つまり、光源氏の藤壺思慕、朱雀院の脆弱な判断力等をその背景に見、一方で紫上と光源氏の心の乖離に目をやるような、人物たちの心理に添うかたちでなされてきた読みとは異なる納得のしかたで導かれた物語理解である。『河海抄』は、現在のわたしたちとは異なる『源氏物語』をあらわし出しているのである。(25)

注

（1）巻名、「毛詩」、「詩序」等、引用された文献としての表示、伝兼良筆本『河海抄』の巻数、ページ数の順に挙げる。以下、『河海抄』に言及する場合の数字は、この一覧の番号をあらわす。

（2）どちらにも分類できないものとして、5、20がある。いずれも、物語本文に関する注ではないが、『毛詩』を引用した言及なので、一覧の中に掲げた。なお、3は、読みの注であると同時に、詩序も引いている。

（3）但し、このような注について、『毛詩』と合致しない引用文が五例見られる。先掲一覧の11、15、19、22、30で、そのうち、11と30、15と22とは、同じものが二度引かれる重複例である。内容に渉る『河海抄』の「毛詩」についても、書き換えられた本文が流布してあり、そのようなものからの引用である可能性も含んでおく必要がある。
(4)『源氏物語』宿木巻。④四九五〜四九六ページ。
(5)『毛詩』「国風・邶風」、「旄丘」(『十三経注疏』『毛詩正義』)。
(6)『源氏物語』蓬生巻。②三五二ページ。
(7)『毛詩』「小雅・節南山之什」、「巷伯」(注5先掲書)。
(8) 元和古活字那波道円本『倭名類聚抄』巻一八羽族類(臨川書店刊『諸本集成倭名類聚抄』本文篇)。他に、『伊呂波字類抄』も、梟を「不孝鳥」として載せている。
(9)『塵添壒囊鈔』「伯労鳥事」(臨川書店刊『塵添壒囊抄・壒囊抄』)。
(10) 時代を下って、元禄の『日本釈名』、『本朝食鑑』等にも同様の話が載せられている。後に述べるように、14が近世に及んで流布していたことと同様の状況が窺われる。
(11)『毛詩抄』「国風・邶風」、「旄丘」(岩波書店刊『毛詩抄』)。引用文中の( )は、底本(京都大学附属図書館・清家文庫蔵古活字本『毛詩』)に、他本によって補ったものであることをあらわす。
(12)『毛詩抄』「小雅・節南山之什」、「巷伯」(注11先掲書)。
(13)『補注蒙求』(汲古書院刊『蒙求古註集成』別巻)。
(14)『語園』(古典文庫)。『見ぬ世の友』も同様。ここに見られるのは、魯の男子の話の部分のみであるが、『事文類聚』が、やはり顔叔子と魯の男の話を別個に載せている。
(15)『蒙求抄』(清文堂出版刊『抄物資料集成』第六巻)。
(16)『源氏物語』若菜上巻。④三一ページ。
(17)『源氏物語』若菜上巻。④三〇〜三一ページ。
(18) 諸注集成的な立場をとる『岷江入楚』、『湖月抄』のうち、『岷江入楚』が『河海抄』の説として引用するのみ。更に、これについては、最も新しい注釈書である新編全集が、『河海抄』のこの注を批判して次のように言う。
『河海抄』は、「毛詩ニ曰ハク、…中略…淑ハ善也。仇ハ匹也。后妃関雎之徳有ルハ是レ幽閒貞専之善女ナリ。

宜シク君子之好匹タルベキ也」という。…中略…『河海抄』引用の『毛詩』本文は、「好逑」が「好仇」と異なる。物語本文は、女三の宮の乳母の兄弟である左中弁が、乳母から、源氏との縁談について、源氏の意向を打診してほしいと頼まれた際の返事の最後に言う言葉であるが、その前半には、女三の宮についての危惧を漏しており、左中弁がこの縁談を理想的だと思っているはずはなく、ほとんど無責任な、その場限りの社交辞令というべきもの。『河海抄』の注はただの言葉尻だけを捕えたもので、的外れというべきであろう。（同書「漢籍・史書・仏典引用一覧」④五六四ページ）

批判そのものの妥当性とは別に、『河海抄』のこの注の意味のわかりにくさをあらわし出すことになっている。

(19)『塵添壒囊鈔』「女人乱政道事」（序章注9先掲書）。
(20)『三国伝記』「光明皇后事」（三弥井書店刊中世の文学『三国伝記』上）。
(21)『毛詩』「関雎」（注5先掲書）。
(22)『毛詩抄』「国風・周南」、「関雎」（注11先掲書）。
(23)第二章参照。
(24)『源氏物語』若菜上巻。④五一～五四ページ。
(25)この光源氏と紫上の会話場面について、『河海抄』は内容に及ぶ注を持たない。先の『毛詩』による注は、この場面にまで及ぶものとして充分であったためかと推測される。

第七章　「笛の音にも古ごとは伝はるものなり」考

第一節　「礼楽」と『文選』

少女巻の半ばほど、内大臣は母大宮と琴を弾きながら語る。夕霧の元服、秋好女御の立后、及び光源氏の太政大臣昇進と、順調な光源氏方の動きが語られた後の、「所どころの大饗どもも果てて、世の中の御いそぎもなく、のどやかになりぬる」(1)夕暮れのことである。立后争いの敗北が、ともすれば二人の気持ちを嘆きに向かわせる。そこに夕霧が登場し、うちとけた合奏となるのであるが、夕霧の言葉をまったく伝えず、内大臣一人が語っているように描かれる場面である。

「をさをさ対面もえたまはらぬかな。などかく、この御学問のあながちならん。才のほどよりあまりぬるもあぢきなきわざと、大臣も思し知れることなるを、かくおきてきこえたまふ、やうあらんとは思ひたまへながら、かう籠りおはすることなむ心苦しうはべる」と聞こえたまひて、「時々は異わざしたまへ。笛の音にも古ごとは伝はるものなり」とて、御笛奉りたまふ。(2)

「笛の音にも古ごとは伝はるものなり」という言葉は、近代以降の注では、

『源氏物語評釈』

儒教は礼と楽とを重んずるから、儒学を志している夕霧にとっては笛を吹くこともひとつの学問なのだと内大臣は理屈づけて、いままでのコンサートの雰囲気を続けてゆこうとする。(3)

新編日本古典文学全集

昔の聖賢の教え。『論語』でも礼・楽を重視する。[4]

のように儒教的に読まれるのが通常である。「礼楽」という儒教的な理解は、『湖月抄』に見られる。

『湖月抄』

笛の音にもふることはつたはる物也

牡丹花ノ説音楽なども皆みち〳〵ありてつたはる事也、文才にかぎらぬと也移《ウツシ》レ風易《ヲカフルコト》レ俗《ヲ》莫《シ》レ善《ハ》ニ於楽《ヨリ》　共いへり、世をおさめ身を治《ヲサムル》には礼楽にしくはなしと也[5]

『湖月抄』所引の「牡丹花ノ説」は口伝と見られ、この部分が儒教的に理解されるようになったのはいつ頃からであるかは明確にできないが、以後、現在まで『湖月抄』に示された理解によって読まれるようになっている。

しかし、それ以前の注は「礼楽」を言わない。注釈史的に、『湖月抄』以前と以後とで、はっきりした転換が認められるということだ。

『河海抄』

ふえのねにもふる事はつたはる物也

向子期カ思旧賦序曰隣人有吹笛者発声寥亮ナリ追想曩昔遊讌之好[6]［文選］

のように、「笛の音にも古ごとは伝はるものなり」について、『河海抄』は『文選』を引く。以後『孟津抄』、『岷江入楚』によってその注が踏襲されるが、『湖月抄』で儒教的な理解に転換しているのである。言い換えると、儒教的でない、別な理解があり、『湖月抄』以後、顧みられなくなったということである。それは、この部分を『文選』によって理解しようとした『河海抄』の注の依拠していたものが、『湖月抄』以後共有されなかったということだが、この、謂わば捨てられてきた『河海抄』によって見ることで何があらわし出されるかを問うことから始めよう。

第二節　物語の過去へのまなざし

『湖月抄』より以前の注が引くのは、『文選』所収の次の賦序である。

思旧賦一首并序（向子期）

余与嵇康呂安、居止接近。其人竝有不羈之才。然嵇志遠而疎、呂心曠而放。其後各以事見法。嵇博綜技芸、於糸竹特妙。臨当就命、顧視日影、索琴而弾之。余逝将西邁、経其旧廬。于時日薄虞淵、寒氷凄然。隣人有吹笛者、発生寥亮。追思曩昔遊宴之好、感音而嘆。故作賦云。(7)

竹林七賢の一人、向秀が、同じ竹林七賢で、刑死した嵇康の旧居を訪れた時のことを述べたものである。聞こえてきた隣人の笛の音によってしのばれるのは、琴を求め、弾じた後に刑死した嵇康のことであり、同じく刑死した呂安も交えた、過去の楽しかった遊宴のことである。昔をしのぶことは、同時に変わり果てた現在のさま――嵇康らは亡くなり、自らは志を違えて晋に仕える身となっていること――をあらわし出すことになる。この賦序によった時、笛の音に伝わる「古ごと」は「昔の聖賢の教え」ではあり得ない。

ところで、物語の過去の時間の中で、内大臣＝頭中将は、しばしば笛を伴って光源氏の前に現れ、場合によっては合奏となったりもしている。例えば、若紫巻で、瘧病治療のためにひそかに北山へ行った光源氏を迎えに行く場面、

御車に奉るほど、大殿より、「いづちともなくておはしましにけること」とて、御迎への人々、君たちなどあまた参りたまへり。頭中将、左中弁、さらぬ君たちも慕ひきこえて、「かうやうの御供は仕うまつりはべらむと思ひたまふるを、あさましくおくらさせたまへること」と恨みきこえて、「いといみじき花の蔭に、しばし

もやすらはずたちかへりはべらむはあかぬわざかな」とのたまふ。岩隠れの苔の上に並みゐて、土器まゐる。落ち来る水のさまなど、ゆゑある滝のもとなり。

頭中将、懐なりける笛とり出でて吹きすましたり。弁の君、扇はかなううち鳴らして、「豊浦の寺の西なるや」とうたふ。人よりはことなる君たちを、源氏の君いといたううちなやみて、岩に寄りゐたまへるは、たぐひなくゆゆしき御ありさまにぞ、何ごとにも目移るまじかりける。例の、篳篥吹く随身、笙の笛持たせたるすき者などあり。僧都、琴をみづから持てまゐりて、「これ、ただ御手ひとつあそばして、同じうは、山の鳥もおどろかしはべらむ」と切に聞こえたまへば、「乱り心地いとたへがたきものを」と聞こえたまへど、けにくからず掻き鳴らしてみな立ちたまひぬ。(8)

で、彼は笛を取り出し、演奏している。また、末摘花巻、初めて末摘花の琴を聞き、邸を出る光源氏をひそかに追って驚かす場面を見ると、

おのおの契れる方にも、あまえて行き別れたまはず、一つ車に乗りて、月のをかしきほどに雲隠れたる道のほど、笛吹きあはせて大殿におはしぬ。前駆なども追はせたまはず、忍び入りて、人見ぬ廊に御直衣ども召して着かへたまふ。つれなう今来るやうにて、御笛ども吹きすさびておはすれば、大臣、例の聞き過ぐしたまはで、高麗笛とり出でたまへり。いと上手におはすれば、いとおもしろう吹きたまふ。御琴召して、内にも、この方に心得たる人々に弾かせたまふ。(9)

ここでも彼は笛を伴って現れ、二人の吹きあわせが左大臣邸での合奏に発展している。留意すべきなのは、単に笛が持ち運びに至便な楽器であったということでなく、競い合うことと最も親しい友人であることとが一連のことであった過去の時間において、しばしば二人のあいだに笛があったという点である。また、須磨巻、流謫の時、彼は謫居に失意の光源氏を訪うという、弘徽殿側に伝われば罪せられるかもしれない行動をとり、別れにあたって、

主の君、かくかたじけなき御送りにとて、黒駒奉りたまふ。「ゆゆしう思されぬべけれど、風に当たりては嘶えぬべければなむ」と申したまふ。世にありがたげなる御馬のさまなり。「形見に忍びたまへ」とて、いみじき笛の名ありけるなどばかり、人咎めつべきことはかたみにえしたまはず。(10)

と、贈り物となるのも笛である。(11)

少女巻に戻ると、内大臣の「笛の音にも古ごとは伝はるものなり」という言葉に『河海抄』以下の注釈書が『文選』を引き、向秀、嵆康らの交友をよびこむことは、内大臣と光源氏のあいだの「古ごと」を示し出すことになっているのではないか。内大臣の側から振り返られた過去――ひそかに女の許を訪うときも、病むときも、流謫の地にあるときも、笛を持ってともにあった過ぎた時間――と、現在のありように対する嘆息とがあらわし出されているのではないかということだ。この場面が、対する夕霧の言葉をまったく伝えていないことを思いおこしたい。それは内大臣のこの言葉が、「儒学を志している夕霧にとっては笛を吹くこともひとつの学問」のように、夕霧について言われたものではなく、「遊宴之好」という点で、向秀、嵆康、呂安らの交友をよびこみながら、若い世代の夕霧に、彼の父と自分の過去を回顧して語ったもので、その思いは自らの内面に向かった、対話ではない語りであったためではないか。向秀、嵆康を引くことで、「古ごと」は内大臣によって現在への嘆息とともに回顧される過去となる。一方、「古ごと」を儒教的に見た場合、そのような物語の過去から現在へのまなざしは持ち得ない。

第三節　『河海抄』の「漢籍」

ところで、『河海抄』の注について『文選』を考えて済ますのでよいか。ことは『河海抄』の注を支えるものの問題として問う必要があるのではないか。向秀、嵆康ら、所謂竹林七賢のことは夙に『懐風藻』からしばしば日本文学の上に現れるが、それらの背景にあるのは早い段階から舶載されていた類書や漢籍の注釈書類[12]によるもの、漢故事化したものを経由した理解であると考えられる。例えば嵆康のことをよみこんだ、

王尚書が蓮府麗しければすなわち麗し　恨むらくはただ紅顔の賓のみ有ることを

嵆仲散が竹林幽かなればすなはち幽かなり　嫌ふらくはほとほど素論の士に非ざることを［尚歯会　菅三品］[13]

は、『和漢朗詠集』に採られており、ある程度人口に膾炙していたと見られる句である。この句の古注に、

下句、嵆中散者、竹林籠晋七賢随一也。嵆康中散大夫ス。竹林者、即栖家竹林也。[14]

と見られるが、嵆康の住宅の竹林のことを伝えるのは、『藝文類聚』居処部「宅舎」の項に引かれる『述征記』であることが指摘されており、[15]『述征記』は『日本国見在書目録』に伝来の記事がなく、現在は佚書であり、そのような状況から類書経由の認識を背景にする可能性を見なければならないことになる。『河海抄』の注についても同様の可能性を考えなければならないのではないかということだ。

今問題としている件りに関しては、『晋書』向秀伝に、

…康善鍜、秀為之佐、相対欣然、傍若無人。又共呂安灌園於山陽。康既被誅、秀応本郡計入洛。文帝問曰「聞有箕山之志、何以在此」秀曰「以為巣許狷介之士、未達尭心、豈足多慕。」帝甚悦。秀乃自此役、作思旧賦云余与嵆康、呂安居止接近、其人並有不羈之才。嵆意遠而疎、呂心曠而放、其後並以事見法。嵆博綜伎藝、于糸竹特妙、臨当就命、顧視日影、索琴而弾之。逝将西邁、経其旧廬。于時日薄虞泉、寒氷凄然。隣人有吹笛者、発声寥亮。追想曩、昔游宴之好、感音而嘆、故作賦曰[16]…

とあり、彼の人生の一場面としての意味を付されて「思旧賦」が引かれている。そして、その摘出として、『太平御覧』に「晋書向秀作思旧賦曰隣家有吹笛発生寥亮追想疇昔遊宴之好」と見られる。[17]また、『北堂書鈔』にも「向秀思旧賦序云隣人有吹笛者発音飋喨」とあり、[18]漢故事化し、流布していたありようが窺われるのである。『太平御覧』

は中世の伝来であるが、平安期に既に伝来していた『修文殿御覧』を解体吸収したもので、その内容が『源氏物語』の時代に知られていたと考えることは可能であろう。更に、『蒙求』古注の「向秀聞笛伯牙絶絃」の項にも、「晋向秀字子期清悟有遠識嵇康善鍜秀為之佐後康被誅秀作思旧賦其辞云日薄虞淵寒氷凄然隣人有吹笛者発声嘹喨追想曩昔遊宴之好感音而嘆故作賦云」(19)のように漢故事的に見られる。『蒙求』及びその古注は、所謂「四部の書」、「三注」の一つで(20)、漢故事の学習用に至便と見做された書であり、古注をもとに和文化された『蒙求和歌』が源光行によって著される等、さかんに享受されていたことについては指摘するまでもないことであるが(21)、そのような状況の中で共有されていたものによって、『河海抄』等の『源氏物語』古注も支えられていたのではないか(22)。『文選』自体広く流布していた作品集ではあるが、必ずしもそれそのものから引用されるのではない状況であったということだ。

また、今問題としている場面に続く、夕霧と雲居雁のあいだの、内大臣への発覚に繋がる女房の言葉、「かしこがりたまへど、人の親よ。おのづからおれたることこそ出で来べかめれ。子を知るといふは、そらごとなめり」などぞつきしろふ(23)。

についての注は、漢故事受容の実際を別の側面からあらわし出したものと言い得る。

『紫明抄』

子をしるはといふはそらことなめりなとそつきしろふ

日本記第十四雄略天皇曰、古人有言、知臣《ヤツコ》莫若君《シク》、知子莫若父《カソ》、縦《タトヒ》使星川得志、共治家国、必当戮辱《ハチ》遍《アマネク》於臣連、酷毒流《カラキコトホトコシナン》於民庶《ミタカラ》、夫悪子孫《キウミノコ》已為百姓《ミタカラ》所憚《ルハ、カル》好《キ》子孫足《レリ》二堪《アタヘテ》負荷《タモツニ》大業《アマツヒツキ》、此雖朕家事理《コトハリニ》不容隠《カクサ》、大連等、民部《カキヘ》如人夫広大、充盈於国、皇太子地居《シナアタレリ》上嗣《マウケノキミ》仁孝《ヒトヲメクミヲヤコシタカウミナ》着聞以《タモツ》其行業《ノシハサ》、堪成朕志、以此共治天下、朕雖瞑《シヌ》目、何所復恨《キマタウラムル》［一本云星川王腹悪心麁、天下著聞、不幸朕崩之後、当害皇太子、汝等民部甚多努力、相助勿令侮慢(24)」

『河海抄』

こをしるといふはそらことなりや

明君知臣明父知子［史記］　択子莫如父択臣莫如君［左伝］

知臣莫如君知子莫若父［日本紀］(25)

ここで、『紫明抄』の挙げる「日本記」の記事を、『河海抄』は簡略化して載せているようにも見えるが、これは、特に中世期に多く編まれた和製類書の一つ、『明文抄』の記事、

明君知臣明父知子［史記］　択子莫如父択臣莫如君［左伝］　知臣莫若君知子莫若父々不能知其子則無以睦一家君不能知其臣則無以斉万国［貞観政要］(26)

と一致しており、その引用と考えられる。この『河海抄』のように、『源氏物語』古注の引く「日本紀」が、『日本書紀』そのものの引用とは言い難いことについては第二部で考察した通りである。直接的でない享受によって、つくられてしまう認識が、そのものであるかのように共有されるのが当時の『日本書紀』理解の状況で、それは今見ている類書等を経由した漢故事共有の状況と軌を一にしている。

先掲『明文抄』のような和製類書は、漢故事の受容が、謂わばかたちとなったものと見ることができるが、そのようなものを生んでゆく状況を『源氏物語』も共有し、それによって支えられている。その同じ状況の中にあることで、物語が何によって支えられるかをあらわし出すものとなっているのが、『河海抄』の、漢故事化した向秀、嵆康をよびこむ注ではないか。

そのような状況の中で、次の『無名草子』の見解もあり得たと考えられる。

大内山の大臣、若くよりかたみに隔てなくて馴れ睦び交はして、…中略…何事よりも、さばかり煩はしかりし世の騒ぎにもさはらず、須磨の御旅住みのほど尋ね参り給へりし心深さは、世々を経とも忘るべくやはある。

それ思ひ知らず、よしなき養女して、かの大臣の女御といどみきしろはせ給ふ、いと心憂き御心なり。[27]

『無名草子』が、帰京後の光源氏の政治家としての態度を、彼の流謫時の内大臣の態度と比して批判していることはよく知られていることであるが、光源氏の流謫から帰京後までを見通すまなざしを前提として可能である批判で、それは内大臣の言葉に向秀、嵇康の故事を引く『河海抄』と共通するものと言えよう。「笛の音にも古ごとは伝るものなり」という言葉について、向秀、嵇康の故事を引き、物語の過去をよびおこす態度は、『無名草子』のありようでもあったということである。それは指摘されているような、『無名草子』の、作者の現実体験、藤氏への加担的傾向[28]ということとは異なる。

『湖月抄』以後の、内大臣の言葉を儒教的に捉え、物語の過去へのまなざしを持たないことが近代以降の『源氏物語』であるとしたら、それとは異なるものとしてあった『源氏物語』とその享受について、自覚的である必要がある。

注

（1）『源氏物語』少女巻。③三四ページ。
（2）『源氏物語』少女巻。③三七ページ。
（3）角川書店刊『源氏物語評釈』少女巻。第四巻、三六三ページ。
（4）『源氏物語』少女巻。③三七ページ。
（5）『湖月抄』少女巻。
（6）『河海抄』少女巻。一、四九四ページ。
（7）『文選』「思旧賦」（集英社刊全釈漢文大系『文選（文章編）二』）。
（8）『源氏物語』若紫巻。①二二二〜二二四ページ。

（9）『源氏物語』末摘花巻。①二七三ページ。

（10）『源氏物語』須磨巻。②二一五ページ。笛を贈ったのが頭中将であるか、光源氏であるか両説ある（『岷江入楚』、『湖月抄』師説等は黒駒も笛も光源氏が贈ったとする）。ここでは頭中将から贈ったとする説に従うが、いずれにせよ、二人のあいだに笛があったという点は動かない。

（11）因に、内大臣は和琴の名手とされており、

・この物よ、さながら多くの遊び物の音、拍子をととのへとりたるなむいとかしこき。大和琴とはかなく見せて、際もなくしおきたることなり。広く異国のことを知らぬ女のためとなむおぼゆる。同じくは、心とどめて物などに搔き合はせてならひたまへ。深き心とて、何ばかりもあらずながら、またまことに弾きうることは難きにやあらん。ただ今はこの内大臣になづらふ人なしかし。ただはかなき同じすが搔きの音に、よろづの物の音籠り通ひて、いふ方もなくこそ響きのぼれ（光源氏が玉鬘に和琴を弾きながら語った言葉。『源氏物語』常夏巻。③二三〇ページ）

・和琴は、かの大臣ばかりこそ、かく、をりにつけてこしらへなびかしたる音など、心にまかせて搔きたてたまへるは、いとことにものしたまへ、をさをさ際離れぬものにはべめるを、（六条院の女楽の後、招かれた夕霧が光源氏に語った言葉。『源氏物語』若菜下巻。④一九六～一九七ページ）

のように、折にふれ人々に称揚されている。

（12）『修文殿御覧』、『藝文類聚』、『初学記』、また李善注『文選』は、『日本国見在書目録』にその名が見られ、『太平御覧』、『太平広記』、『北堂書鈔』等も相次いで伝来していた。

（13）『和漢朗詠集』「山家」（新潮社刊日本古典集成『和漢朗詠集』）。

（14）『和漢朗詠集和談鈔』「山家」（大学堂書店刊『和漢朗詠集古注釈集成』第三巻）。

（15）注13先掲書。

（16）『晋書』（百納本二十四史『晋書　宋本』）。

（17）『太平御覧』。

(18)『北堂書鈔』。
(19)『旧注蒙求』（汲古書院刊『蒙求古註集成』中巻）。
(20)太田晶二郎「『四部ノ読書』考」（『太田晶二郎著作集』第一冊　一九九一年　吉川弘文館）。
(21)この話は『蒙求和歌』に、

…ソノ、チ向子期フカクコヒシノヒケリ時ニ嵇康カフル里ヲスクルニ白虞渕ニセマリテ氷リ凄然タル冬ノソラノ心ホソキニカハラヌスミカヲミルニモユクスヱナクナリニシアハレヲ、モヒツ、クルヲリシモトナリニフエノコヱノスルヲキ、テ涙ヲ、サヘテ思旧賦ヲツクレリシソノコトハニ云ク隣人有吹笛者発其声寥亮想疇昔遊宴之好ト云リ。

おもひきやぬしなきやとはそてぬれてとなりのふゑにねをそへむとは（中文出版社刊『附音増広古注蒙求　蒙求和歌』）

のように見られる。
(22)それは、黒田彰『中世説話の文学史的環境』（一九八七年　和泉書院）が「中世史記」と呼んだような状況で、『源氏物語』古注もそのような中にあったということである。伊藤正義、黒田彰らの仕事、及び『和漢朗詠集古注集成』、『蒙求古註集成』の刊行は、そのようなものに目が向けられるようになった状況をあらわしていよう。『源氏物語』の問題を見てゆく上でも、そのような所謂「中世史記」、「中世日本紀」の問題につきあたらざるを得ないということだ。
(23)『源氏物語』少女巻。③三九ページ。
(24)『紫明抄』少女巻。八八ページ。
(25)『河海抄』少女巻。一、四九四〜四九五ページ。なお、「知臣莫如君知子莫若父［日本紀］」の部分が、角川書店刊本では「知臣莫若君知子莫若父［日本紀］」（角川書店刊本『河海抄』少女巻。三七四ページ）となっている。
(26)神宮文庫本『明文抄』（遠藤光正『類書の伝来と明文抄の研究――軍記物語への影響――』一九八四年　あさま書房）。
(27)『無名草子』（新潮社刊日本古典集成『無名草子』）。

(28)　注27先掲書、『無名草子評解』(新装版。冨倉徳次郎　一九八八年　有精堂)等。

補注

内大臣の、「笛の音にも古ごとは伝はるものなり」の言葉に関連する論として、柳井滋「陽成院の御笛――「横笛」と「宿木」の間――」(『成蹊国文』第三六号　二〇〇三年三月)がある。本章と、問題とするところは異なるが、学ぶところが多かった。

第八章　『河海抄』と説話

第一節　注と説話

身近な例から始めたい。

雪の、いと高う降りたるを、例ならず御格子まゐりて、炭櫃に火熾こして、物語りなどして、集まりさぶらふに、「少納言よ、香炉峯の雪、いかならむ」と、仰せらるれば、御格子上げさせて、御簾を高く揚げたれば、笑はせたまふ。人々も、「さる言は知り、歌などにさへ唱へど、思ひこそよらざりつれ。なほ、この宮の人には、さべきなめり」といふ。(1)

『枕草子』の中でも、よく知られた章段である。これについては、日本古典集成の頭注に、白居易の詩句が引かれ、「もちろん、中宮は香炉峯の雪そのものを見たいとおっしゃったのではない。折角の雪景色なのに格子を閉め切ってしまったから婉曲に注意されたのである。清少納言も、そういわれて、香炉峯の雪そのものについて、…中略…第四句を正直に答えるほど間抜けではなかった」と言われているように、白居易の「香炉峰下新卜山居草堂初成偶題東壁」、

日高睡足猶慵起　小閣重衾不怕寒　遺愛寺鐘欹枕聴　香炉峯雪撥簾看　匡廬便是逃名地　司馬仍為送老官　心泰身寧是帰処　故郷可独在長安(2)

を引いて読まれるのが通常である。

また、神田秀夫「白楽天の影響に関する比較文学的一考察」(3)は、白詩の引用、理解という点で『枕草子』に言及し、この章段を含む大半が、「白詩の精神」を離れた、「断片的理解」によるものであることを指摘する。確かに、ここに描かれているのは、白詩に関わるやりとりであるが、詩句は、ほんの申し訳程度に簾を上げるだけで香炉峰の雪が見える、と言っているので、簾を巻き上げてみせた清少納言の行為とは合わない。何故清少納言は御簾を「高く揚げた」のか。単に白詩を理解していなかったのか。その行為とともにあったものについて問う必要がある。

この詩句は白詩そのものとしてではなく、『和漢朗詠集』を通じて流布していたことを、まず想起したい。

遺愛寺の鐘は枕を欹てて聴く　香鑪峯の雪は簾を撥げて看る(4)［白］

見るべきなのは、『和漢朗詠集』がどのように広がっていたかということである。この句については、古注に次のようにある点に注目される。

『和漢朗詠集私注』

遺愛寺《ノ》鐘欹レ枕聴《キ》　香炉峰雪撥《ハアケテ》レ簾《ヲ》看《ル》(5)

『和漢朗詠集永済注』

遺《ヰ》愛寺《ノ》鐘欹《ハソハタテ、》枕《ヲ》一聴《キク》　香炉峯《ノ》雪撥《ハマイテ》簾《レヲ》一看《ル》［白］(6)

『和漢朗詠集和談鈔』

遺《イ》愛《イ》寺《ノ》鐘《カネ》欹《ハソハタ、テ》レ　枕《ヲ》聴《キク》　香炉《ロ》峰《ホウノ》　雪《キ》撥《マキアケテ》《カ、ケテ》　簾《スタレヲ》《ミスヲ》　看《ミル》(7)

今、三つの注を引いたが、いずれも白詩本来の、「すだれをはねて見る」(8)意の「かかげて」ではなく、清少納言の行為を思わせるような訓みが付されているのである。『和漢朗詠集和談鈔』のように、「かかげて」という訓みを併記しているものも含めると、殆どの朗詠注が、「まいて」、「まきあげて」のような訓みを持っていたことが確かめられる。

簾は巻き上げられるものとして理解されるような、白詩そのものとは異なるものとなって広がってゆく状況が、朗詠集の注釈を通して窺われるのである。『枕草子』が繋がっているのは、そうした、もとの詩句とは別のものとして広がっているものであった。白詩とのあいだを直接に問題にすることのできないような空間が、そこにはある。

ここでは、注釈が一種の変換装置のように働いて、そのような白詩そのものを離れた広がりをつくっている。それは、出典の問題として問うのでは見えてこないものではないか。そして、それが、例えば清少納言にとって、実際に意味を持っていた空間であったと言うべきであろう。注は、漢籍が変換されて故事化し、流布してゆく一つの通路、装置となっているのである。彼らにとっての漢籍について、そのような空間――説話的とも言える広がりをつくるもの――によって、見ることが求められているのではないか。(9)

そのような説話的な広がりを具体的に捉え得る場として、『河海抄』を見たい。『河海抄』には、漢籍その他さまざまな文献が引用される。ただ、それら所引書が、実際にはどこからきたかということについては、従来出典の問題としてしか扱われてこなかったのではないか。『枕草子』の例で見たような、直接漢籍との関わりを考えることができないような状況、出典がそのものとして生きているのではない状況を、『河海抄』を通して見届けることができるのではないか。もとの本文を離れ、変換しながら流布し、広がってゆく空間の問題について、前章まで、所引「日本紀」、「毛詩」、「文選」を例に考察したが、それは説話的空間と呼ぶのがふさわしい。『河海抄』は、『源氏物語』注釈書であるが、漢籍や、『日本書紀』受容の説話空間を可視化する場でもあった。そのような、『河海抄』に入ったもの、そこから見えるものについて、説話研究や所謂中世日本紀論の側から、充分な顧慮がなされてきたとは言い難い。また、『源氏物語』研究においても、出典論的扱いしかなされておらず、『源氏物語』理解を支えているもの、という方向からの留意を欠いていたと言わなければならない。

第二節　『河海抄』の「出典」

『河海抄』所引漢籍について、ここまで確かめてきたような視点から問い直したい。

たまにきすあらむ心ちし侍れといふ

玷［タマノキス］　毛詩曰　白圭之玷尚可磨也　明月之珠不能無瑕(10)

手習巻、沈みがちに過ごす浮舟に対して、少将の尼が気散じをすすめる場面の、「玉に瑕」という言葉についての『河海抄』である。「玉に瑕」、「玉の瑕」という言葉は、『源氏物語』中、この例を含め四例見られる。

1いとかうしもおぼえたまへるこそ心憂けれと、玉の瑕に思さるるも、世のわづらはしさのそら恐ろしうおぼえたまふなりけり。(11)

2容貌はいとかくめでたくきよげながら、田舎びこちごちしうおはせましかば、いかに玉の瑕ならまし、いで、あはれ、いかでかく生ひ出でたまひけむ、とおとどをうれしく思ふ。(12)

3わがためは思ひ憚らず、ただかく磨きたてたてまつりたまふ玉の瑕にて、わがかくながらふるを、かつはいみじう心苦しう思ふ。(13)

4「…いみじう沈みてもてなさせたまふこそ口惜しう、玉に瑕あらん心地しはべれ」(14)

1は、賢木巻、わが子冷泉が光源氏に似ていることを思う藤壺の心中で、紅葉賀巻で、

5かうやむごとなき御腹に、同じ光にてさし出でたまへれば、瑕なき玉と思ほしかしづくに、宮はいかなるにつけても、胸の隙なくやすからずものを思ほす。(15)

と、冷泉が、桐壺帝によって、「瑕なき玉」と思われていることと表裏をなすものである。(16)玉鬘巻の例は、上京し

た玉鬘を見ての右近の感慨、藤裏葉巻の例は、明石姫君入内に際しての生母明石君の心中である。

これらの例に見られる通り、「玉に瑕」、「玉の瑕」（「瑕なき玉」）は、成句としてあった。語自体は現代語の中にも生きており、ごくありきたりな言葉であるとも言えるが、『源氏物語事典』「所引詩歌仏典」が「出典未詳」とする他、最も新しい注の新編日本古典文学全集本においても、

「玉の瑕」の語が外来語の「瑕缺」「瑕疵」などに基づくか否か分りにくいが、用例としては、『仲文集』に、

をしまれば衣のうらにかけて見む玉のきずとやならむとすらむ

とあり、中国の故事には、『淮南子』巻十七、説林訓に「玉ノ瑕有ルハ、之ヲ置ケバ全ク、之ヲ去レバ虧ク」とあり、小さい欠陥にこだわってこれを除こうとすれば、かえって全体を危うくするとの趣旨である。また、『芸文類聚』八十三、玉所引『春秋繁露』には、「君子ハ之ヲ玉ニ比ス。玉ニ瑕穢有レバ必ズ外ニ見ハル。故ニ君子ハ短トスル所ヲ隠サズ」とある。趣旨は、物語のそれが、素朴単純にささいな欠点のために全体の値打ちが下がるの意味であるのとは違って、漢籍原典には思想的な深まりがみえ、言葉としてはともかくも、内容的には関係がありそうではない。物語本文は、ただの常識的な古来のことわざに過ぎないとすべきか。[17]のように、「中国の故事」が何なのか、また、「ただの常識的な古来のことわざ」とはどういうものか、具体的に明らかにされているわけではなく、語誌的にも明解を得ていないのである。

この語について『河海抄』が注するのは、1と4の例についてで、いずれも「毛詩」として同じ句が引かれている。『河海抄』の引く「毛詩」の前半部分、「白圭之玷尚可磨也」は、『毛詩』「大雅・蕩之什」、「抑」の詩句「白圭之玷　尚可磨也　斯言之玷　不可為也[18]」に一致するが、「明月」以下の部分は、『毛詩』によるものではない。[19]『河海抄』が、このように、前半は『毛詩』の詩句を、後半は、それと対となっている『毛詩』の詩句ではないものを引くのは、手習巻だけでなく、1の賢木巻の注でも同様である。

この『毛詩』の、「白圭之玷　尚可磨也　斯言之玷　不可為也」の句については、例えば、『論語』先進篇に、「南容三復白圭　孔子以其兄之子妻之」[20]のように見え、注に「詩経」として、「白圭」以下の詩句が繰り返し載せられている他、和製類書的な書の『明文抄』に、「白圭之玷尚可磨也斯言之玷不可為也[21]［同］」とあり、更に、中世に広く普及していたと言われる往来物の『童子教』に、「白圭珠可磨　悪言玉難磨[22]」のように、平易なかたちにして趣旨をとったものが見られる。よく知られたものなのだが、『河海抄』はそこから前半部分だけを採るのである。

なお、この「玉に瑕」、「玉の瑕」について、『紫明抄』が、先掲1、4、5の部分について注をつけている。

たまのきすあらん心ちし侍

毛詩曰、白圭之玷《カイ》、尚可磨也、斯言之玷、不可為《オサム》也　玷《タマノキス》[23]

手習巻で引いたが、『紫明抄』は、三例とも、『毛詩』の詩句をそのまま、つまり「白圭」の句を、対となっている句とともに引いている。

ここから、『河海抄』の注の接している空間を見たい。『河海抄』が、「白圭」と「明月」とを対のようにして引くことで示し出されているのは、「玉の瑕」をことわざ的表現、成句として成り立たせているような漢籍の流布の説話的空間ではないか。

『河海抄』の引く「明月」以下の件りは、『淮南子』氾論訓に、

夫夏后氏之璜不能無考　明月之珠不能無纇[24]

とあるのに一致する。『毛詩』も『淮南子』も、「玉―瑕」という点でのみ採られており、『毛詩』の場合の「斯言之玷　不可為也」との対、『淮南子』の場合の「夫夏后氏之璜不能無考」との対は失われているのである。既に、もとの本文から離れたものになっていると見るべきではないか。

ここで、『藝文類聚』が『毛詩』の「白圭」の詩句を、「毛詩白圭之玷尚可磨也斯言之玷不可為也[25]」と載せ、『淮

南子』の句を、「明月之珠不能無類」[26]と、『河海抄』と同じく、句の片方だけを引いて載せることが想起される。この、「明月之玉不能無類」は、『白孔六帖』にも同様に載せられており、このような一般的な類書に見られることは、『河海抄』の「白圭」、「明月」の句が類書経由の引用である可能性を窺わせるというばかりではない。更に、これらを含む説話的空間を想定すべきではないか。例えば、先に見た『毛詩』「巷伯」の例の場合、説話的なものへ向かう一種の変換装置の役割を果たしているのは注であったが、[27]類書のように、もとの本文を断片化して採るものもまた、変換装置であると言えるのではないかということだ。『河海抄』が接していたのは、そのように構成された説話の空間ではないか。それは、溯れば、『毛詩』、『淮南子』かもしれないが、それらを離れたところに形成されているものである。そのような、『毛詩』、『淮南子』に戻って論議することができないところに、『河海抄』の注はあったのではないか。

そのような状況、『河海抄』が漢籍そのものではないところで引き受けている世界の広がりは、清原宣賢による歌語事典的な書『詞源略注』に、次のような記事が見られることからも窺われる。

玉ノキス　雖明月珠、不能無疵。[28]

これも先掲『淮南子』の文がもとになっていると考えられるが、ここでは、「纇」という難しい字が、平易な「疵」という字になっており、また、趣旨を採るだけで、細かく一字一句が採られていないのは、直接『淮南子』から採られたのでないことによると見られ、『河海抄』の注の記事と相俟って、変型されて広げられた『淮南子』があったのではないかと推測させる。『詞源略注』や『河海抄』の持った「玉の瑕」理解の空間は、そのようなものだったのではないか。

第三節　説話の空間と『河海抄』

『河海抄』を通して、漢籍が故事的に流布してゆく空間があらわし出されてくることを確かめたが、そのような中に、「明月」は「夜光」と一連のものとしてあったのではないかと考えられる。

「夜光」という言葉は、『千字文』に、「剣号巨闕　珠称夜光」[29]とあり、早くからよく知られた言葉であった。この「夜光」と「明月」が、夙に事対として登録されていたことは、『初学記』に、

夜光　明月［魚豢魏略曰大秦国出明珠夜光珠真白珠沈懐遠南越志曰海中有大珠明月珠水精珠］[30]

とある通りである。また、先に指摘したように、『白孔六帖』にも「夜光　径寸　明月之珠［不能無類］」とある。[31]

類書以外でも、『文選』巻一「両都賦」の「西都賦」の、後宮のきらびやかなさまを述べた中に、「隋侯明月、錯落其間」[32]とある。「随侯之珠」は、大蚰から得た「夜光」の珠だが（『捜神記』）、それがここで「明月」と言われるのである。これについて、李善注は、『淮南子』の高誘注「随侯之珠蓋明月珠也」と、許慎注「夜光之珠有似明月故曰明月也」とを引く。[33]「明月」と「夜光」とは、絡まりあうようにして、随侯の話とも一繋がりにある状況が見てとれる。[34]それは、「玉」、「珠」をめぐる説話的空間とも言えよう。その中に、「明月」、「夜光」を見るべきなのである。『河海抄』が接していたのは、そのような空間ではなかったか。

なお、「夜光」について、『河海抄』には、松風巻、明石入道が明石姫君をいつくしむさまの注として、

わか君はいともうつくしくよるひかりけむ玉のやうにて袖よりほかにははなちきこえさりつる

夜光玉

史記曰尚有径寸之珠照車前後各十二乗

楚王臣隋侯虵の病を癒たりしに七寸の玉を含て夜来て恩を報しけり隋侯此玉を得て楚王に献す夜中に有光明故に夜光玉

奥入云卞和玉とあり不審(35)

とある。先に『文選』「西都賦」を挙げて指摘した「随侯之珠」のことが、ここで見られる。

ここで『河海抄』は、『奥入』が「卞和玉」のことを引くことを「不審」としているが、『太平記』「上杉畠山讒高家事付廉頗藺相如事」で、

…卞和尚先ニモコリズ、草庵ノ内ヨリ這出テ、二代ノ君ニ二ノ足ヲ切レシ故ヲ語テ、泣々此石ヲ成王ニ奉リケル。成王則玉磨キヲ召テ、是ヲ琢カセラル、ニ、其光天地ニ映徹シテ、無双玉ニ成ニケリ。…中略…是ヲ宮殿ニカクルニ、夜十二街ヲ耀カセバ、夜光ノ玉トモ名付タリ。誠ニ天上ノ摩尼珠・海底ノ珊瑚樹モ、是ニハ過ジトゾ見ヘシ。(36)

と、「卞和玉」が「夜光ノ玉」とも呼ばれている。『河海抄』が「不審」とした、『奥入』の「夜光玉卞和玉也(37)」という件りの背後に、そのようなかたちで流布していた説話の空間を見ることができるが、ともあれ、「明月」、「夜光」が一連のものとしてあるのではないかということは、状況的ではあるが、確かめられよう。「明月」を見てゆくと、「夜光」に行き着くのであり、それらが『河海抄』に入って、また出て行くような説話空間の通路を見ることができる。

「玉」、「珠」に関する漢籍流布の説話的空間に接して、これらの注はあった。「明月」と「夜光」のあいだに通路をつくるようなところに「玉の瑕」、「玉に瑕」はあり、更には故事的に定着していたことを、『河海抄』はあらわし出しているのではないか。

それは、『枕草子』に見られた、清少納言らの白詩理解と軌を一にするありようでもある。それはまた、出典論

的留意からは導き得ない方向であった。『河海抄』が大量に含んでいる漢文で書かれたものを、所謂出典としてではなく視野に含むことで初めて、一つの思想史としての国文学史は描かれ得るのではないか。

見てきたように、『河海抄』は、現在はわかりにくくなっている、説話の世界の広がりを、知ることのできる場となっている。『源氏物語』注釈書として、何をあらわし出しているかという方向から問題とするのではなく、『河海抄』に入って来ているものをどのように捉えるかを問うことによって見えてくるものは、説話の問題についても、新たな展望をひらく可能性を持つものなのではないか。

注

（1）『枕草子』第二八〇段（新潮社刊日本古典集成『枕草子』下）。
（2）集英社刊漢詩大系『白楽天』。
（3）『国語と国文学』一九四八年一〇、一一月。
（4）『和漢朗詠集』「山家」（新潮社刊日本古典集成『和漢朗詠集』）。
（5）『和漢朗詠集私注』（東大本）「山家」（大学堂書店刊『和漢朗詠集古注釈集成』第一巻）。
（6）『和漢朗詠集永済注』「山家」（大学堂書店刊『和漢朗詠集古注釈集成』第三巻）。
（7）『和漢朗詠集和談鈔』「山家」（大学堂書店刊『和漢朗詠集古注釈集成』第二巻）。
（8）注2先掲書。口語訳。
（9）これらの『和漢朗詠集』注と『枕草子』の成立期の前後関係が問われるかもしれないが、清少納言らの白詩理解を支えているものを、こうした注を成り立たせた漢籍の流布の説話的空間の問題として捉えるべきだと考える。
（10）『河海抄』手習巻。二、四九六ページ。
（11）『源氏物語』賢木巻。②一一六ページ。
（12）『源氏物語』玉鬘巻。③一一六〜一一七ページ。

(13) 『源氏物語』藤裏葉巻。③四五〇ページ。
(14) 『源氏物語』手習巻。⑥三二六ページ。
(15) 『源氏物語』紅葉賀巻。①三二八~三二九ページ。
(16) このことは、『源氏物語』そのものの問題として問われなければならないが、今は立ち入らない。
(17) 2の例についての「漢籍・史書・仏典引用一覧」(『源氏物語』③四八〇ページ)。
(18) 『毛詩』「大雅・蕩之什」、「抑」(集英社刊漢詩選2『詩経』下)。
(19) 『河海抄』本文は、「毛詩」という出典が、「白圭之玷尚可磨也 明月之珠不能無瑕」にかかるのか、「白圭之玷尚可磨也」だけにかかるのか、確言できないようなかたちであるか、どちらの例も「明月之珠不能無瑕」とともに挙げられているという点で、一連なりに意識されていたものとして留意すべきである。
(20) 中国古典選『論語』「先進第十一」(朝日文庫中国古典選『論語』中)。
(21) 遠藤光正『類書の伝来と明文抄の研究——軍記物語への影響——』(一九八四年 あさま書房)。分注の「同」は、「毛詩」を指す。また、『河海抄』とほぼ前後する時代の字書『文明本節用集』(勉誠社刊古辞書大系『文明本節用集研究並びに索引』改訂新版)「は」の「態藝門」の項にも、『明文抄』と同様に載せられている。
(22) 『実語教童子教諺解』(岩波書店刊新日本古典文学大系『庭訓往来 句双紙』)。
(23) 『紫明抄』手習巻。一七六ページ。
(24) 『淮南鴻烈集解』(中華書局刊新編諸子集成『淮南鴻烈集解』)。『文選』「弁命論」にも同様に見られる。
(25) 『藝文類聚』巻八三宝玉部上。
(26) 『藝文類聚』巻八四宝玉部下。
(27) 本書第六章。
(28) 古典文庫『詞源略注』。
(29) 岩波文庫『千字文』。
(30) 『初学記』巻二七珠第三「事対」。

(31)『白孔六帖』。
(32)『文選』「西都賦」(集英社刊全釈漢文大系『文選(文章編)一』)。
(33)『文選』李善注。
(34)他に、『文選』「獄中上書自明」にも、「明月」と「夜光」とが一連なりに見られ、中国の典籍では、この上ない宝を言う場合に、このような表現は一般化していたと見られる。また、『文明本節用集』(注21先掲書)「た」の「器財門」の項にも同様に見られ、そのような扱いは広く一般的であったと言える。
(35)『河海抄』松風巻。一、四三〇ページ。
(36)『太平記』「上杉畠山讒高家事付廉頗藺相如事」(岩波書店刊日本古典文学大系『太平記』三)。『三国伝記』「和氏連城璧事　付藺相如高名ノ事」も同様。
(37)大島本『奥入』松風巻(中央公論社刊『源氏物語大成』普及版　第一三冊　資料篇。七六ページ)。

第四部　『河海抄』以後

第九章　『千鳥抄』の位置

第一節　『千鳥抄』をめぐる研究史

『千鳥抄』(1)は、至徳三年秋から嘉慶二年冬にかけて開かれた四辻善成の『源氏物語』講義による注釈書である。『源氏物語』の全巻講義が行われた早い例であり、近代以降もしばしば注目されている。その早いものの一つに、焼失した加持井宮旧蔵本（東京帝国大学国語研究室本）(2)について述べながら、『千鳥抄』について考察した、橋本進吉「源氏物語千鳥抄について」(3)がある。橋本は、加持井本の表記形態、奥書等の検討から、これが原本に近い優れたものであったことを言うが、その内容については、「…この書はいふまでもなく四辻善成の説を記したもので、善成の説はその大著河海抄に委しく見えてゐるから、この書は源氏注釈書としては大した価値のあるものではない」(5)とする。その後の『千鳥抄』についての研究も、概ねこの論文の提起した「原著の面目」という問題に収斂するもので、それと関連して、筆録者が誰で、どういう人であるかについて考察されることはあっても、注釈書としての内容の問題は、専ら、これが聞書であるという点に帰された。結果としてこの論文は、後の研究の方向性を規制するものとなっているのである。

注釈書としての『千鳥抄』をどう位置づけるかということについては、殆ど問われてこなかった。本文の揺れ(6)がこの書の内容について考えにくくしてきたであろうことは、その研究史から窺われるが、それは『千鳥抄』に限らず、多かれ少なかれ中世の注釈書類に共通する問題で、揺れの問題を認識した上で、一本を取り上げ、注釈としての『千鳥抄』について問うことは必要なことであると考える。善成の講義によるということは、『河海抄』の踏襲に過ぎないということになるのだろうか。注釈書としての『千鳥抄』の意味は、そこに尽きるのか。以下、具体例にそくして考察する。

第二節　『千鳥抄』と『河海抄』

注釈としての『千鳥抄』に、それとしての独自性を見るべきであるという点については、片桐洋一「当座の聞書と聞書の当座性――「源氏物語千鳥抄」新攷――」の指摘がある。[7]『千鳥抄』には、物語を離れた連歌の寄合的興味、雑学的興味等による注が見られ、『河海抄』とは態度を異にすると言う。それらを『千鳥抄』独自の中世的な聞書としての当座性に貫かれた注と捉えているのである。

①ケハ《ワ》イ　形勢《ケイセイ》也（『千鳥抄』帚木巻。上、六〇ページ）[8]

帚木巻、雨夜の品定め場面の頭中将の言葉についての注である。片桐は、このような「源氏物語の語彙を漢字をあてながら説明する」[9]注を『千鳥抄』の第一の特色とし、雑学的興味による注に繋がってゆくと指摘する。しかし、これらは『河海抄』にほぼ同じ注を見ることができ、無条件に『千鳥抄』の特色と見ることはできない。

1しねんにそのけはひ
気《ケハヒ》　［日本紀］　形勢［新猿楽記］　景気（『河海抄』帚木巻。一、八四ページ）

物語中の語に漢字をあてる注は『河海抄』以前の注釈書にも見られ、[10]しかし『河海抄』において数が飛躍的に多くなるもので、このような『千鳥抄』の注は『河海抄』の延長線上にあるというに過ぎないのではないか。

ところで、右の例では注の内容はほぼ一致しているが、『河海抄』の明記する出典を『千鳥抄』は挙げていない。

出典の明記不明記はこのような語句レベルの注に限らず、二つの注釈書全体を通しての相違と指摘することができる。(11)

②タウコホタル　顔升子隣ノ人ノ妻来時家ヲ風ニ吹破レテ我家ヲコホチタキアカクシテ居タリ人ニウタカハレシノタメ也　堂　両音也〈ニコル時ハ仏閣ヲ書スム時ハ俗人ノ家也〉（『千鳥抄』蓬生巻。上、六八ページ）

2むかし物語に丁こほちたる人もありけるをおほしあはするに

古人尺一同顔叔子事也云々定家卿本には塔こほちたるとあり或又堂と書たる本もある也奥入云顔叔子といふ人男の他行のほと其夫のうたかひのために塔のかへをこほちて夜もすからともしあかしてゐたる事也云々毛詩云昔者顔叔子独処于室隣之釐又独処於室夜暴風雨至而室懐婦人趍而至顔叔子々納之而使執燭放乎旦蒸尽縮屋而継之自以為避嫌不審矣若其審者宜如魯人然魯人有男子独処室者隣之釐婦又独処室夜暴風雨至而室懐婦人趍託之男子閉戸而不納婦人自牖与之言子何為不納我乎男子曰吾聞也男女不六十間居今子幼吾亦幼不可以納子婦人曰子何不如柳下恵然嫗不退門之女国人不称其乱焉男子曰柳下恵固可吾固不可吾将以吾之不可学柳下恵之可孔曰欲学柳下恵者未有似於是也［巷伯篇］

此事毛詩史記以下共以為室歟堂と云事如何或云堂仏閣人家ニ通する歟仏閣は堂人家ハ室也声各別也塔ハ一向ニ仏菩薩住所也非室儀矣若今物語堂字室字を書誤歟魚魯之疑也又曰注文選中有所見云々未勘

或説かつらの中納言物語といふ物あり源氏物語以後の物也彼貧家の女［号小大輔］机丁のかたひらをきぬにぬひてきたる事あり若此事丁こほつとは破義也（『河海抄』蓬生巻。一、四〇五～四〇六ページ）

蓬生巻、昔に変わらぬさまで親の遺した邸に住む末摘花について言う場面の注である。『河海抄』が『奥入』の引く話を挙げた上で、「毛詩」等を引いて考察しているのに対し、『千鳥抄』は話そのものは挙げるが、何から引いたものであるか明らかにしない。ここで、「堂」という語について、『千鳥抄』とほぼ同じ内容を『河海抄』は、「或云」と殊更典拠あるものとして挙げていることに、二つの書の態度の違いは端的に窺われるのではないか。

先に見たように、『河海抄』にとっての「毛詩」は、注や、更にその説話化されたものの空間であり、片桐先掲論文が『千鳥抄』の、聞書の雰囲気を伝える特色として指摘する、中世的な雑学的興味に基づく起源、故事への関心の増幅ということは、それ自体は既に『河海抄』に認められることであった。説話の空間との接点の問題については、見てきたような出典の扱いの相違に目配りすることなく考え始めることはできない。

例えば、桐壺巻の光源氏元服場面の注で言うと、

③カモスル〈醸ノ字也カウシ也米ヲカヒサセテ酒ニツクル也応神天皇御時ヨリ始也〉（『千鳥抄』桐壺巻。上、六〇ページ）

3おほみきまいる程

御酒《ミキ》［日本紀］酒［同］

旧事本紀云于時吾田鹿葦津姫以卜定田狭名田以其田稲醸天甜酒嘗之矣　本朝事記云天皇［品院（ママ）］之代於吉野之白檮上作横臼而於其横臼醸大御酒献大御酒之時撃口鼓為皮或《ト》神酒諸神の祭に皆酒を供する故也神字《神子》をみと読也酒をきとよむ又云三季冬造て春熟し夏飲する故ニ三季と云也文選にも冬醸接夏成て十旬の兼清ト云ト見タリ　又云三寸酒を飲者去風邪三寸仍号之［寸字ヲキト読ナリ］　又馬をも四寸五寸といふ也万葉にも十寸と書てすき鶴（ママ）すと書てたつきよめり

又云三木杜康造酒［蒙求］　杜康か妻男のほかへゆきける間に男の日々の飯を園木の三またにそなへをきけるか雨露に潤て酒となりける也これを樹伯に祭るこの事吉野の白かちの古事に相似たり和漢の縁起一同也

（『河海抄』桐壺巻。一、六九～七〇ページ）

『千鳥抄』が、片桐の指摘のように中世らしい雑学的関心を窺わせる起源説話的なものを多く載せているように見

えるのは、『河海抄』が史上の例として注する部分、或いは例の典拠を採っていないためと見られる。

また、同じように、先掲片桐論文が注目する、物語中に見られない語に関する、松風巻の明石尼君伝領の大堰の邸についての注、

④菟裘地　魯隠公辞官隠居所也仍日本ニモ閑居ヲハ兎裘地ト云也（『千鳥抄』松風巻。上、六九ページ）

4むかしはゝ君の御おほち中務宮ときこえしかりやうし給ける所大井川のわたりにおもしろき山さとありけるを

前中書王［兼明］事歟号小倉宮

菟裘賦云余亀山之下ニ聊ト二幽居一辞レ官休レ身欲終レ老於此逮《テ》二草堂之漸《ク》一成為執政者杆《ノ》被レ陥矣君昏臣諫《ク》無レ処二于愬《ウツタフルニ》一（『河海抄』松風巻。一、四二六ページ）

のような例は[12]、確かに「菟裘地」という来歴のある語に対する関心を、『源氏物語』を離れて増幅させているという点において『千鳥抄』の独自性を見ることも可能であるが、それら物語の記事を離れているように見える注と、物語のあいだを繋ぐものとして『河海抄』等先行注釈書の示すものをまず見る必要があると考える。因に『千鳥抄』には、物語中の語ではなく、『河海抄』の注の中に見られる語について注しているものが、諸本によって異同があるが、約五〇例ほど見られる。

⑤女ニモ　髪ヲアクルヲハ理髪ト云也（『千鳥抄』若菜上巻。下、四九ページ）

5御こしゆひにはおほきおとゝ

太后御記云承平三年八月廿七日女宮御裳たてまつり給ふ李部王記曰承平三年八月廿七日康子内親王初着裳戌一点小一条大臣［親王外舅］　結御裳腰滋野内侍理髪尚侍結本結即叙三品　隠蓑物語云おほゐとのゝ御はかまのこしゆひ給しにはと所の宮たちえならぬ御よそひを紫檀の螺鈿のころもはこ一よろひに入てからのきをいれかたひらにして世にたかきおひとも宮々のつたへ給へるをたてまつり給へり（『河海抄』若菜上巻。二、

（一四三〜一四四ページ）

若菜上巻の、女三宮裳着の場面の注であるが、これら4、5のような例は『千鳥抄』の、『河海抄』の挙げる例の一部分を、出典を明記せずに引くありようを、物語の記述を離れかねないところまで進めたものなのではないか。

『千鳥抄』の独自性として指摘されたことは、実際には『河海抄』にほぼ収斂し得るものであった。『河海抄』と『千鳥抄』の出典の扱いの相違の問題で、一足飛びに『千鳥抄』の独自性を言い得ることではなかった。むしろ『千鳥抄』について考えようとするとき、『河海抄』との関わりを無視してならぬことが示し出されたと見るべきではないか。典拠は『河海抄』が『源氏物語』を見出し、成り立たせた通路であり、方法であったことを、それを捨象した『千鳥抄』が、かえってあらわし出しているのである。『千鳥抄』の問題としては、その全体として『河海抄』をどのように引き取っているかというところから考え始める必要があり、そのような検討なしに『千鳥抄』の独自性を言うことはできない。その上で改めて、注釈書としての『千鳥抄』は、『河海抄』の踏襲であるかということを問う必要がある。

第三節　「出典」と「史実」

次に、『千鳥抄』の独自性という点で見てゆきたい。

同じ内容を言う注でも、出典が明記されているのと、そうでないのとでは、その意味が変わってくる筈だ。(13) 先に引いた1の例で見ると、『河海抄』が「けはひ」という、言葉の典拠を示しているのに対し、出典を記さないことで『千鳥抄』は、漢字をあて、語義の理解の便を図る注となっている。結果として『千鳥抄』は、語句の理解を中心とした、実用的な注釈書となっているのである。

結果としてそうなっているという点ばかりでなく、『千鳥抄』は、『河海抄』の挙げない語義を記すことが多い。

⑥ムクツケキ　蠢《ムクメク》　此字也キタナクヲソロシキ心也（『千鳥抄』帚木巻。上、六一ページ）

6むくつけきことゝつまはしきをし

　蠢　貪［同　白氏文集］

　伊勢物語かの夫あまのさかてをうちてなんのろひおるなるむくつけきこと人ののろひことはおふてふものにやあらん（『河海抄』帚木巻。一、一〇四ページ）

⑦年立カヘルト云々〈跡ヘ帰ルニハ非ス只年改テ春ノ来也〉（『千鳥抄』初音巻。上、七一ページ）

7としたちかへるあしたの空の景色

　あらたまの年たちかへる朝よりまたるゝものはうくひすの声（『河海抄』初音巻。一、五三五ページ）

6は帚木巻、雨夜の品定め場面の式部丞の話に対する反応についての注、7は初音巻冒頭部分についての注であるが、それぞれ「むくつけし」、「かへる」という語の意味は『千鳥抄』のみが載せるものである。これらの例の他にも、多くは初歩的な事柄、語句の説明の項目を『千鳥抄』のみが立てる場合が見られる。(14)ところで、この二つの書は項目の立て方についても違いが認められる。原則的に『河海抄』は文、文節で項目としているのに対し、『千鳥抄』は語句を取り出して項目とする。(15)

⑧ナタヽル　名ニ立也（『千鳥抄』野分巻。上、七二ページ）

8なたゝる春のおまへの

　名に立也此物語にもなたゝるそのゝなとあり（『河海抄』野分巻。二、一一二ページ）

⑨モト《歌》ツカ　本香也（『千鳥抄』紅梅巻。下、五三ページ）

9もと《本香》つかのにほへる君か袖ふれは花もえならぬ名をやちらさん

本の香也　万葉に本人《モトツ》とあり（『河海抄』紅梅巻。二、三三一ページ）

8は野分巻、紫上の庭を言う部分、9は紅梅巻、匂宮を婿にと望む按察大納言の歌についての注であるが、『千鳥抄』はいずれも語句を取り出して、語義について説明する。逆に、『河海抄』は、右の例のように実質的には語句の注であっても文節で項目を立てる。『河歌抄』には、語句を取り出して項目としたものは殆ど見られない。更に、『千鳥抄』は、

10やらはせ給

⑩ヤラウ　逐ノ字（『千鳥抄』夕霧巻。下、五二ページ）

逐［ヤラフ］　日本紀

しねとてやとりもあへすはやらはるゝいとおきかたき心ちこそすれ　大和物（『河海抄』夕霧巻。二、二六五ページ）

という、夕霧が落葉宮に胸中を訴えようとする場面の注のように、項目を物語本文に関わりなく語の終止形で立てている例も少なくない。このことは、先に見た、出典の不明記ということ、『河海抄』にはない語義の注を多く持つことと相俟って、『千鳥抄』が語句の理解を中心とした、語句への興味を増幅させた注となっていることを示しているのではないか。注釈書としての全体を見ることによって窺われる『千鳥抄』独自のありようである。それは一方で、注の内容にかかわらず文、文節で項目を立てる『河海抄』の問題――これが語釈そのものを目的としていないこと――をあらわし出す。

幾度か指摘しているように、『河海抄』に特徴的なことに史実を挙げる注がある。

⑪女房ノサフラヒトハ　台盤所也（『千鳥抄』絵合巻。上、六九ページ）

11女房のさふらひにおましよそはせてきたみなみかた〳〵にわかれてさふらふてん上人はこうらうてんのすのこにをの〳〵心よせつゝさふらふ

女房の侍は台盤所也
天徳四年内裏歌合西宮記云其儀西廂皆懸新御簾［納仁寿殿也］　第五間［渡殿間］　立御倚子［台盤所倚子也］　南方立御几帳置物御机［在御座南］　南第四間垂御簾為左方女房座矣北二間為右方座御座渡殿南北各敷縁端三枚為公卿座後涼殿東簀子敷従渡殿南北相分鋪長畳為侍臣座南北庭各敷畳三枚為楽所召人座
今案清涼殿西面也御記云暫擬清涼殿南殿中渡殿蔀云々（『河海抄』絵合巻。一、四二〇ページ）

絵合巻、帝の御前の絵合場面の注であるが、「女房のさぶらひ」についての説明は二書に共通しており、にもかかわらず『河海抄』が挙げる天徳内裏歌合の記事等は『千鳥抄』には見えない。このような例は少なくないが[16]、それは『河海抄』が、史実を注として挙げることを通して見ようとしたことを、『千鳥抄』は採らなかったことを意味しよう[17]。そして、そのことは二つの書の項目の立て方の相違と無関係ではない。『千鳥抄』が語句で項目を立てることは、結果として史実を挙げようもないものとして、『河海抄』が列挙する史実を捨象することになっている。項目の立て方の相違に、注釈としての態度の違い、どのように『源氏物語』を成り立たせようとしているかという違いがあらわれているのである。

第四節　『河海抄』のゆくえ

『源氏物語』成立後、中世にかけて、その内容が史上の先例のように見做されたことについては指摘されてきたが[18]、『河海抄』もそのような認識を共有しているのであった。『千鳥抄』が、『河海抄』の挙げる史実を引かないことは、それとは異なるところに立つことをあらわしているのではないか。藤裏葉巻において光源氏が准太上天皇となることは史上に見られない事柄であるが、これについて『河海抄』は、史上の類例を『源氏物語』成立以後のものまで含んで列挙し、その例の中に『源氏物語』を位置づける態度を窺わせるのに対し、『千鳥抄』はまったく注目しない。また、准太上天皇となって後、若菜上巻の『河海抄』の注に集中してある御記の引用も『千鳥抄』には見られない。主に御封の問題であった准太上天皇を、御記を引用しなどすることで、至高の位地と捉えようとした『河海抄』を、後に『花鳥余情』が批判するが、『千鳥抄』もこれを採っていないのである。

『千鳥抄』は史上に実例を求め得る事柄をどう扱うか。同じ御封の問題について、どちらも注をつけている澪標巻の女院藤壺の例を見ると、

⑫ミフ《御封》給セ給フ〈封戸也〉　太政《(ママ)》天皇二千戸三后千五百戸　太皇太后宮　皇太后宮　皇后宮　以上三后也　帝ノ《左伝》
嫡妃ヲ皇后ト云帝ノ母ヲ皇太后ト云　帝ノ祖母ヲ太皇太后宮ト云（『千鳥抄』澪標巻。上、六八ページ）

12入道きさいの宮御くらゐをあらため給へきならねは太上天皇になすらふみふたまはり給
本朝の太上天皇は持統天皇よりはしまる女帝なり東三条院延喜以後の例なれはいまの薄雲の女院の尊号は持統天皇の例たる歟
東三条院正暦二年七月一日院号［依為国母也］
続日本紀云延暦九年閏三月［丙子］皇后崩［甲申］奉諫謚曰天之高藤広宗照姫之尊雖為崩後皇后尊号准拠也
封戸員数
太上天皇二千戸　三宮各千五百戸　東宮千五百戸　一品親王六百戸　二品親王四百五十戸　三品親王三百戸
四品親王二百廿五戸　無品親王百五十戸
入道とは男女に不限仏法の道に入人の名也
円融院后藤原遵子［三条関白頼通子］　天禄四年五月九日御出家号入道宮（『河海抄』澪標巻。一、三九〇～三

九一ページ）
太上天皇の起源、国史の記事等史上の先例を載せず、封戸の実際についてだけ言及する『千鳥抄』の注は結果的に次の『花鳥余情』のそれに近いものとなっている。

太上天皇になすらふるみふたまはり給ふ
女院もしは御位につき給はて院になり給ふ小一条院なとをは太上天皇の尊号とは申侍らす　たゝし封戸年官年爵なとは差異もなけれはなすらふるとは申侍る也　御封とは封戸也　三宮はおの〳〵千五百戸なるを太上天皇になすらへて二千戸給り給ふ心也　院司は女院かたの事つかさとる判官代主典代なと也（『花鳥余情』澪標巻。一二三ページ）

倉野本を含む、『千鳥抄』の伝本のうちいくつかは本文中と巻末に『花鳥余情』の記事を持つ。[19] そのすべてが『花鳥余情』の説であることを明記しており、これが混入ではなく意識的な引用であることを窺わせ、それはまた、『千鳥抄』が講義聞書そのままではないことの証左の一つとも言い得る。

これについても、従来専ら伝本の問題として取り上げられてきたが、基本的な注のありようの問題としても問うべきではないか。見てきたように、『千鳥抄』は語義中心の注となっており、項目の立て方も『河海抄』とは異なる。そのことはまた、『河海抄』の挙げる史実を採らないことに繋がってもいる。結果として、そのような『千鳥抄』のありようは、『河海抄』と『花鳥余情』のあいだに現れた注や、源氏抄物に類似する。[20]『河海抄』の注の態度はしばしば『花鳥余情』によって批判され、[21]『花鳥余情』の、物語の展開の理解に必要である以上の史実や典拠を挙げない態度は後の注釈書によって受け継がれるところとなり、二つの注釈書のあいだに転換を認むべきであるが、その、具体的なかたちとなったものとして源氏抄物類や『千鳥抄』を位置づけることができるのではないか。

通説的に指摘されるように、四辻善成の講義聞書である『千鳥抄』は、内容的には『河海抄』の説と一致するところが多い。しかし全体として見ると、語句で項目を立て、出典を挙げないこと等によって、『河海抄』の説の意味を変容させ、『河海抄』に特徴的な注としての史実を捨象し、結果的に別な全体となっているのが『千鳥抄』であった。そのように異なる全体であるものを、個々の内容の類似や、善成の講義をもとにするという成立上の問題を持ちこむことによって説の踏襲を言い、同じと見做すことはできない。『千鳥抄』が聞書であるということを、『河海抄』の説の踏襲であるという点に帰すのではなく、『河海抄』の態度との違いを見、そこから『源氏物語』注釈書としての『千鳥抄』があらわし出されてくる。その、結果的に異なる全体となっているということから問い始めることで、『河海抄』が成り立たせようとした『源氏物語』が照らし出され、更に『河海抄』と、後の注釈書とのあいだがあらわし出されるのである。

『千鳥抄』を見ることで、『河海抄』と『花鳥余情』のあいだが、『源氏物語』をどう捉えるか、どのように成り立たせるかという点で、具体的に描き得るのではないか。『千鳥抄』が示し出したのは、『河海抄』とは異なる『源氏物語』が成り立たせられるようになること、その意味で『河海抄』の終焉であった。そして、そのことを見届けることによって初めて、先掲片桐論文でもしばしば言及された、連歌師たちが新たな『源氏物語』の担い手として加わること、連歌師たちの『源氏物語』について問い始められる筈である。(22)

従来も、謡曲との接点や連歌師の活躍等、『河海抄』以後の『源氏物語』について指摘されてきたが、(23)そこにそれとは異なる『河海抄』の『源氏物語』があり、一方で、その説が講義となって連歌師たちの『源氏物語』と接点を持ってゆくことは、『千鳥抄』の筆者が連歌師平井相助であると伝えられているという成立上の事情を持ちこむことによってではなく、『河海抄』と『千鳥抄』、それぞれの注の特質を見あわせることで明らかになってくるのではないか。『千鳥抄』を見ることで、『河海抄』の『源氏物語』の、後への展望を描き得るのである。

注

（1）『千鳥』、『源氏御講義』、『至徳記』等とも。ここでは『千鳥抄』と呼ぶ。

（2）以下、これを加持井本と呼ぶ。

（3）橋本進吉著作集第十二冊『伝記・典籍研究』（一九七二年　岩波書店）。

（4）表記が漢字平仮名まじりであるか、漢字片仮名まじりであるかについては、以後の研究でも必ず注目され、漢字片仮名まじりのかたちが数の上では優勢であることが指摘され（大津有一「「千鳥抄」について」源氏物語探求会編『源氏物語の探求』一九七四年　風間書房、等）、諸本分類の際も参照された。「源氏御講義（千鳥抄）上、下」（『文芸と思想』一九五八年一〇月、一九六〇年一二月。以下これを倉野本と呼ぶ）、『続群書類従』第一八輯下　物語部・日記部・紀行部所収『源氏物語千鳥抄』、国文学研究資料館所蔵のマイクロフィルムで宮内庁書陵部蔵『源氏御講義』、陽明文庫蔵『至徳記』、同『千鳥抄』、同館所蔵初雁文庫『源氏御講義』、同『源注』、及び天理図書館善本叢書和書之部第五八巻『和歌物語古註続集』所収『源氏物語千鳥抄』（以下これを天理本と呼ぶ）の、八本の範囲の調査では、漢字片仮名まじり表記の五本（倉野本、書陵部『源氏御講義』、陽明文庫『千鳥抄』、初雁文庫『源氏御講義』、天理本）のうち、跋、奥書まですべてその表記であるのは書陵部『源氏御談義』と天理本のみで、他は漢字平仮名まじりの跋、奥書を持つ。また巻名表記を見ると、漢字平仮名まじりの表記の三本（続群書類従本、陽明文庫『至徳記』、初雁文庫『源注』）のうち、二本はすべて漢字、初雁文庫『源注』のみ一部漢字平仮名まじりであるのに対し、漢字片仮名まじり表記の五本のうち、巻名までその表記であるのは天理本のみで、他は漢字平仮名まじりである。本全体が漢字片仮名まじり表記であるものは皆無ではないが、きわめて少なく、それが国書の抄物の表記の常態であるのか等、なお精査を経た上で『千鳥抄』の原形について問うべきではないかと考える。

（5）注3先掲書。

（6）『千鳥抄』の諸本については、跋、奥書やその位置、項目数、錯簡、脱落箇所によって、通常三から四種に分類される。以下、そのうち、イ・奥書に注目した大津有一の分類（注4先掲大津論文）、ロ・錯簡、脱落に注目した片桐洋一の分類（天理図書館善本叢書和書之部第五十八巻『和歌物語古注続集』「解題」）を挙げる。

イ．
1．槐下桑門藤斎奥書系・倉野本、加持井本、宮内庁書陵部蔵『源注』等。
2．兼純奥書系・宮内庁書陵部蔵『源氏御談義』、桃園文庫蔵『源氏御談義』等。
3．宗祇自筆本系・続群書類従『源氏物語千鳥抄』、静嘉堂文庫蔵『源氏物語千鳥抄』等。
4．無奥書・天理本等。

ロ．
無奥書本（天理本等）――宗祇自筆本（続群書類従『源氏物語千鳥抄』等）
（錯簡脱落）
├兼純奥書本（宮内庁書陵部蔵『千鳥』等）
└藤斎・龍翔院奥書本（倉野本等）

（7）『文学』一九八二年一一月。及び、注6先掲「解題」。

（8）以下、『千鳥抄』の本文の引用は倉野本により、上下の別、ページ数を記す。引用は倉野本の翻刻原則に従い、〈 〉は細字であることをあらわし、［ ］はミセケチで消された字であることをあらわす。論旨に関わらない範囲の表記等の変更を行ったところがある。引用の通し番号は、①、②のように、丸がこみの数字で示す。

（9）注7先掲論文。

（10）例えば、『河海抄』以前の注釈書の中で、「当座性」、場の雰囲気のようなものを伝えていると見られるものの一つ、『異本紫明抄』（『異本紫明抄』については、稲賀敬二『源氏物語の研究成立と伝流 補訂版』一九八三年　初版は一九六七年　笠間書院）で見ると、

aそゝめきゐ給へりと云事
　そゝめきゐたる心歟　そゝ捒《ソツク》［文選　素寂］（『異本紫明抄』紅葉賀巻。二七ページ）
bみそかけに御さうそくなとゝ云事
　御衣架《イカ》　挹架《ミソカケ》　延木式（『異本紫明抄』葵巻。四四ページ）

のような例である。因に、bの例は『河海抄』にほぼ一致して見られ、aの例は『河海抄』に見られない。このよう

なかたちの注そのものが、『河海抄』と比べて少なく、比較するのは難しいが、『河海抄』と共通して挙げているものは、全体の半分に及ばない。

(11) 諸本によって異同があるが、『河海抄』の明記する出典のうち、『千鳥抄』も挙げるのは一割に満たない。

(12) 但し、『河海抄』のこの注は『紫明抄』の踏襲である。

(13) 因に、先に比較対照した『異本紫明抄』では、出典が記されている場合もあるが、出典よりむしろ、それを注として指摘するのが、誰であるかということ（例えば、西円、素寂、教隆等）が詳細に記され、同じ例を挙げる場合でも、『河海抄』とは異なる態度を窺わせる。

(14) なお、同様の例として、

人ノ家ニハ必三径アルヘシ門井東司此三ノ道也

荒《スサメル》　哉《カナヤ》　三径菊　陶淵明カ云也（『千鳥抄』桐壺巻。上、六〇ページ）

を挙げて片桐先掲論文は、前の項目「アセタル」から「アレタル」、「スサメル」へと派生して「三径」に連想的に及んだと指摘するが、蓬生巻にあるべき注の混入と見られる。

『河海抄』の注、

かならすわけたるあとあむなるみつのみちとたとる

蔣翔［字元卿］　舎中竹下開三径　文選曰三径就荒［陶淵明］

三径は門にゆくみち　井へゆくみち　厠に行道也

是はいかなる家にもある道なり（『河海抄』蓬生巻。一、四〇〇～四〇一ページ）

を見あわすと、これを、ある語に対する関心を連想的に増幅させた注とは言えないのではないか。また、同論文が聞書の当座性を伝えるものと指摘する、連歌の寄合的な注についても、『千鳥抄』の注釈書としての全体を見あわせて検討すべきである。

(15) また、倉野本は、特に若菜上巻以降、人物特定のために注を多く持つ。

(16) 『河海抄』で、文、文節による項目の約半数が、『千鳥抄』では語句となっている。

(17)　諸本によって異同があるが、『千鳥抄』の、史実を見あわせた注は、同じ部分についての『河海抄』の注の二割に満たない程度で、これに『河海抄』のみが持つ注を含むと、更にその差は顕著になる筈である。
(18)　篠原昭二「『栄花物語』『大鏡』の歴史観――皇位と権勢――」（『源氏物語の論理』一九九二年　東京大学出版会）、久保田淳「平家文化の中の『源氏物語』」（『藤原定家とその時代』一九九四年　岩波書店）等。
(19)　なお、『千鳥抄』宿木巻は細かな混乱の多い巻であるが、『千鳥抄』本文中の『花鳥余情』の引用のうち、宿木巻所引の二例は、引用箇所に混乱が見られる。今の問題には関わらないので、指摘のみにとどめる。
(20)　例えば、「源氏之雑説抄物」（伊井春樹による翻刻が、紫式部学会編『源氏物語及び以後の物語　研究と資料――古代文学論叢第七輯――』に見られる。一九七九年　武蔵野書院）等。
(21)　因に、倉野本巻末に見られる「河海抄与花鳥余情相違事」は、二つの注釈書の説の異なるところを挙げるが、それは『花鳥余情』が明確に『河海抄』を批判した注である。
(22)　一条兼良も連歌をよくし、連歌の付合に関する著書『連珠合璧抄』等を著しているが、『源氏物語』が連歌や能といった中世的芸術にとりこまれてゆくことについては、『河海抄』と『花鳥余情』のあいだ、及び、『花鳥余情』のあらわし出した『源氏物語』を見ることで具体的に問い始められるのではないかと考える。
(23)　松岡心平「地方の文化と文学」（岩波講座日本文学史6『一五世紀・一六世紀の文学』一九九六年　岩波書店）。

おわりに

『河海抄』の『源氏物語』という捉え方、問題の立て方が持つ意味について、ここで再び問う。

『河海抄』に特徴的なこととして、多くの事例の列挙[1]、特に、その注が多く歴史記述によって構成されている点を指摘することができる。第一部「『源氏物語』と史実」で見たように、『河海抄』の挙げる史実は、『源氏物語』以後にも及んでおり、また、史上に例が見出し難い場合に、例の側を動かす態度が認められた。このことは、そこに挙げられている例が作者の方法をあらわしたものとしてではなく、『河海抄』の『源氏物語』を、例の列挙の中に立ち現れるようなものとして捉えることを求める。

端的に、『河海抄』の『源氏物語』があらわし出すものは、それが中世において成り立つ『源氏物語』、そこに生きてあった『源氏物語』であるという点で、中世の教養の枠組みの問題に繋がるのではないかと考える。第三部「『河海抄』における漢籍の引用と説話の空間への広がり」で考察したように、『源氏物語』が、中世期の知の集約を通じて立ち現れている。『河海抄』は、そのような『源氏物語』が目に見える場となっている。

そうした中世の問題について、更に考え進めようとするとき、特に注目されるのが、年代記・皇代記類の存在である。

年代記・皇代記類については、『国史大辞典』の、「年代記」、「皇代記」の項に示されてあることが、一応スタンダードな認識かと思われるが[2]、より広く捉える必要があるのではないか。通常は年代記・皇代記類に含めない、『帝王編年記』、『水鏡』のようなものや、『海東諸国紀』に、「日本国紀」として取りこまれているもの、『塵荊鈔』

巻六、巻七にまとまって見られ、他の巻にも散見するものや、『古今集』の注釈書類等に見られる年代記・皇代記類的記事まで含めるべきだ。現段階では、その影響関係や前後関係等を明確に描くことはできないものの、年代記・皇代記類を、中世の歴史認識、世界認識をつくるものとして、その全体状況として捉える必要がある。(4)『河海抄』が載せる史上の例が、多く年代記・皇代記類に依拠し、それらと同じ平面上にあると見られることについては、第二部「「日本紀」の問題」で考察したが、更に、『河海抄』の歴史認識がどのような中世的状況に根ざすかということが問われる。

具体的に、第三章「『河海抄』の「日本紀」」で取り上げた、葵巻で、六条御息所女（後の秋好中宮）が斎宮にト定された場面、「かの六条御息所の御腹の前坊の姫宮、斎宮にゐたまひにしかば(5)」に関する注を例として取り上げる。

『河海抄』
前坊《桐壺御門弟》のひめ宮斎宮にゐ給にしかは
　崇神天皇六年以天照大神託鍬入姫祭於倭笠縫邑
　以大国魂神託渟名城入姫令祭
垂仁天皇廿五年［丙辰］三月依神宮御託宣奉祝伊勢国五十鈴川上以第二皇子倭姫命令着御祭給是斎宮始也
景行天皇廿年庚寅令皇女奉仕天照太神宮
延喜神事式曰凡天皇即位者定伊勢太神宮斎王仍簡内親王未嫁者卜之若無内親王依世次簡諸女王卜之(6)

『日本書紀』そのものに依ったならば、「是斎宮始」、「第二皇子女」という要素は見えない筈であるが、事柄をその起源において捉え出そうとすることは、年代記・皇代記類にしばしば見られる文脈で、『河海抄』にも共有されていた。以下、それらの記事を列挙的に挙げる（年代記・皇代記類の性格上、原型成立後の書き継ぎが推測されるが、便宜的に、最終記事年次が古い順とした)。

京大本『古今集注』

天照大神［日神］

此神は、伊弉諾伊弉冉尊二男也。日神と申き。人王十一代垂仁天王廿五年［丙辰］伊勢国五十鈴川上自天降下、宮居し給と云々。すなはち、垂仁天皇第三女倭姫《ワカヒメ》立斎宮とあり(7)。

『水鏡』

一　十代　崇神天皇…六年ト申シニ。斎宮始メテ立給ヘリシ也(8)。

『仁寿鏡』

(崇神天皇)六。祭天照大神於笠縫邑斎宮始。

(垂仁天皇)廿五。倭姫命始為斎宮。崇神天皇女伊勢大神宮始(9)。

『帝王編年記』

(崇神天皇)六年己丑。天照太神。倭大国魂二神。並祭於天皇大殿之内。然畏其神勢。共住不安。故以天照太神。託豊鍬入姫命。祭於倭笠縫邑。亦以大国魂神。託渟名城入姫命令祭。然渟名城入姫髪落体痩不能祭。

…

(垂仁天皇)二十五年丙辰春三月。倭姫命［第二皇女。］求鎮坐天照太神之処而詣菟田篠幡。更還之入近江国。東廻美濃国到伊勢国。時天照太神誨倭姫命曰。是神風伊勢国。則常世之浪重浪帰国也。傍国可怜国也。欲居是国。故随太神教。其祠立於伊勢国。因興斎宮于五十鈴川上。是謂礒宮。則天照太神始自天降之処也(10)。

『二中歴』

垂仁天皇五十年、始太神宮幷斎宮云々、以倭姫命初為斎宮云々、又景行天皇廿年、以五百野皇女始令祭天照大神也［垂仁廿五年三月、依天照太神託、奉立其社於五十鈴河上以第二皇女奉祠之］(11)

『塵荊鈔』

日本紀ニ見ヘ侍ルハ、垂仁天皇廿五年三月朔日、倭姫命天照太神ヲ鎮メマイラセン処ヲ求メ、菟田篠幡ニ詣デ、更ニ返テ近江国ヨリ美濃ヲ廻リ、伊勢国ニ至ル。…斎宮ヲ五十鈴川上ニ興ス。是ヲ礒宮ト云。則太神始テ天ヨリ降給処ト云ヘリ。…

仍皇女奏シテ妃宮一人下シ奉リ尊神ニ仕奉ラル。斎宮ト申也。皇女ハ岩隠シ玉ヘリ。又曰、垂仁天皇勅宣スラク、自今已後之天子、女子一人、斎内親王ト定ベシト云々。(12)

『皇代暦』（『歴代皇紀』）

（崇神天皇）豊鍬入姫命　天皇第三子　天照大神奉祭天王大殿内神勢共住不安仍以豊鍬入姫奉託令祭倭国笠縫村云々伊勢斎王始也…

（垂仁天皇）或云此時太神宮始テ伊勢国伊鈴川上崇依託宣也斎王モ始也(13)

『如是院年代記』

垂仁天皇

丁巳　廿六　十月甲子天照太神伊勢国度会郡五十鈴川上為宮所。天皇第二女充斎宮。(14)

『皇代記　付年代記』

（景行天皇）遣五百野皇女令祭天照大神。斎内親王供奉始也。(15)

右のうち、崇神、垂仁条の斎宮の記事について、『日本書紀』には見られない「始（初）」、「第二皇子女」という要素に注目して整理すると、次のように一覧化できる。

	第二皇子女	始（初）
京大本『古今集注』	○（＊1）	×
『水鏡』	×	○（＊2）
『仁寿鏡』	×	○（＊3）
『帝王編年記』	○	×
『二中歴』	○	○
『塵荊鈔』	×	×（＊4）
『皇代暦』（『歴代皇紀』）	○	○（＊3）
『如是院年代記』	○	×

＊1　垂仁皇女倭姫が、「第二皇子女」ではなく「三女」となっている。
＊2　「始」とあるが、崇神天皇代のこととしている。
＊3　「始（初）」が、崇神天皇代と垂仁天皇代いずれにも見られる。
＊4　「始」字はないが、「斎宮ヲ五十鈴川上ニ興ス」、「自今已後之天子」のような言いまわしが見られる。

但し、どの天皇代のこととされているか等、異なる方向から見た場合、これら年代記・皇代記類のあいだで、また別の一致不一致があらわし出されてくる筈である。

また、それとは別に、所謂逸年号或いは私年号の存在に注目して調査した場合、記述の類似という点では『河海抄』と近しいと推測された年代記・皇代記類が、逸年号、私年号においては『河海抄』と距離が認められる等、記述の類似という点からはあらわし出されなかった問題がそこにはある。年代記・皇代記類を、個々の記事のあいだの相違に注日するだけでなく、一つの状況として捉える必要があると考える。『河海抄』が『源氏物語』を成り立たせていたのは、そのような、中世的状況としての年代記・皇代記類に依拠することによってであった。

留意したいのは、これら年代記・皇代記類に認められる三国的世界認識である。わかりやすい例としては、『仁寿鏡』、『仏法和漢年代暦』、『興福寺略年代記』、『如是院年代記』等、三国対照型、年表型のものは、天竺、震旦、本朝が一覧できるようなかたちで構成されており、よく知られている『帝王編年記』にもそのような認識が見られる。それが、世界認識として、『今昔物語集』や『三国伝記』等中世期の説話集の構成に通じる問題であることは指摘するまでもない。中世の知の集約点にある認識と言うことができるのである。

正史断絶後の再編であるという点で、年代記・皇代記類は「日本紀」の再生産であり、それらを通して構成された歴史認識、世界認識が中世を貫いている。『河海抄』もまた、それらを史実化のベースとして、『源氏物語』を成り立たせる。年代記・皇代記類から『河海抄』を見る方向を持つことで、中世における知の、一つの現場があらわし出される筈だ。『河海抄』の、『源氏物語』の成り立たせ方を、中世思想史的な問題として問い直す必要がある。

本書では殆ど触れ得なかったが、契沖『源註拾遺』、賀茂真淵『源氏物語新釈』が、個々の注において、『河海抄』の「日本紀」を引き、『日本書紀』と合致しないことについてこれを批判していることに注目される。今、一例だけ挙げると、帚木巻、雨夜の品定めが始まる場面、

おのがじし恨めしきをりをり、待ち顔ならむ夕暮などのこそ、見どころはあらめ(16)

について、『河海抄』が、

をのかしゝ

各競［日本紀］　或各自恣　八雲抄云われ〳〵ある心也云々

各寺師《ヲノカシヽ》人死にすらしいもにこひ日毎にやせぬ人にしられす［人丸］

秋風のよもの山よりをのかしゝ吹に散ぬる紅葉かなしな［貫之］

春は梅秋はまかきの菊の花をのかしゝこそ恋しかりけれ

恵心僧都作極楽六時讃云ちかくも遠くも各かしゝ［をのか心に任て云心歟］(17)

と注していることについて、『源氏物語新釈』は次のように言う。

おのがじゝ

万葉に各が寺志《ジシ》と書たれば上のしは濁るべしさておのがしなく〳〵てふ程の意也　或説に各競又各自恣など書よしいへるは妄也此字を訓事紀にも何にもなく自恣《ジ》の音とおもへるも古語とく道にたがへり(18)

『源氏物語新釈』の指摘のように、この例は、確かに、『日本書紀』に見られない語を「日本紀」として『河海抄』が引いたものである。『源氏物語新釈』にとって、『日本書紀』に見られない語が「日本紀」として引かれていれば批判的に指摘され、「日本紀」の内容が『日本書紀』と合わなければそれは「誤り」なのである。このことは、中世のような「日本紀」の意味が失われたこと、再編テキストの広がりが「日本紀」として意味を持っていた中世的な状況から訣別しようとしていることをあらわす。(19)

以後、近世期には、『源氏物語』は、例えば、「もののあはれ」のような倫理の問題となってゆき、(20)彼らの世界や歴史を確認するための知の集約の場として成り立たっていた中世の『源氏物語』は終る。『河海抄』と、そのゆくえは、中世の思想史的な枠組みがあらわれて終ってゆく場とも言えるのである。

注

(1) それらは、何故『源氏物語』理解のために必要なのか、近代以降のわたしたちには、わかりにくくなっているものも少なくないことが、しばしば指摘される。島崎健「河海抄の方法――かしこには――」(『国語国文』一九七四年一〇月)等。

(2) 「年代記」は益田宗執筆、「皇代記」は石上英一執筆。なお、平田俊春『神皇正統記の基礎的研究』(一九七九年雄山閣出版)は、今の問題認識にとって意味を持つ研究である。

(3) 『塵荊鈔』に見られる年代記或いは皇代記的記事が、一種類のものであるかについては、今後の問題としたい。

(4) しかし一方で、六国史までも年代記とするような見解が示されてもいるが(山下哲郎「軍記物語と年代記――『平家物語』との関連を中心に――」『駒沢国文』第三五号、一九九八年二月)、正史中断後の、その再編、増幅として、年代記・皇代記類を捉えるべきだと考える。
(5)『源氏物語』葵巻。②一八ページ。
(6)『河海抄』葵巻。一、二七二〜二七三ページ。
(7)臨川書店刊京都大学国語国文資料叢書四八『古今集註［京都大学蔵］』。
(8)『水鏡』(吉川弘文館刊新訂増補国史大系二一巻上『水鏡　大鏡』)。流布本も同様。
(9)『仁寿鏡』(続群書類従完成会刊『続群書類従』第二九輯　雑部)。
(10)『帝王編年記』(吉川弘文館刊新訂増補国史大系第一二巻『扶桑略記　帝王編年記』)。
(11)『二中歴』「女院歴　斎宮」(臨川書店刊改定史籍集覧　第二三冊　新加纂録類)。
(12)古典文庫『塵荊鈔』。
(13)『皇代暦』(『歴代皇紀』)(臨川書店刊改定史籍集覧　第一八冊　新加通記類)。
(14)『如是院年代記』(続群書類従完成会刊『群書類従』第二六輯　雑部)。
(15)神道大系　神宮編二。
(16)『源氏物語』帚木巻。①五五ページ。
(17)『河海抄』帚木巻。一、八二ページ。
(18)『源氏物語新釈』(吉川弘文館刊『増訂　賀茂真淵全集』第八巻)帚木巻。四七ページ。なお、ここで言われる「或説」は、『源註拾遺』を見あわせ、『河海抄』の説であることが知られる。
(19)因に、『源氏物語新釈』で、『河海抄』を批判的に引く場合にこれを「或抄」、「或説」とし、はっきりと指示して呼ばない傾向が認められることは、『源氏物語』注釈史を通して、『河海抄』がどのような存在であったかを窺わせる。本居宣長『源氏物語玉の小櫛』「注釈」の項に、
ちうさくは、河海抄ぞ第一の物なる、それよりさきにも、これかれとあれども、ひろからずくはしからざるを、かの抄は、やまともろこし、儒仏のもろ〳〵の書どもを、ひろく考へいだして、何事も、をさ〳〵のこれるくまなく、解あきらめられたり、…中略…此二つの抄(『河海抄』と『花鳥余情』。…引用者注)は、かならず見では

かなはぬもの也、但し誤もいとおほく、語の注などには、殊にひがことのみおほくして、用ひがたし、…中略…今世中にあまねく用ふるは、湖月抄也、（『源氏物語玉の小櫛』。筑摩書房刊『本居宣長全集』第四巻。一八〇～一八一ページ。『紫文要領』「注釈の事」にも同様の見解が見られる。）

と、言説化されているが、『河海抄』を、注釈書の「第一の物」として、「かならず見ではかなはぬもの」としながら、一方で「用ひがたし」とするのである。『源氏物語新釈』の態度もそのような中にあったと見ることができる。

（20）百川敬仁『内なる宣長』（一九八七年　東京大学出版会）。

初出一覧

第一部　『源氏物語』と史実

第一章「『河海抄』の『源氏物語』」（『国語と国文学』一九九五年六月）
第二章「『河海抄』の光源氏」（『国語国文』一九九六年二月）

第二部　「日本紀」の問題

第三章「『河海抄』の「日本紀」」（『国語と国文学』一九九九年七月）
第四章「『源氏物語』と日本紀」（『国語国文』一九九八年四月）
第五章「「日本紀」による和語注釈の方法」
（東京大学大学院総合文化研究科超域文化科学専攻『超域文化科学紀要』二〇〇〇年七月）
「「日本紀」の広がりと『河海抄』」（『源氏研究』二〇〇〇年四月）

第三部　『河海抄』における漢籍の引用と説話の空間への広がり

第六章「『河海抄』の「毛詩」」（『中古文学』二〇〇〇年六月）
第七章「「笛の音にも古ごとは伝はるものなり」考――源語少女巻試注――」（『中古文学』一九九八年五月）
第八章「『河海抄』と説話」（『国語と国文学』二〇〇一年五月）

第四部　『河海抄』以後
第九章　「『千鳥抄』の位置」（『むらさき』一九九六年一二月）

本書は、東京大学大学院総合文化研究科に提出した博士学位論文をもととし、加筆、補訂したものである。審査にあたられた、神野志隆光先生、竹内信夫先生、松岡心平先生、三角洋一先生（以上東京大学大学院総合文化研究科超域文化科学専攻教授）、黒住真先生（同地域文化研究専攻教授）に心からの御礼を申し上げる。

なお、本書の刊行を御快諾くださった、和泉書院代表取締役廣橋研三氏、編集を担当してくださった廣橋和美氏に御礼申し上げる。

■著者紹介

吉森佳奈子（よしもり　かなこ）

一九九八年　青山学院大学大学院文学研究科博士後期課程退学

一九九八年～二〇〇〇年　東京大学大学院総合文化研究科・教養学部助手

二〇〇〇年～二〇〇四年　信州大学教育学部助教授

二〇〇四年～　筑波大学人文社会系准教授

専攻分野　国文学史

研究叢書 301

『河海抄』の『源氏物語』

二〇〇三年一〇月二〇日初版第一刷発行
二〇一八年一一月三〇日初版第二刷発行
（オンデマンド版）
（検印省略）

著者　吉森佳奈子
発行者　廣橋研三
印刷・製本　亜細亜印刷
発行所　有限会社　和泉書院
大阪市天王寺区上之宮町七－六
〒五四三－〇〇三七
電話　〇六－六七七一－一四六七
振替　〇〇九七〇－八－一五〇四三

ISBN978-4-7576-0224-3　C3395

研究叢書

古代文学言語の研究	糸井通浩著	491	一三〇〇〇円
「語り」言説の研究	糸井通浩著	492	一二〇〇〇円
源氏物語古注釈書の研究 『河海抄』を中心とした中世源氏学の諸相	松本大著	493	一一〇〇〇円
源氏物語論考 古筆・古注・表記	田坂憲二著	494	九〇〇〇円
近世初期俳諧の表記に関する研究	田中巳榮子著	495	一〇〇〇〇円
後嵯峨院時代の物語の研究 『石清水物語』『苔の衣』	関本真乃著	496	六五〇〇円
中世の戦乱と文学	松林靖明著	497	一三〇〇〇円
言語文化の中世	藤田保幸編	498	一〇〇〇〇円
形式語研究の現在	藤田保幸 山崎誠編	499	一三〇〇〇円
桑華蒙求の基礎的研究	本間洋一編著	500	一二五〇〇円

（価格は税別）